COLLECTION FOLIO

Virgil Gheorghiu

Les Immortels
d'Agapia

Gallimard

© *Virgil Gheorghiu, 1964.*
© *Éditions du Rocher, 1991, pour la présente édition.*

Virgil Gheorghiu est né en Roumanie en 1916. Il reçoit une formation de théologien et de philosophe et devient l'un des responsables des affaires culturelles au ministère des Affaires étrangères. En 1948, après la victoire des Soviétiques, il choisit de s'exiler et s'installe à Paris

Paru à cette époque, son roman *La vingt-cinquième heure* connaît un succès international. Il publie ensuite plusieurs autres romans dont *Les Immortels d'Agapia* en 1964, *Les Amazones du Danube* en 1978 et *L'épreuve de la liberté* en 1995. Il a été ordonné prêtre de l'Église orthodoxe en 1963.

I

Agapia, c'est une ville dans la grande banlieue de l'Europe

À trois mille kilomètres de Paris, dans la grande banlieue de l'Europe, sur le versant oriental des Carpates, là où commence la grande plaine, la steppe qui traverse la Russie et se perd au fond de l'Asie, se trouve la petite ville d'Agapia.

Au cours de la matinée, on y a installé un juge. C'est le premier jeudi du mois de mars. Ailleurs, c'est le printemps. À Agapia, c'est le plein hiver. La ville est bloquée par la neige depuis des mois. Le juge s'appelle Cosma Damian. C'est son premier poste. Il vient à peine de terminer ses études et son service militaire. On dit qu'il a vingt-cinq ans, mais on le croirait à peine. Il a l'air d'un étudiant. Maigre, timide et s'ingéniant à être poli avec tout le monde. Autour de lui, l'on ne voit que des personnes âgées. Il est, parmi les autres autorités de la ville, comme un collégien qui aurait été admis dans le cercle des professeurs.

On parle depuis longtemps de son arrivée. On a minutieusement préparé son installation officielle. Maintenant, c'est chose faite. Agapia a son juge.

Le premier que la ville ait jamais eu. À l'installation ont assisté le préfet, le président du tribunal, le chef de la police, le commandant de gendarmerie et toutes les autorités civiles, militaires et ecclésiastiques du district de Petrodava.

Les officiels sont arrivés ce matin, en gare d'Agapia, par train spécial. Il y avait une vingtaine de personnes vêtues de noir ou en uniforme, avec des capes et de grands cols de fourrure. Certains avaient amené aussi leurs femmes. Ils sont allés à pied à l'église, qui est tout près de la gare, de l'autre côté du Chemin des Amoureuses. Après la cérémonie religieuse, le juge Damian a été installé — en moins d'une demi-heure — dans la grande salle du palais de justice. Ensuite il y eut un banquet dans les salons du même Palais. Les invités ont été surpris de voir la beauté de la vaisselle, du service de table et du mobilier. Le juge de paix Cosma Damian en a été plus surpris que les invités.

Après le banquet, les autorités sont reparties, par leur train spécial. Le juge Damian, demeuré seul, a gagné son appartement. Celui-ci, situé dans le Palais même, comprend une grande salle à manger, un grand salon, et cinq chambres. Toutes les pièces ont été meublées par des artisans qui connaissaient leur métier et qui n'avaient pas reçu pour consigne de lésiner.

Cette belle et somptueuse demeure, dans laquelle vivra — pour le moment tout seul, car il n'est que fiancé — le juge Damian, a été construite pour servir de sous-préfecture. Elle est presque neuve. Il y a quelques années, le fils d'un ministre est rentré de l'étranger très fatigué, avec un commencement de phtisie. Pour rétablir la santé de son fils, en le gardant quand même en activité — car les sanatoriums sont démoralisants pour les jeunes et leur laissent des traces pour toute la vie — le papa ministre créa le poste de sous-préfet à Agapia, où l'air est bon pour les poitrinaires. Il fit construire cette belle sous-préfecture, et nomma son fils sous-préfet. Quand le fils fut guéri et n'eut plus besoin de ce séjour à Agapia, la sous-préfecture fut supprimée. Le fils du ministre fut nommé ambassadeur en Amérique du Sud, la sous-préfecture demeura vide. Sur la proposition des conseillers municipaux et du maire d'Agapia, on installa dans le Palais une justice de paix. On n'avait pas besoin de justice de paix à Agapia, comme on n'avait pas besoin de sous-préfecture. Mais, puisqu'on avait un si bel immeuble, on se dit qu'il fallait l'utiliser au mieux.

Cosma Damian, le premier juge, est arrivé depuis deux jours. Il n'a eu ni le temps ni le courage de visiter en détail son logement. Aujourd'hui, après le départ des personnalités, parce qu'il est officiellement le maître des lieux et parce qu'il n'a absolument rien à faire, il décide de faire le tour du propriétaire.

L'unique chose qui le dérange, dans cette demeure, c'est qu'en même temps que les meubles, le linge, les services de table et les bibelots, il a reçu aussi les domestiques. Ils sont payés par l'État. Ils dépendaient auparavant du ministère de la Justice. À la tête des domestiques se trouve

Mme Eudoxia. C'est l'ancienne gouvernante de monsieur le sous-préfet. Elle se situe au-dessus du juge, par son ancienneté dans la maison, par l'âge, et par la peur qu'elle inspire aux domestiques et aux gens de la ville. Au commencement, le juge a eu, lui aussi, peur de Mme Eudoxia. Ce n'est pas exactement de la peur. Simplement, il préfère rencontrer le moins possible la gouvernante. Ainsi les relations entre Cosma Damian et Mme Eudoxia ont été définitivement fixées dès le premier jour.

Le juge Damian est le fils d'un pauvre maître d'école. Son père est mort peu de temps après sa naissance. Sa mère est morte quand il avait cinq ans. Cosma fut élevé par une vieille tante charitable. À la mort de celle-ci, deux ans plus tard, il fut confié à un orphelinat. Il s'y est tellement distingué, dès le commencement, parmi ses condisciples de classe et d'infortune, qu'il fut envoyé au collège. Il passa donc ses vacances à l'orphelinat, et les mois de travail à l'internat du collège. Toute sa vie, il a vécu en communauté. Après le baccalauréat, il a logé dans un foyer d'étudiants. C'était un autre internat. Quand il en est sorti, avec tous les diplômes, il est entré à la caserne. Il a été libéré du service militaire quelques semaines avant sa nomination comme juge de paix à Agapia. Pour lui, les premiers jours de liberté, d'indépendance et de vie réellement civile ont été ceux qu'il vient de passer à Agapia, dans cette demeure.

Le premier jour à Agapia, c'était mardi. En se réveillant le matin, le juge a fait son lit, machinalement. Comme il l'a fait depuis sa tendre enfance, chaque matin, à l'orphelinat, à l'internat, au foyer et à la caserne. Quand la gouvernante, Mme Eudoxia, est arrivée avec le petit déjeuner, elle est restée abasourdie. Elle a regardé le lit, mais voyant le juge si jeune, elle ne l'a pas grondé. Mme Eudoxia a rougi, toute maternelle, et elle a dit, d'une voix émue :

— Monsieur le juge doit s'habituer à l'idée qu'il n'est plus un collégien qui doit faire son lit tout seul... Monsieur le juge ne doit pas oublier qu'il est le magistrat de la ville, la plus haute personnalité d'Agapia.

Une heure plus tard, Mme Eudoxia est revenue toute bouleversée devant le jeune magistrat, son maître :

— Que monsieur le juge daigne, dorénavant, ne plus cirer lui-même ses chaussures !

Toute sa vie, Cosma Damian a été réprimandé, pour avoir oublié de cirer ses chaussures, de faire son lit et de brosser ses vêtements. Tout d'un coup, il doit s'en déshabituer. Désapprendre tout ce qu'il apprit. Il a eu ce poste par concours. Personne, parmi les cinquante-quatre candidats au concours de juge d'instruction, n'avait jamais entendu parler de la ville d'Agapia. On fut étonné de voir que le ministère de la Justice considérait Agapia comme le meilleur poste et qu'on l'attribuait au candidat classé premier à l'examen. Cosma Damian comprend maintenant pourquoi. C'est à cause de cette demeure que le poste est considéré comme le meilleur. Il y a, ensuite, la position de la ville. Il y a l'altitude, les sublimes forêts de sapins, les montagnes, l'air pur et sec, et la tranquillité. Vivre à Agapia, c'est vivre en villégiature. C'est pour toutes ces raisons que le satrape, il y a cinq ans, a créé la sous-préfecture d'Agapia, destinée à son fils poitrinaire.

Après avoir fait un timide tour du propriétaire, le juge Cosma Damian revient dans son bureau. M. Filaret — le commissaire — l'attend. Installé dans un fauteuil de cuir rouge, devant le bureau, il contemple la photographie d'Elena, la fiancée du juge.

— Excusez-moi d'avoir pénétré chez vous sans aucun protocole, dit le commissaire.

Il est gros, court, la tête chauve, le visage rouge et gras, et il doit avoir une cinquantaine d'années. Le commissaire est très négligemment habillé. Il n'a rien d'un policier, ni même d'un fonctionnaire d'État ; autrement dit, il n'a rien d'une « autorité publique ». Il fait plutôt « marchand » et bonhomme. Il a un regard franc, souriant et doit être extrêmement bon et pieux.

— Vous m'excuserez, dit le commissaire, si, sans oublier le respect que je dois au magistrat, je vous considère comme mon fils. Je ne suis pas marié. Je vis tout seul. Mais, si j'avais des enfants, ils seraient plus âgés que vous. Bien sûr, vous êtes mon chef. Mon supérieur. Pourtant, ce soir, en rentrant chez moi après la cérémonie, je me suis dit que tout le monde était parti, et que vous deviez vous ennuyer tout seul. J'ai pensé à vous comme à un fils. Je voulais vous inviter chez moi. Puis j'ai pris mon manteau et je suis venu ici. Vous n'avez ni famille ni amis. Vous ne connaissez personne dans cette ville. Vous devez vous sentir extrêmement seul dans cette grande maison.

Le commissaire Filaret examine les murs, les meubles. Ses regards s'arrêtent de nouveau sur la photographie de Mlle Elena.

— Vous allez bientôt vous marier ?... C'est bien. Avec votre femme, vous vous sentirez très bien ici.

— Ma fiancée n'aime pas mon métier, dit le juge. Elle aurait préféré que je devinsse un grand avocat. Elle dit qu'elle meurt de honte, à l'idée qu'elle sera la femme d'un homme qui a pour métier d'envoyer ses semblables dans les culs-de-basse-fosse et dans les bagnes. Elle est honteuse à l'idée d'avoir un mari qui met aux fers ses frères humains, les soumet à la torture, les envoie à la potence, devant le peloton d'exécution, pour être pendus, décapités, fusillés...

— Agapia est un endroit idéal, alors ! dit le commissaire, enthousiaste.

Il ajoute :

— Écrivez à votre fiancée que le juge d'Agapia, dût-il vivre cent ans, n'aura jamais l'occasion d'envoyer un seul homme en prison. Vous n'en auriez pas l'occasion, même si vous décidiez de rester ici toute votre vie. Vous n'aurez même pas l'occasion de mettre les menottes à quelqu'un. Agapia est une ville extrêmement saine, une ville propre. Tout le district montagneux de Petrodava est sain. C'est un district sans casier judiciaire. De mémoire d'homme, et certainement depuis que le monde existe, personne n'a commis chez nous un meurtre, un viol, un crime. Je suis depuis trente ans commissaire de la ville d'Agapia. Moi non plus, je ne voulais pas être policier. À huit ans, mes parents m'ont emmené au monastère, à Neamtz. Je devais être moine. Nous, les gens d'ici, nous aimons beaucoup être moines. J'ai appris à lire, à écrire et j'ai terminé mes études au séminaire monacal. Quand je suis sorti du monastère pour faire mon service militaire, on m'a envoyé dans la gendarmerie. J'ai suivi là-bas des cours de police. J'étais le plus instruit parmi les recrues. J'ai donc terminé mon service militaire avec le grade de sous-lieutenant de police. Et l'on m'a prié de prendre un poste à Agapia, au lieu de retourner au monastère. On m'a assuré que je n'aurais pas, en ma qualité de chef de police d'Agapia, une activité différente de celle de monsieur le curé. Au moins en apparence. Réellement, ce que je fais depuis trente ans, comme policier à Agapia, ne diffère guère de l'activité du maître d'école, du maire, de monsieur le curé. Toute mon activité de policier se borne à gronder les ménagères quand elles jettent les ordures dans la rue, quand elles tardent à enlever la neige devant les maisons, quand elles oublient de nettoyer les trottoirs devant les boutiques. Je réprimande les gens qui chantent le soir dans les rues, qui crient trop fort, ou les voisins qui se querellent. Il y a, bien sûr, de petits larcins ; mais ce ne sont pas de vrais vols, plutôt des espiègleries... Il y a aussi le braconnage. Mais ça, c'est dans la nature des montagnards. On n'en tient pas compte. Il y a eu, c'est vrai, il y a plus d'un an une mort violente — mais ce n'était pas un meurtre. C'était un malheur, un accident. Vous en avez peut-être entendu parler... Agapia est un endroit propre. Une ville idéale pour un policier et pour un juge. C'est une ville sans affaires judiciaires. Si vous aimez chasser, pêcher la truite, ou étudier, alors vous avez trouvé le paradis dans notre ville. L'air y est sec et salubre, pur comme le diamant, si bon qu'on a l'impression de se nourrir en le respirant. Cet air fortifie. Les muscles deviennent comme de l'acier.

— Et l'hiver ? Ne dure-t-il pas cinq mois dans cette région ? demande le juge.

— Oh, l'hiver, monsieur le juge !... Quand on a fait bien connaissance avec l'hiver, ici, en altitude, dans la forêt, quand on a connu la blancheur de l'hiver ici, cette pureté — alors on l'aime. Toutes les choses, toutes les maisons, les arbres, la terre, les routes, les rivières, ne sont plus des choses ordinaires, mais deviennent perles, cristaux, diamants... Quand on a connu l'hiver ici, on le préfère à toutes les autres saisons. Car rien ne peut égaler sur terre la sublime blancheur de l'hiver dans la haute montagne. On est réellement dans le Royaume des Cieux.

— Pourquoi avez-vous demandé la création d'une justice de paix à Agapia et l'envoi d'un juge, si vous n'avez pas d'affaires judiciaires, s'il n'y a jamais ni crime ni délit ?

— C'est tout simple, répond le commissaire Filaret. Quand on a supprimé la sous-préfecture, on a longuement discuté de l'emploi à donner au bâtiment. C'est la plus belle maison de la ville. Y installer la mairie ou la police, ç'aurait été dommage. Puis la police, la mairie et les autres administrations ont leurs bâtiments. On a décidé d'installer à Agapia une autorité de prestige. On a demandé la création d'une justice de paix. Nous sommes contents. Nous avons un magistrat et un palais de justice. À Agapia, toutes les choses ont été créées comme la sous-préfecture et comme la justice de paix. Il y a environ un siècle, nos satrapes — nos politiciens — virent que tout l'Occident possédait les chemins de fer. On décida d'en construire aussi chez nous. Pour suivre la mode. Les petits pays doivent imiter les grands. Pour avoir du prestige. On invita donc des ingénieurs étrangers. Des Français. On leur commanda, pour commencer, une ligne de chemin de fer qui traversât le pays, d'une frontière à l'autre, du sud au nord, comme un diamètre. On l'a donc eue, cette ligne. Elle traverse le pays et la capitale. Elle passe par Agapia. Comme le train doit s'arrêter de temps en temps, et comme, sur tout le parcours, il n'y a ni villes ni villages, on décida d'arrêter le train à Agapia. Et l'on y construisit une gare. Puis un hôtel. Puis on fit venir un cocher. Car, là où il y a gare, il faut cocher et hôtel. Après, on a installé un poste de police. Et une perception. Et une mairie. Et petit à petit, on a construit toute une ville. À cause de la gare. Nous avons deux trains qui passent à minuit et deux à midi. Ce sont les trains du nord qui roulent vers le sud et les trains du sud qui roulent vers le nord. Ils se croisent à Agapia, à midi et à minuit. Avant d'être une gare, Agapia possédait uniquement un sentier — qui est devenu aujourd'hui la rue principale — et qui s'appelait le Chemin des Agapètes. C'est la rue unique de notre ville. Elle n'était qu'un sentier par lequel montaient de la plaine, vers les sommets de la montagne, les ermites, les religieuses et les agapètes. Il y avait dans les forêts, en haut, sur les rochers et dans les défilés secrets, des ermitages, des *skits*, des monastères et des lieux de refuge et de prières, pour les femmes qui fuyaient le monde. Quand elles descendaient ou quand elles montaient, elles prenaient ce sentier, qu'on a appelé « le Chemin des Agapètes ». Longtemps la route a gardé ce nom, quoiqu'il n'y ait plus d'agapètes. Celles qui sont encore dans les monastères, dans les *skits* et les ermitages, prennent, pour descendre et pour monter, un chemin plus solitaire ; celui-ci est trop fréquenté, à leur avis. Il y a une trentaine d'années, le conseil municipal a décidé de donner des numéros aux maisons et des noms aux rues, comme ça se fait dans les villes. Il n'y a qu'une seule rue, le « Chemin des Agapètes ». On a cherché quelque chose de mieux. Surtout pour une seule rue... On a cherché un nom sonore et poétique. On ne trouvait pas. J'ai participé, en qualité de chef de police, à ces débats. Vous ne savez pas comme c'est difficile de trouver un beau nom pour une rue, quand il n'y en a qu'une seule dans toute la ville ! Comme on devait imprimer les plaques et les numéros, on a décidé de laisser le nom ancien : le « Chemin des Agapètes ». Ensuite, on a eu une idée admirable : laisser le nom ancien tout simplement, mais le traduire. Au lieu du

« Chemin des Agapètes », dire le « Chemin des Amoureuses ». Car agapète signifie amoureuse. Bien sûr, il s'agissait à l'origine, de religieuses amoureuses de Dieu... C'était une très bonne idée. Aujourd'hui, tout le monde admire les plaques avec le nom de la rue. Les étrangers disent : « Comme c'est poétique, d'avoir une rue qui s'appelle le "Chemin des Amoureuses" » ! En voyant le succès qu'on a eu en traduisant le nom de la rue, on a voulu traduire aussi le nom de la ville, *Agapia*, et la nommer Amour : car, en langue grecque, *agapé* signifie amour. Mais on n'est pas tombé d'accord. On a trouvé que cela faisait vulgaire, pour une ville, de s'appeler Amour. Un jour peut-être, nos fils ou nos petits-fils changeront le nom, en le traduisant du grec dans notre langue. Et alors notre ville s'appellera l'« Amour ».

Le commissaire Filaret parle avec passion de sa ville. Il y est né. Et ses ancêtres aussi. Il est extrêmement fier de penser que, dans sa ville, il n'y a jamais eu ni crime ni délit. Quand le commissaire quitte le juge, il fait noir. Ici la nuit commence plus tôt qu'ailleurs. Et elle dure plus longtemps. Il neige. Car, à Agapia, il neige presque sans interruption cinq mois par an. Aujourd'hui, c'est le premier jeudi du mois de mars. Il faut donc compter encore un bon mois de neige et d'hiver.

Avant de se coucher, le juge Cosma Damian écrit une lettre sentimentale à sa fiancée. Il lui explique qu'il n'aura jamais, bien qu'il soit juge, à condamner ses semblables à une peine de prison, au bagne, ni à les mettre aux fers ; car ici, à Agapia, de mémoire d'homme on n'a pas vu un seul délit. Ensuite il va se coucher dans le grand lit carré.

II

Meurtre au château

Le juge Cosma Damian s'est endormi tout de suite après s'être glissé dans le superbe grand lit, comme s'il avait plongé dans des vagues blanches de dentelles, de broderies et de duvet immaculés. Le jour de son installation comme magistrat est un jour mémorable et fatigant pour un juge. De plus, Cosma Damian est d'une constitution fragile. La vie à l'orphelinat, à l'internat, au foyer des étudiants et à la caserne, avec les repas dans les cantines et le sommeil dans les dortoirs communs, l'a doté d'une santé délicate.

Damian a toujours été le premier de sa classe, depuis l'école maternelle jusqu'au concours d'entrée dans la magistrature, il y a quelques semaines. Ses professeurs et ses camarades l'ont considéré toujours comme un homme d'une intelligence exceptionnelle.

Maintenant il a terminé ses études ; mais les flammes du génie, que tout le monde attendait chez lui, n'ont pas jailli. Damian, contrairement à ses professeurs et à ses condisciples, s'est rendu compte dès le début qu'il ne possédait qu'une intelligence normale. S'il a toujours été le premier et s'il a répondu sans faute à toutes les questions de ses examinateurs, c'est uniquement parce qu'il était orphelin. Un orphelin, comme tous les pauvres, est obligé de travailler plus durement que les autres. Il est obligé de prendre son travail au sérieux. Cosma Damian avait pris le travail au sérieux, mais il n'avait pas de génie, ni même une intelligence exceptionnelle.

Un jour, à l'Université, il a rencontré Elena. C'est la première jeune fille qui lui ait accordé une attention quelconque. Elena l'écoutait avec sympathie. C'est pour cela qu'il s'est attaché à elle, d'un amour reconnaissant. Cosma Damian ne sait pas si sa fiancée est belle, si elle est intelligente, si elle est affectueuse ; mais il l'adore. C'est la première femme au monde qui l'ait regardé tendrement, avec des yeux de femme. Il a donc décidé de l'épouser. Au moment où il a connu Elena, il rêvait de devenir un grand avocat, un maître du barreau, qui aurait sa photographie dans les journaux. Le père d'Elena, fonctionnaire d'État, désirait un gendre qui eût un salaire fixe, une situation stable, des fonctions précises et une retraite assurée. En uniforme, si possible. Par exemple, officier, policier, magistrat.

Le père d'Elena mettait le métier d'avocat sur le même plan que le métier d'acteur, de musicien ou de peintre, professions dans lesquelles on débute chaque jour, professions qui sont des aventures, car l'avenir y est toujours incertain. La carrière d'avocat est une carrière d'homme qui travaille debout, qui est toujours en lutte. L'avocat, comme l'artiste, doit chaque jour inventer quelque chose de nouveau, et prendre chaque jour un chemin qui n'a pas été encore parcouru. Tandis que, dans les autres professions, on prend chaque jour le même chemin. Les avocats et les artistes sont comme les coureurs sur le stade, comme les chevaux sur l'hippodrome. Ils ne sont pas sûrs du résultat de la course et, chaque jour, il faut qu'ils se distinguent, s'éliminant les uns les autres sans pitié.

La carrière du magistrat est tout le contraire. Être magistrat, cela signifie, en premier lieu, travailler assis. Et bien assis, dans un fauteuil. Le fauteuil est l'instrument de travail et l'emblème de la carrière judiciaire. Un juge n'a pas besoin d'esprit créateur. Un juge n'a jamais — contrairement à ce qu'on pense — de cas de conscience. Car un juge ne travaille jamais en fonction de sa conscience. Il pèse les documents, les témoignages, les faits. Il les examine, pour voir s'ils sont vrais ou faux, comme l'épicier vérifie la qualité de sa marchandise. Puis il pèse de nouveau le pour et le contre. Il mesure le poids du délit, et il cherche, dans le code — comme on consulte un barème, affiché aux halles — le prix de ce délit, en temps de bagne, de prison, en années d'interdiction, en bannissement. Le travail du magistrat consiste à peser les faits inscrits dans les documents du dossier, comme on pèse une marchandise, et ensuite à en faire payer le prix au coupable. Le code pénal est un barème. Le juge n'a pas à apprécier. Il n'a pas à utiliser sa conscience. Pas plus que l'épicier. Le juge idéal — le juge d'une société scientifique — serait une machine électronique, qui, après avoir rangé les arguments pour et les arguments contre, inscrits sur les fiches par les avocats défenseurs et par les procureurs, mélangerait le tout, et en déduirait le chiffre de la peine. La justice ainsi distribuée par les appareils électroniques aurait l'avantage d'échapper aux influences qui peuvent s'exercer sur les juges de chair et d'os, qui ont des opinions, des préjugés, qui souffrent de l'influence atmosphérique, de la chaleur ou du froid. Un jour, il y aura donc des balances de justice électronique, des juges électroniques. Pour le moment, à Agapia, on utilise encore le juge de chair et d'os. Pour ne pas perdre Elena, Cosma Damian a souscrit au désir de son futur beau-père. Il est devenu juge. Et maintenant il dort, dans le grand lit, son premier sommeil de magistrat.

Dans trois mois, c'est-à-dire au printemps, Elena viendra à Agapia et dormira elle aussi, à côté de Cosma, dans le grand lit. Avant de se marier, elle doit passer ses examens à la Faculté des lettres. Ses derniers examens. Elle sera peut-être un jour professeur à Agapia. Car, un jour, il y aura aussi dans la petite ville un collège de jeunes filles. Ce serait naturel, dans une ville où il y a une gare et une justice de paix. Elena espère que son mari, en exerçant à Agapia, dans le calme, son métier de juge, préparera sa thèse de docteur en droit. Qui sait, il fera peut-être alors une carrière universitaire ! Le jeune juge n'a pas d'illusions. Il sait que les

chaires universitaires, dans son pays, sont hérédi‑
taires. On ne devient professeur à la faculté de droit
que si l'on en a hérité de son père ou de son beau-
père. Depuis que l'Université existe, on n'a jamais
connu aucune mésalliance dans les cadres universitaires. Il y a quelques familles de satrapes, et ils
sont professeurs de père en fils. Puis Cosma
Damian ne pense pas que les petites villes soient
des endroits propices à l'activité intellectuelle. Un
intellectuel dans une ville de province est comme
un piéton qui marche sur un chemin boueux. À
chaque pas, il enfonce plus profondément dans la
boue, qui lui colle aux semelles, et lui rend la marche de plus en plus difficile. Il en est du travail
intellectuel comme du fer dont on fabrique les
sabres ; il faut que l'intellectuel soit jeté dans le
four ardent des grandes villes, comme on jette le
fer dans les creusets incandescents des fonderies,
pour fabriquer l'acier. On n'a jamais écrit de grandes œuvres dans les petites villes tranquilles. Le
juge Damian dort et rêve — avec le sourire — que
le commissaire Filaret lui répète la douce phrase :
« Agapia est le paradis, pour un juge. Ici, de
mémoire d'homme, on n'a jamais commis un seul
crime. C'est un district et une ville dont le casier
judiciaire est vierge. »

À cet instant précis du rêve, le juge Damian se
réveille. Dans sa chambre toutes les lampes sont
allumées. Près du lit se tiennent deux étrangers.
L'un d'eux secoue avec force l'épaule du juge, pour
le réveiller. C'est le commissaire Filaret. Le
commissaire n'est pas paternel, comme au cours

de la soirée et comme dans le rêve du juge. Le commissaire est rembruni, dur, et il a le regard méchant. Derrière le commissaire, se trouve, deux fois plus grand que celui-ci, un autre personnage, en cape de fourrure, et prêt à intervenir. C'est le cocher Ismaïl le Lipovan.

— Réveillez-vous, monsieur le juge. Il y a un meurtre dans la ville, dit le commissaire.

Il serre l'épaule du juge, comme pour le tirer du lit.

— Réveillez-vous, au nom du Christ ! Je vous dis qu'il y a un meurtre dans la ville. Un meurtre à Agapia !

Le juge saute du lit. Sans rien demander. Il est habitué à être réveillé la nuit, et à s'habiller en toute hâte. À l'orphelinat, le surveillant réveillait les enfants en pleine nuit, avec ordre de s'habiller et de descendre dans la cour. C'était une punition. Pour une faute que les élèves, le plus souvent, ignoraient, ou qu'ils avaient déjà oubliée. Depuis l'âge de sept ans, Cosma Damian a été ainsi réveillé des milliers de fois. Avec ordre de s'habiller vite. À l'internat, c'était la même chose. Au foyer des étudiants, ce n'était pas le surveillant ni le directeur de l'internat qui le réveillaient, mais la police royale. Tous les étudiants, dans les foyers, étaient réveillés par la police et les gendarmes, qui les faisaient sortir dans la cour, ou dans la rue, pour perquisitionner. On les fouillait chaque nuit, comme on fouille les assassins, lorsqu'on avait trouvé chez l'un d'eux un tract dans lequel les étudiants demandaient justice pour le peuple. Après l'orphelinat, l'internat et le foyer, il y eut les alertes de nuit à la caserne. Et c'était toujours la même chose.

Pour l'instant, le juge Cosma Damian oublie qu'il est juge. Qu'il est réveillé par un subalterne pour une question de service. Il se croit toujours élève. Élève pauvre. Car les élèves riches n'ont jamais été tirés de leur sommeil au milieu de la nuit.

— Navré de vous réveiller la première nuit de votre magistrature, monsieur le juge ! dit le commissaire. Navré. Mais la loi l'exige.

— Il y a un crime ? demande le juge.

Il noue ses lacets. Il a sommeil.

— J'aurais pu aller tout seul sur les lieux. Mais, depuis aujourd'hui à midi, le chef, ce n'est plus moi. Le chef qui mène l'enquête, c'est le juge. C'est vous. Moi, je ne dois rien faire sans demander vos ordres.

— Qui a été tué ? demande le juge.

Il est presque habillé.

— Je ne vous l'ai pas dit ? C'est le jeune Anton Tuniade qui a été assassiné. On l'a tué avec une arme à feu. Devant le château de sa mère. Il faut y aller vite.

— Tuniade, dites-vous ?

— Anton Tuniade, le fils de Mme Patricia Tuniade. La châtelaine.

Le juge est depuis trois jours dans la ville. Mais le nom de Tuniade, il le connaît. C'est le premier nom qu'il ait entendu en descendant du train.

— Le crime a été commis il y a une demi-heure, dit le commissaire. C'est Ismaïl qui m'a averti. J'ai sauté dans son traîneau. Regardez, sans même m'habiller !... J'ai envoyé un homme réveiller le Dr Pillat. Simple formalité, car le docteur n'a plus qu'à constater la mort. Un terrible malheur !

— Le jeune Tuniade n'habitait pas ici, dit le juge. Il était soldat.

— En effet, monsieur le juge. Vous savez donc cela ?... Il est venu à Agapia à l'improviste. Et on l'a tué au moment où il entrait dans le parc du château. D'un coup de fusil.

— Hier soir, en rentrant de la gare, j'ai rencontré à la librairie Mme Patricia Tuniade, dit le juge.

— La pauvre malheureuse mère de la victime, dit le commissaire.

Derrière le commissaire, Ismaïl le Lipovan, le cocher de la ville, immobile, la tête touchant au plafond, les épaules plus larges que l'armoire, se signe quand le nom de la victime est prononcé.

— Mme Tuniade m'a dit que son fils était militaire depuis quelques mois.

— Depuis cinq mois, monsieur le juge, dit le commissaire. C'est exact.

— Elle achetait précisément des livres pour les lui envoyer. Elle m'a raconté que son fils était consigné à la caserne. Tous les soldats sont consignés pour de longues semaines dans leurs casernes, parce qu'il y a une épidémie de typhus dans la ville.

— Oui, monsieur le juge. Il était consigné. Mais, ce soir, cette nuit plutôt, il est venu à la maison, malgré la consigne. Et on l'a abattu devant le château. Il est mort sur le coup. Ismaïl et la mère ont constaté qu'il était bien mort. Nous y allons, monsieur le juge ?

Le cocher Ismaïl le Lipovan s'efface devant le juge, afin qu'il sorte le premier. Après le juge, vient le commissaire. Puis Ismaïl, la tête toujours découverte, la cape de fourrure à la main. Mme Eudoxia — la gouvernante du juge — se trouve devant la porte. Elle ouvre. Elle ne dit pas un mot.

Les trois hommes sortent sur le perron. Il neige. De gros flocons, comme des papillons. Les fenêtres des maisons s'allument une à une. Dans tout Agapia se répand avec terreur la nouvelle du meurtre ; on se la chuchote de bouche à oreille. Dans quelques minutes, toute la petite ville connaîtra le terrible événement. Personne ne pourra plus dormir. Tout le monde restera éveillé jusqu'au matin, pour veiller le pauvre soldat Anton Tuniade, tué cette nuit devant le château. Dans la rue, le juge se rappelle son arrivée à la gare d'Agapia. En descendant du train, l'air froid de la ville lui avait donné, comme maintenant, l'impression de plonger dans une rivière glacée. Ses vêtements de ville étaient insuffisants pour affronter le froid d'Agapia. Le vent soufflait à travers ses vêtements comme à travers un filet. À ce moment, le juge avait levé la tête, pour serrer mieux son écharpe. Il avait vu devant lui, sur un rocher escarpé au-dessus de la ville, un château, comme un nid d'aigle ou comme une tour de guet, suspendu entre ciel et terre, au-dessus du précipice.

— C'est le château des Tuniade, avait expliqué le cocher.

La première chose que le juge avait connue à Agapia avait été le froid qui vous prend le corps, quand on y arrive, un froid pareil à une tenaille. La deuxième chose avait été le château des Tuniade, la troisième, le cocher, Ismaïl le Lipovan. C'est un homme haut de deux mètres, coiffé d'un bonnet de fourrure et vêtu d'une sorte de soutane de velours bleu, serrée à la taille, comme les manteaux des cavaliers cosaques, par une ceinture de cuir, sous une pèlerine en peau de mouton, jetée sur les épaules. La quatrième image qui a frappé le regard du juge, ce fut la figure du commissaire Filaret. Ces quatre premières images sont toutes présentes maintenant dans cette affaire de meurtre commis à minuit. Il y a le froid, le château, Ismaïl et le commissaire Filaret.

— Montez dans le traîneau et couvrez-vous bien. La nuit, c'est très dangereux. Vous pouvez prendre froid.

Le juge se laisse enrouler dans les plaids de fourrure. Il se rappelle la figure de Mme Patricia Tuniade : une femme grande, souple, extrêmement blonde et d'une beauté arrogante, hautaine. Mais d'une très grande beauté.

— Il est certain que l'assassin est encore dans les parages, monsieur le juge. Il faut que nous soyons attentifs. J'ai envoyé deux agents de police au château. Nous ferons d'abord, si vous le permettez, un crochet par la gare. Il faut prévenir le chef de gare. L'assassin, s'il veut s'enfuir, doit prendre le train. Sans train, il n'ira pas loin. On l'attrapera comme dans une souricière. Personne ne peut sortir d'ici pendant l'hiver. Toutes les voies de communication sont bloquées. Personne ne peut sortir, sauf les oiseaux. L'assassin, on l'aura.

III

Le premier récit du crime

Il y a quelques centaines de mètres, du palais de justice jusqu'à la gare. Mais on fait le trajet en traîneau. Le juge et le commissaire Filaret se sont laissé envelopper par le cocher dans des couvertures de fourrure. Comme des bébés dans leurs langes. Envelopper les clients qui montent dans son traîneau fait ici partie intégrante des devoirs du cocher. Les deux chevaux sont blancs. La neige, soufflée par le vent, a l'aspect des flammes blanches qui brûlent le visage. Ismaïl le Lipovan fait le signe de croix, en montant à son siège. Il est immense. Un corps d'éléphant, de mammouth.

— Partez, mes enfants, dit le cocher aux chevaux.

Le juge regarde autour de lui. Tous ceux qui entendent parler Ismaïl le Lipovan tournent la tête, comme le juge, et cherchent la petite fille qui a parlé. Car Ismaïl a une voix aiguë, petite et frêle, de fillette. Personne ne peut croire que cette voix toute petite est sortie de ce corps immense, de cette poitrine plus large que la croupe des chevaux. C'est comme si un éléphant accouchait d'une souris.

— C'est la première fois que vous l'entendez ? demande au juge le commissaire.

— Je l'entends chaque jour, depuis que je suis ici. Mais je ne peux pas croire qu'un géant puisse avoir une voix si menue. Ça fait mal à entendre.

— C'est un *skoptzy*, explique le commissaire. De là sa voix de fillette. Mais c'est un saint homme. Un homme parfait.

— Arrêtez, mes enfants, dit Ismaïl aux chevaux, de la même voix.

Le traîneau s'arrête derrière la gare. C'est un petit bâtiment rectangulaire. Pas d'étage. Construction de plain-pied. Toutes les lumières sont éteintes.

Le juge, le commissaire et le cocher s'avancent à la file indienne sur le quai. La gare n'est pas plus grande que la maison d'un garde-barrière. Tout le trafic se réduit au train du nord et au train du sud, qui se croisent à midi et à minuit. Aucun voyageur du train ne remarque la gare d'Agapia. Dans le réseau ferroviaire, Agapia est petite et insignifiante, comme une virgule dans un gros roman. Personne ne fait attention à elle. Pas plus qu'on ne fait attention à la maison d'un garde-barrière. Les trains, même les trains de marchandises ne se croient pas obligés d'arriver avec ponctualité dans une si petite gare. L'hiver, il y a des trains de marchandises qui arrivent avec deux ou trois jours de retard.

— Vous étiez sur le quai à l'arrivée de la victime ? demande le juge.

— Bien sûr, qu'Ismaïl y était ! répond le commissaire. C'est presque une offense, de le lui demander. Ismaïl est présent à toutes les arrivées et à tous les départs. Toujours.

La gare d'Agapia possède un seul fonctionnaire. Il s'appelle Nicolas Inimiora. C'est un nom bizarre, diminutif du mot Inima, qui signifie cœur. Le fonctionnaire s'appelle donc Nicolas Petit-Cœur ou Nicolas Cœur-Mignon. Officiellement, il est chef de gare. Mais, comme il est tout seul, il remplit aussi l'office de sous-chef, de télégraphiste, de vendeur de billets, de femme de ménage, de porteur et de postier. Nicolas Cœur-Mignon est très jeune. Il a vingt et quelques années. À Agapia, tous les chefs de gare sont jeunes et ils changent une ou deux fois par an. On les envoie à cet endroit pour faire un stage, tout de suite après leurs études. M. le chef Nicolas Inimiora porte une petite barbiche, joue de la mandoline et compose des poésies. Il dort sur un lit de camp, dans le bureau. C'est le seul endroit chauffé de la gare. Il y a là un poêle en fonte. En dehors de M. Nicolas Inimiora, on trouve sur le quai Ismaïl le Lipovan, à tous les départs et à toutes les arrivées. Personne n'oblige Ismaïl à être à la gare. Mais il est le cocher, l'unique cocher. Il considère que c'est son devoir d'être présent à l'arrivée de chaque train. Il aide — non par intérêt, mais parce qu'il est là — le chef de gare à transporter les colis, à balayer la neige. Après le départ du train, Ismaïl rentre chez lui, avec ses deux chevaux blancs et attend la prochaine arrivée ou le prochain départ. Ismaïl sait qu'il n'aura guère de clients. Car qui peut descendre à Agapia ? Mais il ne vient pas pour avoir des clients ; il vient parce qu'il est cocher, et qu'un cocher doit être présent à la gare. Quelquefois, en été, des voyageurs photographient la gare, avec son petit quai, son jeune chef à barbiche et son cocher plus grand que les lampadaires, en soutane de velours bleu.

— Raconte-moi comment ça s'est passé, dit le juge.

— J'ai raconté à M. le commissaire, répond Ismaïl. J'étais à la gare. Le téléphone avait annoncé que le train du nord aurait quarante minutes de retard. Il devait donc arriver à minuit quarante. Je suis entré dans le bureau. Je suis resté avec M. Inimiora, tous deux assis près du poêle. M. Inimiora a joué de la mandoline. Quarante minutes sont vite passées. À l'arrivée du train, qui avait les wagons couverts de glace et de neige, nous étions tous les deux sur le quai. Avant l'arrêt, une porte s'est ouverte, dans un wagon de première classe. Sur le marchepied, est apparu M. Anton Tuniade en uniforme de soldat, une petite valise à la main gauche. Il a sauté et est accouru vers moi : « Au château, Ismaïl, a-t-il dit. Faites vite. »

« — Vous n'êtes pas en quarantaine, monsieur Antoine ? » ai-je demandé. « Si, a-t-il répondu. Mon régiment est en quarantaine. À cause de l'épidémie de typhus. Mais, malgré la quarantaine, j'ai eu une permission. Quatre jours. » Le jeune homme était gai. Et très heureux d'être en permission. Je lui ai demandé : « Monsieur Antoine, vous n'avez pas au moins fait la bêtise de déserter ?... Ça attire de grands ennuis, la désertion ! »

— Allons voir le chef de gare, dit le commissaire.

Nicolas Inimiora est déjà réveillé. Il a entendu les pas et les voix devant sa porte. Il invite le juge, le commissaire et le cocher dans son bureau, où il couche, où il fait la cuisine. Cette pièce sert également de salle d'attente pour les voyageurs, et le poêle est chauffé à blanc. Il fait très chaud là-dedans. M. Inimiora, en chemise de nuit, veut s'habiller. Le commissaire l'en empêche.

— Le petit Tuniade, fils de Mme Patricia, a été tué. Ne perdons pas de temps. Répondez-nous vite et avec précision. Avez-vous vu le jeune Tuniade, quand il est descendu du train du nord ?

— Je l'ai vu, répond le chef de gare.

Il est blême. Il demande :

— Comment est-ce qu'on l'a tué ?... Qui et où ?

— Devant son château. Avec une arme à feu. Qui ?... On va le savoir. Savoir qui et pourquoi. Nous sommes là pour ça. Dites-nous tout ce que vous savez, ce que vous avez vu, et entendu.

— Je l'ai vu descendre du wagon de première classe. Puis je l'ai vu courir vers Ismaïl. Avant de sortir, sa petite valise à la main gauche, il s'est rappelé qu'il ne m'avait pas dit bonjour, il s'est retourné, il a couru vers moi, m'a serré la main en toute hâte et m'a dit : « À demain, Petit-Cœur. J'ai quatre jours de permission. Excusez-moi, si je suis si pressé, mais j'ai faim, sommeil et froid. À demain. » Et il est parti.

— Vous étiez amis ?

— Camarades, dit le chef de gare. Nous avions

presque le même âge. Et nous nous entendions bien. Mais pourquoi a-t-on pu le tuer, monsieur le commissaire ?

— C'est tout ce que vous savez sur l'arrivée de la victime ? demande le commissaire.

— C'est tout, répond le chef de gare. Je l'ai vu monter dans le traîneau. Ismaïl l'a enroulé dans des plaids. Puis ils sont partis.

Le chef de gare a beaucoup de peine. Il n'ose pas demander de détails sur le meurtre. Mais il voudrait bien en savoir davantage.

— Monsieur Inimiora, faites attention à ma question, car elle est extrêmement importante pour la suite de l'enquête. Êtes-vous sûr qu'en dehors de M. Anton Tuniade aucune personne n'est descendue du train du nord ?

— Personne, répond le chef de gare.

— Merci, dit le commissaire. Et maintenant, un conseil : soyez bien vigilant cette nuit. L'assassin reviendra certainement à la gare. Il ne peut pas partir autrement que par le train. Il pourrait vous attaquer ; tenez-vous sur vos gardes. Nous montons au château. On vous enverra un agent. Nous serons vite de retour.

Le juge, le commissaire et le cocher remontent dans le traîneau. Ils suivent le « Chemin des Amoureuses ». Vers l'ouest et vers le haut. Le château des Tuniade se trouve au-dessus de la ville. Au bout du « Chemin des Amoureuses ». Au-delà du château il n'y a plus de chemin, ni de maisons. Le château est un point terminus.

— Ismaïl, demande le commissaire, avez-vous causé avec M. Tuniade pendant le trajet ?

— Non, répond Ismaïl, de sa voix qui fait mal.

Pour se faire entendre, Ismaïl tourne tout le corps. Comme les loups, il n'a pas de cou. Il doit tourner tout le corps pour regarder en arrière.

— Qu'a fait M. Tuniade pendant le trajet ?

— Il a sifflé un petit bout de temps. Puis il a dit qu'il avait faim. Ensuite il a essayé de chanter une chanson à la mode, mais il y a renoncé. Et il a sifflé de nouveau pendant le reste du trajet.

— Et toi, qu'est-ce que tu faisais pendant ce temps-là ? tu n'as pas posé de question à M. Antoine ?... Tu ne lui as rien demandé ?

— Je ne lui ai rien demandé, dit Ismaïl, le föhn soufflait. J'ai prié.

— Prié ?... Pourquoi ? demande le commissaire.

— J'ai prié, monsieur, pour les gens qui se trouvent cette nuit en voyage et qui ont été surpris par la tempête. C'est l'unique chose que je puisse faire pour ces pauvres malheureux. Prier pour eux.

— L'assassin n'est pas d'Agapia, monsieur le juge, dit subitement le commissaire. C'est une chose impensable qu'un homme d'ici ait pu commettre un meurtre. Le malheur veut pourtant qu'un meurtre ait été commis. Et que le sang ait coulé et taché notre ville immaculée comme la neige. Puis ce malheur arrive dès la première nuit de votre magistrature ! Avoir un crime juste cette nuit, nous qui n'en avions jamais eu !...

Le commissaire est furieux. Il s'agite dans ses couvertures. Il dit :

— L'assassin sera pris, monsieur le juge. C'est un étranger. Et un étranger ne peut pas sortir d'ici, pendant l'hiver. Seuls les oiseaux le peuvent. Mais l'assassin n'est pas un oiseau. Et nous l'attraperons. Soyez-en certain.

Les deux chevaux blancs montent au pas le « Chemin des Amoureuses ». Vers l'ouest et vers la hauteur. Le ciel est extrêmement bas. On a devant soi un épais rideau de neige. On n'y voit pas à deux pas. Et l'on a l'impression que le traîneau monte vers le ciel. Car la pente est très dure. La neige arrive jusqu'au poitrail des chevaux. Elle est blanche comme eux.

IV

Le château gagné aux cartes

Le meurtre commis à minuit, dans la première nuit de sa magistrature, affecte fort peu le juge Cosma Damian. Il ne mesure pas encore la gravité du fait. Il est gêné de s'y voir insensible. La victime est un étranger, habitant d'une ville étrangère, inconnue, où le juge vient à peine d'arriver. Pour qu'on sente vraiment la gravité d'un événement, il faut qu'il se produise dans le voisinage ; par exemple, un autobus renversé au centre de Paris impressionne les Parisiens bien plus qu'une catastrophe de chemin de fer aux Philippines. Les journaux de Paris parleront en première page de l'autobus renversé, et seulement en troisième ou quatrième de la catastrophe des Philippines, qui pourtant a fait des dizaines de morts. Agapia, pour le juge Damian, est un univers étranger et inconnu, comme les Philippines pour les Européens. Il doit faire un effort pour ressentir le tragique de ce meurtre. Le meurtre d'un jeune homme qui arrivait en permission. Un tel crime concerne le juge en tant que juge. C'est son métier, de démêler les circonstances et les mobiles de ce meurtre, d'en découvrir l'assassin. Pour le commissaire Filaret, c'est tout autre chose : il est d'Agapia. Pour lui, c'est une affaire qui le touche directement. Presque corporellement. Car la ville où l'on est né, le pays auquel on appartient sont comme le prolongement physique du corps de tout homme.

C'est la première enquête du juge Cosma Damian, et il est gêné. Exactement comme à l'école, quand le professeur le faisait venir au tableau noir pour l'interroger sur une question qu'il ne connaissait pas. En pareille occurrence, il se taisait. Étant le premier de la classe, il ne pouvait pas se permettre de dire n'importe quoi, comme l'eussent fait les élèves médiocres. Or, se taire est très difficile. Et les moments de silence sont longs comme des siècles. Maintenant qu'il est juge, il doit se taire, à côté du cocher et du commissaire, comme il se taisait au tableau noir. Il ignore la question. Il ignore tout. Et il doit conduire l'enquête.

— Mes deux agents doivent être arrivés au château, dit le commissaire.

La neige tombe à gros flocons. On dirait un rideau de velours blanc, tout doux, tout moelleux. Les traces du traîneau sont tout de suite effacées par la neige. Si quelqu'un venait derrière, il ne se douterait pas qu'un traîneau, attelé de chevaux blancs et transportant trois hommes, monte aussi vers le château des Tuniade par le Chemin des Agapètes, le « Chemin des Vierges amoureuses de Dieu ».

— Commissaire, vous avez dit que le trajet de la gare au château, qu'on le fasse en traîneau ou à pied, prend vingt minutes. Car le Chemin des Amoureuses ne peut être monté qu'au pas.

— C'est exact, dit le commissaire.

— Comment pouvez-vous alors affirmer que vos deux agents sont déjà arrivés au château ? Ils ne peuvent être là-haut que dans le cas où vous les auriez envoyés avant d'avoir appris qu'un crime était commis.

— Non, monsieur le juge. Les deux hommes sont montés au château par un autre chemin. Il y a une route directe. Un raccourci pour les piétons. Un petit sentier. En dix minutes, donc en moitié moins de temps, on va de la gare au château. C'est par ce sentier que sont montés les deux agents. Ils doivent donc être là-haut. Si le meurtrier a pris le même petit sentier, il s'est trouvé nez à nez avec mes policiers. S'il descend le « Chemin des Amoureuses », il nous tombe dans les bras.

— Pas de troisième chemin ? demande le juge.

— Non, répond le commissaire. Il y a le « Chemin des Amoureuses », qui traverse la ville et monte jusqu'au château et qui finit là-haut. Il ne va pas plus loin. En été, on peut avancer plus vers l'ouest et monter plus haut que le château, mais en escaladant les rochers. Maintenant toutes les sorties côté ouest sont fermées. Du château, on peut ou descendre par l'un des deux chemins, ou monter vers le ciel. Pas d'autre issue. En hiver, il est plus difficile de sortir d'ici que d'un château fort. La neige nivelle tout, et ici elle est profonde comme un ravin. Malheur à celui qui met le pied à côté du chemin. Il n'en sort plus. C'est comme s'il tombait au fond de la mer.

Les deux hommes se taisent. Après un instant, le commissaire demande :

— Vous avez visité le château ?

— Non, répond le juge. Je l'ai vu de loin. Il ajoute : C'est un drôle de château, n'est-ce pas ? Plutôt un chalet de montagne. Mais la manière dont il est construit là-haut, sur le rocher qui surplombe la ville et toute la vallée, comme une terrasse, lui donne plutôt l'aspect d'une tour de guet. Ce n'est pas un château, mais un mirador.

— C'est un château gagné aux cartes, dit le commissaire. On ne sait pas au juste s'il a été gagné au poker, à la roulette ou à un autre jeu. Mais il a été gagné aux cartes dans un tripot, en Occident. Cela, c'est sûr ! Il a été gagné aux cartes par un des ancêtres du jeune homme qui a été tué cette nuit. Ce sont les Tuniade. Des satrapes phanariotes. Divisés, comme les loups, en bandes qu'on appelle partis politiques, ils dévorent le pauvre pays depuis des siècles et des siècles. Ces Tuniade, comme tous les satrapes phanariotes, passent leurs hivers à Paris et dans d'autres endroits confortables de l'Occident. Ils viennent chez nous en été. Pour assister aux récoltes. Aux paysans qui, sur leurs terres, font la cueillette des fruits et qui vendangent, ils mettent des muselières métalliques, comme à des chiens. Afin que les paysans ne mangent pas les raisins. Puis ils vendent la récolte et retournent là d'où ils sont venus.

Les Phanariotes hibernent dans les tripots, dans les palaces et dans les casinos d'Occident, comme les ours hibernent dans leurs tanières. Ils descendent vers notre pays au début de l'été, comme descendent les loups affamés. Il y arrivent, blêmes de la vie qu'ils ont menée dans les boîtes de nuit et dans les cabarets. Une nuit d'hiver, un Tuniade, dans un casino de la Riviera, a gagné au jeu ce chalet. Il l'a fait démonter et l'a ramené du Tyrol, de la Forêt-Noire ou de Suisse, où il était. Il l'a transporté ici, sur ses terres et l'a fait reconstruire sur le rocher, où il se trouve aujourd'hui. Un château gagné aux cartes, c'est forcément étrange. Et dégoûtant. D'ailleurs, tout ce qui touche aux satrapes phanariotes est louche, suspect et irrégulier...

— Ils ne sont tout de même pas des étrangers chez nous, dit le juge. Ils sont du même sang que nous, si mes souvenirs d'école sont exacts.

— Ils ne nous sont pas étrangers, si le parasite n'est pas étranger à la peau et au sang qu'il suce... De ce point de vue, les satrapes sont du même sang que nous. Ils sucent notre peuple depuis si longtemps qu'ils ont fini par avoir le même sang que lui. Pour découvrir celui qui a tué le petit soldat Tuniade cette nuit, il faudra fouiller dans la vie des phanariotes. Et c'est pire que de fouiller dans les égouts, dans les poubelles ou les latrines. Il faudra peut-être creuser dans leurs arbres généalogiques. Fouiller dans leurs habitudes et dans leurs vices. Ce n'est pas un travail agréable. Ces gens n'ont qu'une activité : faire le malheur d'autrui. Ils croquent notre peuple depuis des siècles, comme on croque le pain. Ils sont nos sangsues. Nos tænias. Nos vampires. Nos parasites. Nos ministres. Nos princes. Nos satrapes. Vous allez les connaître. Vous avez lu des choses sur eux dans les livres. Mais c'est eux qui ont écrit les livres. Les livres d'histoire mentent.

— Vous êtes bien subversif, pour un policier ! dit le juge.

— Je suis un homme d'ici. Pour vivre, tout être humain a besoin de racines. Nous n'avons pas de place où enfoncer les nôtres. Pas de communauté sociale. L'histoire nous est interdite. Elle appartient aux satrapes. Moi et tous les miens, nous avons donc jeté nos racines dans l'absolu. C'est de l'absolu que nous tirons notre subsistance. Notre sève. L'absolu est plus aride que le rocher. Mais c'était l'unique endroit où nous pouvions enfoncer nos racines. La vérité est notre seul pain. Mais, pour le monde, la vérité est subversive...

Le traîneau s'arrête brusquement. À gauche, à travers un rideau translucide, mi-transparent, mi-opaque, de neige, on voit deux lumières jaune-rouge, comme deux yeux qui ont beaucoup pleuré. Ce sont les fenêtres du salon, dans le château Tuniade. C'est là que se trouve le soldat assassiné.

— C'est ici que le jeune monsieur est descendu, dit Ismaïl le Lipovan.

Le cocher tourne de nouveau vers le juge son corps géant, comme un ours.

— C'est votre client qui vous a demandé de vous arrêter ici ? demande le commissaire. Pourquoi n'êtes-vous pas allé jusqu'au château ?

— Monsieur le commissaire sait que le Chemin des Amoureuses s'arrête ici. À partir de cet endroit, il n'y a plus de route. Je me suis arrêté ici et j'ai demandé au jeune monsieur de bien vouloir rentrer à pied. J'avais peur de tomber dans une crevasse avec mes chevaux. Et puis la neige était trop haute. J'aurais fatigué les chevaux. À pied, c'était plus simple. Surtout pour un tout jeune homme.

— Descends, Ismaïl, et refais chaque geste, comme si cela se passait maintenant, ordonne le commissaire.

La nuit, la neige, le silence, les deux lumières rouges et les trois hommes arrêtés près de leur traîneau, font, de ce point terminus, un décor plein de mystère. On est dans la deuxième heure du vendredi de föhn.

V

Les dernières minutes de la vie du soldat Anton Tuniade

Il était une heure et cinq minutes lorsque nous sommes arrivés à cet endroit, dit Ismaïl le Lipovan.

— Comment sais-tu avec tant de précision qu'il était une heure et cinq minutes ? demande le commissaire.

— Le trajet de la gare au château des Tuniade, sur le Chemin des Amoureuses, dure vingt minutes. J'ai monté des milliers de fois le Chemin des Amoureuses. Le train est arrivé avec quarante minutes de retard, donc à une heure moins vingt ; la course a duré vingt minutes ; je compte cinq minutes de perdues pour descendre du train. Il était une heure et cinq minutes lorsque nous sommes arrivés ici.

— As-tu regardé ta montre ? demande le commissaire.

— Non, répond le cocher. Pourquoi regarder une montre quand on sait l'heure exacte ? La montre, on la regarde quand on ne connaît pas l'heure, non quand on la connaît.

— Continue, ordonne le commissaire.

— J'ai arrêté le traîneau ici, à ce même endroit où nous sommes maintenant. S'il n'avait pas neigé, vous auriez pu voir les traces. À droite et à gauche il y a le gouffre. Vous ne le voyez pas parce qu'il est entièrement rempli de neige. Mais, si on avance de quelques centimètres, à droite ou à gauche, on ne revient plus jamais sur la terre. Ni homme, ni traîneau, ni chevaux. Je suis donc obligé de faire attention.

Ismaïl le Lipovan est debout. Près des chevaux, avec son bonnet de fourrure pointu et couvert de flocons, il ressemble à un sapin sur lequel tombe la neige. Chaque parole qu'il prononce surprend. Il est impossible de s'habituer à l'idée qu'une si petite voix peut sortir d'une telle montagne de chair et d'os.

— À partir de cet endroit et jusqu'au château, il n'y a plus de route. Vous le savez bien. C'est ici que les voitures s'arrêtent. J'ai donc demandé au jeune monsieur de descendre ici. Il avait deux cents mètres à parcourir à pied. Je vous le dis, j'avais de la peine pour les chevaux. Je ne voulais pas les forcer à nager dans la neige aussi haute qu'eux... À peine avais-je fini la phrase que le jeune monsieur était déjà debout. Il a sauté du traîneau. Prêt à courir vers le château. Avant de s'élancer vers la maison, il a voulu payer la course. Il a calé sa toute petite valise entre ses genoux, pour ne pas la poser sur la neige et il a commencé à chercher la monnaie. Je me souviens qu'il a ôté ses gants de tricot, des gants de l'armée, avec les dents, tellement il était pressé. Il ne voulait pas perdre une minute. Il ne savait pas qu'il courait à la mort. « Laissez la monnaie, mon jeune monsieur, lui ai-je dit. Ne retournez pas vos poches. Rentrez au château. Vous me réglerez la course demain. » Entre-temps, il avait trouvé son porte-monnaie. Il a pris un billet de vingt francs et il me l'a donné, en me disant de garder le reste comme pourboire. Puis, sans remettre ses gants, il a filé en courant dans la neige, comme un fantôme.

— Tu m'as raconté que, lorsque tu lui as dit de ne plus chercher l'argent, il t'a répondu : « Et si je mourais cette nuit, Ismaïl, qui te paierait la course ? » C'est vrai, il t'a dit cela ? demande le commissaire.

— Il l'a dit : « Si je mourais cette nuit, qui te réglerait la course ? » Mais il ne le pensait pas.

— Es-tu sûr, Ismaïl, qu'il ne pensait pas à quelque danger de mort au moment où il t'a dit : « Si je mourais cette nuit ? »

— Il n'y pensait pas, monsieur, répond Ismaïl. Le jeune homme a dit cela pour plaisanter. On dit toujours : « Si je mourais » quand on est sûr de ne pas mourir. Quand on a vingt ans. À cet âge, on est convaincu qu'on ne vieillira jamais. Il a dit : « Si je mourais » comme il aurait dit une chose qui ne lui arriverait jamais. Il était convaincu, le malheureux, que sa mort était une chose impossible. Et trois minutes après il était mort. Mort, monsieur ! Sur la neige. Son corps de vingt ans, élastique comme le corps des écureuils et vidé de son sang... Avec une balle dans la tête... Devant le château.

Ismaïl le Lipovan s'arrête. Il se signe pieusement. Le visage tourné vers l'est.

— Et ensuite ? demande le commissaire.

— Je vous l'ai déjà raconté, dit Ismaïl.

Le cocher a de la peine à remuer ces souvenirs sanglants. Mais il continue :

— Il est parti en courant vers le château. Ses gants entre les dents. Il courait comme on nage. Avec de la neige jusqu'à la ceinture. En soulevant sa petite valise au-dessus de sa tête, comme on soulève un objet précieux quand on traverse une rivière. Il s'éloignait vers le parc.

— Et toi ?

— Moi, j'ai fait demi-tour avec mon traîneau. Puis je me suis signé, en priant Dieu de m'accorder un bon retour. J'ai jeté un coup d'œil vers mon client. Il était déjà devant la grille du château.

— Le château a une grille ? demande le juge.

— Une grille de fer, répond Ismaïl. Vous allez la voir.

— Cette grille est-elle fermée, d'habitude ?

— La grille du château est toujours fermée à clef. Mais le jeune Tuniade avait la clef. Je l'ai vu ouvrir la grille et entrer dans le parc. Il n'a pas sonné. Il y a une cloche à la grille. Une grosse cloche, à peine plus petite que celle de l'église d'Agapia. S'il avait sonné pour se faire ouvrir, je l'aurais entendu.

— Et tu n'as vu personne ? Aucun autre être vivant ?

— Aucun être vivant, répond Ismaïl.

— Encore une question, monsieur Ismaïl, dit le juge.

— Oh, monsieur le juge, ne faites pas une chose pareille ! Appelez-moi Ismaïl, ou Lipovan, comme tout le monde. Pas monsieur ! Pour l'amour de Dieu ! Il me semble ridicule d'être appelé ainsi à mon âge. Moi que personne n'a jamais appelé monsieur. Je suis un cocher, un Lipovan. Je ne suis pas un monsieur.

— Bien, Ismaïl. Pour te faire plaisir, je ne t'appellerai plus monsieur. Mais toi, tu dois aussi me faire plaisir : réponds-moi en toute franchise, car il y a une chose que je ne comprends pas. Comment se fait-il qu'après avoir terminé ta course, au lieu de descendre tout de suite tu es resté ici, en pleine tempête, par un froid terrible, à contempler ton client qui courait vers sa maison ? Ce n'est pas un temps à rester immobile dans le traîneau, n'est-ce pas ?

— Non, monsieur.

— Tu es resté quand même quelques minutes, après le départ de ton client.

— Je suis resté, monsieur.

— Pourquoi ?... Qu'attendais-tu ? Avais-tu un motif qui t'empêchait de descendre ?

— Oui, monsieur, j'avais un motif.

— Ce doit être un motif extrêmement important, dit le juge. Car, pour une bagatelle, on ne resterait pas ici, au sommet de la montagne, par 40 degrés au-dessous de zéro, et en pleine tempête.

— Ce n'était pas une bagatelle, dit Ismaïl. Je suis resté à cause de mes chevaux. Ils avaient monté tout le Chemin des Amoureuses. Pendant vingt minutes. Avec la neige jusqu'au ventre. Vous déclarez que j'aurais dû descendre, tout de suite, sans leur laisser quelques minutes pour souffler. Un cheval qui grimpe s'essouffle. Il a chaud. Avant de le faire descendre, il faut le couvrir. Lui mettre sur le dos une couverture. À la descente, le cheval a froid. J'ai laissé les miens se reposer ici, après les avoir tournés le dos au vent. Car, un cheval, il faut le soigner. C'est une créature de Dieu.

— Vous savez qu'Ismaïl est un *skoptzy*, explique le commissaire. C'est un homme très pieux. Sa religion lui enseigne qu'en soignant les créatures de Dieu on rend hommage à leur Créateur. Vous connaissez certainement leur religion.

— Vaguement, répond le juge.

Il s'adresse à Ismaïl :

— Aimer les animaux et les ménager, c'est très bien. Mais racontez-moi la suite. On verra bien, si c'est l'unique motif qui vous a fait vous attarder ici.

— J'étais donc dans le traîneau, dit Ismaïl, prêt à partir. Les chevaux étaient tournés vers la descente. J'ai entendu deux coups de feu. L'un après l'autre. Très vite. J'ai tourné la tête. Je n'ai rien vu. Mais j'étais sûr d'avoir entendu les coups de feu. Les chevaux aussi les avaient entendus. Ils avaient, eux aussi, tourné la tête vers le château. À cet instant même, j'ai entendu encore deux ou trois coups. En même temps, j'ai vu comme des éclairs au-dessus de la grille, dans le parc. Puis de nouveau le silence. L'immobilité. Il n'y avait que le vent et la neige. J'ai sauté de mon traîneau et j'ai couru vers le château. J'étais certain qu'il était arrivé un malheur. Qu'il y avait un blessé ou un mort dans le parc. J'ai nagé dans la neige, vers le château. Je priais. Et je ne pensais à rien. La grille était grande ouverte. Derrière la grille, étendu sur la neige, j'ai vu un corps humain. Et tout autour, du sang. Une tache rouge. Dans la nuit, elle semblait plutôt noire.

— Vous raconterez cela sur place, dit le commissaire. Allons, monsieur le juge.

Ils montent dans le traîneau. Le cocher ne bouge pas.

— J'ai donné l'ordre de partir, Ismaïl, dit le commissaire. Qu'est-ce que tu attends ?

— Monsieur le juge et monsieur le commissaire, puis-je vous demander quelque chose, très respectueusement ?

— Demande, mais avance, dit le commissaire.

— Ne pourrions-nous pas laisser le traîneau ici et aller à pied au château ? C'est très dur pour les chevaux d'avancer sur ce terrain. Et ils sont fatigués. Ça fait deux fois que les chevaux montent cette nuit le Chemin des Amoureuses. Un cheval ne ferait pas ce qu'un homme a fait cette nuit : tuer son frère. Il faut respecter les chevaux pour cette supériorité qu'ils ont sur les humains. Et il ne faut pas leur imposer des fatigues qui ne soient pas absolument nécessaires.

Le juge et le commissaire descendent du traîneau, sans dire un mot. Ils avancent vers le château, dans la neige. Ismaïl les suit. Derrière eux, les deux chevaux blancs regardent, curieux, les trois hommes qui avancent vers le château des Tuniade, où brillent deux fenêtres : les fenêtres de la salle où se trouve le mort. Deux fenêtres, comme deux yeux rouges de colère et de larmes, derrière un rideau de neige.

VI

La neige n'a pas de mémoire

La grille du château est ouverte. La neige ne tombe plus. Il fait très noir. Il est deux heures et demie du matin. Les trois hommes — le juge, le commissaire et le cocher — pénètrent à la file indienne, par la grille, dans le parc qui entoure le château. Au fond du parc — comme sur une page blanche — deux fenêtres allumées. C'est le château des Tuniade. Le célèbre château qui fut gagné au jeu, dans un tripot. En réalité, c'est un simple chalet de montagne. Il y en a des milliers de pareils dans les Alpes du Tyrol, en Suisse, dans la Forêt-Noire. On a baptisé château ce chalet parce qu'il a une silhouette étrangère, différente de celles des maisons du pays, et parce que les propriétaires sont des satrapes. La même chose s'est passée pour le chalet des rois, à Sinaïa. On l'appelle le château de Sinaïa, parce que le roi y habite. Au fond, c'est un simple chalet de la Forêt-Noire.

— Les fenêtres ouvertes sont celles du salon, explique le commissaire. C'est là que se trouve le cadavre.

Ismaïl le Lipovan s'arrête et montre, avec le fouet, un point dans la neige.

— C'est là, monsieur, qu'il était quand je suis arrivé.

— Montre-nous l'endroit exact où gisait le corps, ordonne le commissaire.

Il crie à Ismaïl :

— Tu as peur d'approcher ?

— Oui, dit le cocher.

— Tu es fou, Ismaïl ! De quoi as-tu peur ?

— Je crains de marcher dans le sang du pauvre jeune homme, répond Ismaïl. C'est un grand péché, de piétiner le sang d'un homme.

— Pas de simagrées ! crie le commissaire. Montre-nous où était le cadavre ! Tu vois bien qu'il n'y a pas une seule goutte de sang, nulle part.

— Quand je suis arrivé, le corps était couché dans la neige. Couché sur le côté droit. Recroquevillé. Comme le corps des enfants dans le ventre de leur mère. Les mains étaient posées sur les genoux, comme on fait pendant le sommeil. Toute la neige autour était rouge de sang. Maintenant, vous voyez, il n'y a plus de sang. La neige a tout recouvert. La neige n'aime pas le sang. Ni aucune tache. La neige est pure. Elle est sainte, la neige. Elle est sainte, à cause de sa blancheur.

Ismaïl passe son fouet dans la main gauche. Et il se signe. Comme s'il priait la Sainte Vierge.

— Il était donc mort, quand tu es arrivé près de lui ? demande le commissaire.

— Il était mort, monsieur. Il avait la joue droite collée contre la neige. Comme les enfants ont leur joue collée contre le sein de leur mère. Oh, mon Dieu ! les hommes quand ils meurent, reprennent, dans leurs derniers instants de vie, les mêmes positions, les mêmes gestes et les mêmes attitudes qu'ils avaient aux premiers instants de leur vie, à la naissance ! Les corps des hommes ont la même attitude, recroquevillée, dans les premiers et les derniers instants de leur existence. Ainsi M. Anton Tuniade. Je me suis approché de lui. Je me suis agenouillé près de sa tête. Je voulais l'aider, lui parler. J'ai compris que c'était trop tard. Il était mort. Il ne respirait plus. Le sang ne coulait plus. Il s'égouttait seulement, s'échappant de la tunique militaire. Le garçon était tout blanc. Le visage était comme la neige. J'ai touché le visage et le cou ; ils étaient encore chauds. Vous me croirez ou non mais, quoique mort, il était encore chaud. Les flocons de neige qui tombaient sur ses joues et sur le front fondaient. De même, les flocons qui tombaient sur les lèvres. Ils fondaient car le corps était chaud.

— Tu expliqueras cela au docteur, dit le commissaire. Pour moi, ce que tu dis ne tient pas debout. Si l'homme était mort, il devait être froid. Si tu dis qu'il était chaud, cela signifie qu'il n'était pas mort.

— Il était mort, mais il était chaud, répond Ismaïl. Les jeunes gardent le corps chaud quelque temps après la mort. Les vieux, eux, ont le corps froid, même en vie. C'est comme ça.

Ismaïl perd le fil de sa narration.

— Et après ? lui demande le commissaire.

— Après, quand j'ai compris qu'il était bien mort, j'ai fait le signe de la croix et j'ai couru vers le château. Pour avertir la pauvre mère. À la fenêtre de la véranda, avant même de monter les escaliers et de frapper, j'ai vu une lumière apparaître, et la porte s'est ouverte. Mme Patricia Tuniade est sortie, la carabine à l'épaule. Prête à tirer. Elle avait entendu les coups de feu, comme moi. Elle avait pris la carabine et elle s'était postée derrière la fenêtre. Mais elle n'avait pas osé sortir. Ni allumer. Elle ne savait pas qui tirait ni pourquoi on tirait. Elle avait peur. Quand elle m'a vu et qu'elle m'a reconnu, elle a mis la lampe sur la fenêtre et elle est sortie. Avec la carabine prête à tirer. Elle m'a crié de m'arrêter et elle m'a demandé : « Ismaïl, c'est toi, je te reconnais ! N'approche plus, et dis-moi tout de suite ce que tu fais en pleine nuit, chez moi, dans le parc. » « Je ramène votre fils de la gare, madame Patricia », ai-je répondu. Je me suis arrêté. J'avais des sanglots dans la gorge. Mais je me maîtrisais. « Comment as-tu ramené mon fils de la gare ? a-t-elle demandé. Où est-il ? » « Il est mort, madame, ai-je répondu. On a tiré sur lui. On l'a tué. Il est ici. Derrière moi. » « Anton, mort ? » a-t-elle crié. Elle a couru vers moi. « Je lui ai montré le cadavre de son fils. Elle s'est jetée sur lui, dans la neige. Elle a jeté son fusil. Elle a embrassé son fils comme s'il était tout petit. Et comme s'il était vivant. Puis elle s'est allongée dans la neige, près de lui. Elle l'a serré dans ses bras. Je ne pouvais plus voir cela. Je les ai pris tous les deux, dans mes bras, le cadavre et la mère. Ils n'étaient pas très lourds. Même à eux deux. Et je les ai transportés dans le salon. J'avais pitié de la pauvre Mme Patricia, grand-pitié !... Mais, je ne pouvais plus rien pour elle. Dans le salon, elle voulait porter elle-même le corps de son fils sur le divan, mais le corps était trop lourd pour elle. Elle s'est effondrée avec lui, au milieu du salon. Alors j'ai allongé le mort sur le divan. Je lui ai fermé les paupières. J'ai allumé un cierge près de sa tête. Je lui ai mis l'icône sur la poitrine. Comme il se doit pour un chrétien. Puis j'ai laissé le pauvre mort. Je l'ai laissé avec sa mère, qui était à genoux, près du divan, et qui pleurait et l'embrassait. J'ai couru vous avertir.

— Allons au château, dit le commissaire.

— Un moment, dit Ismaïl. Quand je suis sorti, j'ai vu l'assassin. Je l'ai vu de mes yeux. Il s'enfuyait vers la lisière de la forêt. Là-bas.

— Et tu le dis seulement maintenant ? fait le commissaire.

Il est furieux.

— Es-tu sûr d'avoir vu l'assassin ?

— Sûr, répond Ismaïl. En sortant du château, pour vous avertir du meurtre, j'ai vu un homme qui s'enfuyait vers la forêt. Vers la lisière de la forêt...

Ismaïl montre du doigt l'endroit où était l'homme qui s'enfuyait. C'était là. Vers le bois de sapins. À quelques centaines de mètres vers l'ouest, au-dessus du château.

— Qu'as-tu fait ? demande le juge. Tu n'as pas couru après lui ?

— J'ai appelé Mme Patricia. J'ai crié : « Le

meurtrier ! Voilà l'homme qui a tué ! » Il s'enfuyait vers la forêt.

— Et après ?

— Je ne sais pas si j'ai bien fait d'appeler Mme Patricia, dit Ismaïl.

— Tu as appelé Mme Patricia, dit le juge. Mais vous l'avez laissé courir, après l'avoir découvert ?

— Non, répond Ismaïl. Mme Patricia est sortie. Comme une tempête. Elle a vu l'homme. Elle tremblait comme un saule. Elle est rentrée dans le chalet et elle en est ressortie avec la carabine. Elle s'est appuyée contre moi. Elle a tiré sur l'homme qui fuyait. Elle a tiré, cartouche après cartouche. Jusqu'à ce qu'elle ait vidé le chargeur. L'homme courait toujours. Il était comme une tache noire sur la neige. J'ai essayé d'arracher l'arme des mains de Mme Patricia. Mais elle ne l'a lâchée qu'après avoir vidé le chargeur.

— Et l'homme qui fuyait ? demande le juge. Qu'est-il devenu ?

— Je ne sais pas. Mme Patricia est allée chercher une autre carabine. Elle est revenue tout de suite. C'est facile de trouver une autre arme dans le chalet dont tous les murs sont couverts de panoplies, ce ne sont que fusils de chasse, carabines, pistolets. Tous chargés. C'est un souvenir de son mari, d'Anton Tuniade père. Celui-là ne pouvait vivre que parmi les armes à feu. Il en avait autour de son lit, autour de sa table. Donc Mme Patricia est revenue avec une autre arme. Mais quand elle a cherché de nouveau, pour le tuer, l'homme qui s'enfuyait, elle ne l'a plus vu. Il avait disparu, comme englouti par la neige. Tout était blanc.

— Tu penses qu'il est mort ? demande le juge.

— Peut-être, dit Ismaïl. Mme Patricia n'a jamais manqué un seul coup de fusil. Elle tire mieux encore que son mari. Elle tire l'oiseau au vol et elle ne le rate pas... Peut-être que l'homme qui fuyait est mort dans la neige. Peut-être est-il blessé. Dans ce cas, c'est comme s'il était mort. Enseveli sous la neige. Peut-être a-t-il réussi à s'enfuir. S'il est entré dans la forêt, qui était à moins de cent mètres devant lui, personne ne le reverra plus...

— Pourquoi ne m'as-tu pas dit tout de suite que tu as vu l'assassin ? demande le commissaire. C'est la première chose que tu devais dire. Pourquoi as-tu attendu si longtemps ?

— Je ne sais pas, répond Ismaïl. J'en suis tout bouleversé.

Les deux agents de police que le commissaire a dépêchés au château par le petit sentier arrivent devant la grille. Leurs bonnets de fourrure et leurs pèlerines sont blancs de neige. Ils sont terriblement en retard. Ils devraient être là depuis longtemps.

— Espèce de fainéants, dit le commissaire Filaret, où avez-vous traîné jusqu'à présent ?

— La neige était trop haute, dit l'un d'eux. C'est un miracle si nous sommes ici. Nous avons cru ne pas pouvoir arriver.

— Ismaïl, va avec les deux agents ! ordonne le commissaire. À toute vitesse. Allez tous les trois à l'endroit où l'homme qui fuyait se trouvait au moment où Mme Patricia a tiré sur lui. S'il est mort ou blessé, amenez-le au château. Regardez s'il y a des traces, n'importe quelles traces. Et revenez tout aussi vite.

Les deux agents — des hommes à cheveux gris — qui sont tout essoufflés d'avoir été réveillés précipitamment et d'avoir pataugé dans la neige pendant tout le trajet, s'essuient le front et partent, précédés d'Ismaïl. Ils n'ont aucune excuse pour refuser. La fatigue n'est pas un argument suffisant en l'occurrence.

Pendant que le Lipovan, grand comme un sapin, avance vers la forêt, suivi des deux gardiens, le juge et le commissaire examinent le lieu où est tombé le jeune soldat. Il n'y a plus de sang. Ni la moindre trace. Les deux hommes ne trouvent même plus leurs propres traces, ni les empreintes que leurs pieds ont laissées en entrant dans le parc. La neige est uniforme. Blanche. Égale, comme si rien ne s'était passé.

— Ismaïl a-t-il volontairement laissé à l'assassin le temps de s'enfuir ? demande le juge. Il est incroyable qu'il ait omis d'en parler. Il a vu le meurtrier et il s'est tu à ce sujet, pendant plus d'une heure. Afin que l'assassin pût filer. C'est de la complicité. Qu'en pensez-vous ?

— Je ne sais pas, dit le commissaire.

— La première chose qu'il aurait dû dire, c'est qu'il a vu l'assassin. Que l'assassin s'enfuyait. Et dans quelle direction il s'enfuyait. Afin de nous permettre de retrouver ses traces. C'est élémentaire.

— Je ne sais pas, répond le commissaire, qui sait pourtant une chose :

Lorsqu'il s'agit de machines, on connaît toujours leur réaction exacte. Si l'on tourne le volant à droite, les roues tournent elles aussi, à droite. Si l'on appuie sur l'accélérateur, la voiture va plus vite. Même avec les animaux, on sait à quoi s'en tenir. Si l'on tire la queue du chien, il vous mord. L'animal réagit toujours de la même manière, comme les machines. Avec les hommes, on se sait jamais. Les hommes ne sont pas faits tous de même, comme les machines, les animaux et les plantes. Chaque homme est construit à un seul exemplaire. Son âme est une pièce unique. Exactement comme Dieu est unique et sans pareil. Il est difficile de comprendre pourquoi Ismaïl n'a pas commencé par le commencement, c'est-à-dire par l'information relative au criminel.

— Cette omission, de la part du cocher, ne prouve-t-elle pas qu'il est complice ? demande le juge.

— Il faut y penser, répond le commissaire. Peut-être oui, peut-être non. Allons au château.

Les deux hommes pénètrent dans le château des Tuniade. Le fameux château gagné aux cartes. Avec l'espoir d'y trouver un indice qui les conduira à la découverte de l'assassin. Car, sur le lieu du crime, il n'y a que la blancheur immaculée de la neige. La neige n'a pas de mémoire, elle efface tout, elle blanchit tout. Elle fait grâce à tous et pour tout. La grâce n'est pas de la complicité. La neige est si blanche qu'elle ne cache pas les fuyards, mais elle leur fait grâce. La sainte neige, comme l'appelle Ismaïl.

Mais le Lipovan a-t-il le droit de gracier l'assassin, comme le gracie la neige ? La neige a le droit de grâce à cause de son unique et sainte blancheur. Mais Ismaïl est-il suffisamment saint pour avoir le même droit de grâce ? Car, s'il ne possède pas cette blancheur, il n'est qu'un vulgaire complice, qui a permis à l'assassin de s'enfuir.

VII

Patricia Tuniade,
la mère du soldat assassiné

Le juge Cosma Damian et le commissaire Filaret entrent au salon du château. Au milieu de la pièce, il y a un divan. Sur ce divan, le mort. Patricia Tuniade, enveloppée dans un manteau, est à genoux et pleure, le front appuyé sur le corps de son fils. Elle ne remarque pas l'arrivée des deux hommes. Le salon du château Tuniade est comme un musée de la chasse. Murs de bois, têtes de sangliers, de cerfs, de loups, d'ours, accrochées partout.

— Madame Patricia, c'est notre juge. Vous le connaissez, dit le commissaire. Nous avons été avertis du terrible malheur par Ismaïl. Votre douleur est aussi la nôtre.

Patricia Tuniade lève la tête. Elle regarde les deux hommes, comme dans un demi-sommeil. C'est une femme blonde, au visage très blanc et très pâle, aux yeux bleus. Elle est extrêmement belle, d'une beauté de gravure romantique. Personne ne croirait que cette belle femme qui pleure est la mère du jeune militaire qui repose mort, sur le divan, la tête encadrée de deux cierges allumés, une icône sur la poitrine, la tunique déboutonnée et maculée de sang.

— Le Dr Pillat viendra d'un moment à l'autre, dit le commissaire. Malheureusement, il ne pourra que constater la terrible chose. Quant à nous, nous devons vous poser seulement quelques questions. Uniquement sur ce qui est essentiel.

— Je vous écoute, dit la belle Mme Patricia Tuniade.

Elle est toujours à genoux, près du mort.

— Est-il exact que vous avez vu le meurtrier et que vous avez tiré sur lui ?

— Je l'ai vu, répond Patricia Tuniade.

Sa voix devient dure. Elle serre les dents. Comme on grince de rage, après avoir manqué un coup.

— Nous avons envoyé Ismaïl et les deux agents fouiller les lieux. Pensez-vous l'avoir touché ? Croyez-vous qu'il soit mort ou blessé ?

— Non, répond Mme Patricia Tuniade. J'ai vidé sur lui tout le chargeur. Mais je l'ai manqué. Ma main tremblait. Tout mon corps tremblait. J'étais secouée de douleur. Je ne l'ai pas touché. Pourtant il était tout près. Il était à moins de mille mètres. C'est parce que je tremblais que je ne l'ai pas touché. De toute ma vie, c'est la première fois que je rate une cible. Hélas, c'est la première fois que j'aurais dû tirer juste !

— Votre déclaration concorde avec les témoignages d'Ismaïl. Mais je voulais vous demander ceci explicitement : êtes-vous sûre, absolument certaine, qu'il y avait un homme qui fuyait vers la lisière de la forêt ? Il neigeait, il faisait noir. Vous étiez sous le terrible coup de l'émotion et de la douleur, et peut-être avez-vous pris pour une silhouette d'homme une ombre, un arbre, ou une bête qui courait...

— C'était un homme, répond Patricia Tuniade. Et non pas n'importe quel homme. L'assassin de mon fils. Personne d'autre ne pouvait être ici. Il n'y a jamais personne autour du château.

— Du moment que vous en êtes certaine...

— Absolument certaine, répète Patricia Tuniade. Je suis une femme qui a vécu et qui vit dans la forêt. Je suis une chasseresse. Je ne me trompe pas. C'était un homme assez jeune, un homme de la ville. D'après la façon dont il fuyait, on voyait que ce n'était pas un montagnard. Il courait vite, mais avec maladresse. Il avait la gaucherie de ceux qui n'ont pas l'habitude de marcher dans la neige. Il est vrai que je tremblais de douleur. Lorsque j'ai vu l'assassin, j'avais les yeux voilés de larmes. Mais quand j'ai le fusil dans les mains et quand je vise, même en tremblant et même à travers les larmes, je vois exactement ce que je vise. De plus, je voulais absolument le tuer. Je l'ai visé comme jamais je n'ai visé. C'était l'assassin de mon fils. Vous savez qu'en dehors de mon fils je n'ai personne au monde. Je n'ai ni père, ni mère, ni frère, ni sœur, ni mari. J'avais mon fils Antoine. Et maintenant, je ne l'ai plus.

Patricia Tuniade pleure. On ne sait si c'est la rage qui lui fait le plus mal, ou la douleur. On ne sait si elle souffre davantage d'avoir perdu son fils ou d'avoir raté l'assassin.

— Ismaïl nous a dit que le meurtre a été commis avec le revolver de la victime.

— C'est vrai, dit Mme Tuniade. Mon fils a été tué avec son propre revolver. Le voilà.

Sur la table se trouve le revolver militaire que portait le jeune Tuniade. Près du revolver, trois douilles. Il y a aussi la valise, la petite valise qu'il tenait à la main et dont tous les témoins ont parlé... Puis, un mouchoir, les gants kaki. Tout est taché de sang.

— Ismaïl a rassemblé tout ce qu'il a trouvé sur les lieux du crime, dit Mme Tuniade. Il a apporté tous les objets et les a posés ici.

— L'hypothèse d'un suicide vous semble exclue ? demande le juge.

— Et l'homme qui s'enfuyait ? réplique Mme Tuniade. Il y a assassinat. Et un assassinat de la pire espèce. Un assassinat lâche. Le meurtrier a bondi sur mon fils lorsque celui-ci a ouvert la grille. Par surprise, il lui a arraché le revolver. Et il l'a abattu lâchement. Avec son propre revolver. Par-derrière. D'une balle dans la nuque...

Patricia Tuniade montre le col du veston militaire de la victime. Le col est perforé. Il y a une blessure pas très loin de l'oreille droite, derrière la tête.

— Regardez la brûlure, dit Mme Tuniade. Elle soulève le manteau militaire de son fils. Regardez la brûlure. On a tiré à bout portant. Par-derrière. C'est un coup misérable et lâche.

— Vous n'avez aucune idée de l'identité du meurtrier ?

— Non, répond Mme Tuniade.

— Voulez-vous nous dire comment les choses se sont passées ?

— Hier soir, je suis descendue en ville, chercher des romans français pour les envoyer à mon fils.

— Vous n'attendiez donc pas votre fils cette nuit ? demande le commissaire.

— Non, je ne l'attendais pas. Je vous l'ai déjà dit, monsieur le juge. Je vous l'ai dit hier soir, à la librairie. Je savais que mon fils était consigné, à cause de l'épidémie de typhus. Il m'avait écrit qu'il s'ennuyait terriblement et qu'il me priait de lui envoyer des romans. La quarantaine pouvait durer encore des semaines et des semaines... J'ai donc acheté quelques livres. Ensuite je suis revenue au château. J'ai fait le chemin à pied. Hier, vous savez, le föhn a été terrible. Ce vent maudit, ce vent vertical, me torturait les nerfs. En arrivant au château, je n'en pouvais plus. J'ai pris un cachet. J'ai écrit une lettre à Antoine. Je lui ai annoncé l'envoi des livres et j'ai essayé de lui donner un peu de courage. Entre-temps, le föhn est devenu insupportable. C'était pire que le mal de mer causé par une tempête. Ce vent — vous allez faire sa connaissance, monsieur le juge — vous retourne les entrailles et vous écorche les nerfs. Je vis depuis vingt ans dans ce château et je n'ai pas réussi à m'habituer au föhn, à ce maudit vent vertical, qui souffle de bas en haut et de haut en bas. J'ai appelé Flora, ma servante — monsieur le commissaire la connaît — et je lui ai dit que je ne mangerais rien le soir. Qu'elle pouvait s'en aller après son travail. Je lui ai donné la lettre pour mon fils, afin qu'elle la mît à la poste de la gare. Je lui ai recommandé, comme d'habitude, de bien fermer les portes à clef en sortant. Je lui ai dit que je prendrais encore deux cachets et qu'ensuite je me mettrais au lit. Ce que j'ai fait. Je dormais profondément lorsque les coups de feu ont retenti. Tout près du château. J'ai allumé une bougie. J'ai pris la carabine. Il était une heure et sept ou huit minutes. Pas tout à fait une heure dix. Une autre rafale, de trois coups de feu, a crépité dehors. À ce moment-là, j'ai été certaine qu'on tirait dans le parc. J'ai éteint la bougie et me suis approchée de la fenêtre. J'ai guetté, prête à tirer, la carabine à l'épaule. Soudain, j'ai vu un colosse qui s'avançait vers le château. C'était Ismaïl le Lipovan.

— Vous l'avez reconnu immédiatement ?

— Je l'ai reconnu et je n'ai plus eu peur. Quand on voit Ismaïl, la peur vous abandonne. C'est la créature la plus pieuse et la meilleure qui existe. Du moment qu'Ismaïl se trouvait dans la cour du château, j'étais rassurée. Il avançait vite. C'était bien Ismaïl. Celui qui a vu une fois Ismaïl ne peut plus le confondre avec quelqu'un d'autre. Il est plus grand que tous les autres hommes, il n'a pas de cou, comme les ours ; il a une poitrine large comme le poitrail des chevaux... C'était bien lui. Lorsqu'il s'est approché de la véranda, je lui ai crié, en ouvrant un peu la porte : « Que fais-tu ici, Ismaïl ? » « Je ramène votre fils, madame Patricia, a-t-il répondu. » « Mon fils ?... Où est mon fils ? » « Il est mort, madame. On l'a tué. Ici, derrière la grille. » J'ai bondi dehors. Je ne sais plus exactement ce qui s'est passé. Ismaïl vous racontera cela mieux que moi.

— Ismaïl nous a raconté exactement la même chose. Nous vous remercions, madame Patricia. Après avoir donc transporté le corps, Ismaïl est sorti, pour venir nous alerter, et il a vu l'assassin. Il vous a appelée et vous avez tiré sur le fuyard.

— Oui, monsieur. Et je l'ai manqué, dit Patricia Tuniade.

— Nous vous remercions, dit le commissaire. Nous emportons ces objets, qui doivent être examinés au laboratoire.

Il rassemble le revolver, le mouchoir, la montre, le porte-monnaie, met le tout dans une serviette. Il demande :

— C'est Ismaïl qui a ramassé tout cela dehors ?

— Oui, avant de partir. Il a dit que, si on laissait ces objets dehors, on ne les retrouverait plus, à cause de la neige. Or ils pourraient servir d'indices à la police. Le meurtrier doit avoir laissé des empreintes.

Dans l'embrasure de la porte apparaissent les deux agents, Ismaïl derrière eux.

— Alors ?... Vous avez trouvé quelque chose ? demande le juge.

— Rien, répond l'un des gardiens.

Le deuxième continue :

— Aucune trace. Ni mort. Ni blessé. Ni sang. Aucune trace de pied humain. Uniquement de la neige... De la neige partout.

VIII

Empreintes sur la neige

Cinq heures du matin. C'est le premier vendredi du mois de mars. Quatre heures se sont écoulées depuis l'assassinat du jeune Anton Tuniade. Dans le bureau du juge Cosma Damian, ils sont trois. Le troisième est le médecin local, Dr Pillat. Il a examiné longuement le cadavre de la victime. Il explique au juge et au commissaire :

— Pas question de suicide ! Le jeune Anton Tuniade est mort assassiné. De ce point de vue, aucun doute. Le coup mortel a été tiré par-derrière, dans la nuque. Il est pratiquement impossible qu'un homme se tire à lui-même un coup de revolver dans la nuque. Le meurtre a été perpétré avec le revolver de la victime. Après examen, c'est presque tout ce que moi, médecin, je puis affirmer avec certitude.

— Le meurtrier n'était donc pas armé, observe le juge.

— Même s'il était armé, il a utilisé l'arme de la victime. C'est peut-être une astuce. Qui peut le savoir ?

— Donc les choses ont dû se passer de la manière suivante, dit le commissaire. Anton Tuniade arrive inopinément à la gare. Il prend le traîneau. Au bout du Chemin des Amoureuses, il descend, à la demande du cocher, et court à pied vers le château. Dès qu'il a ouvert la grille et franchi le seuil du parc, quelqu'un l'attaque par-derrière, lui arrache son revolver et lui tire une balle dans la nuque.

— On a trouvé quatre douilles sur le lieu du crime. Le meurtrier a donc tiré quatre fois. Une seule balle a touché la victime. À cet égard, il y a des choses à tirer au clair. Mais, pour le moment, nous ne pouvons avancer que des hypothèses. Que le jeune Tuniade ait été tué avec la première cartouche ou avec la quatrième, cela ne change pas le fond du problème. Après le meurtre, l'assassin abandonne l'arme et s'enfuit vers la forêt. Quelques minutes après, il est aperçu par Ismaïl. Ismaïl appelle Mme Tuniade. Celle-ci vide son chargeur. Mais le meurtrier réussit à s'enfuir. Nous l'avons cherché sur les lieux indiqués, mais nous n'avons trouvé de lui aucune trace. À cause de la neige, qui est tombée abondamment après le crime et qui a couvert toutes les traces.

— Encore une chose, dit le médecin. Le meurtrier n'a rien volé. Le mobile du crime n'est pas le vol.

Sur le bureau du juge, devant les trois hommes, il y a tous les objets que la victime avait dans les poches : porte-monnaie, portefeuille, montre, mouchoir ; la croix qu'il portait au cou, le bracelet d'identité. Tout y est. Le meurtrier n'a pas fouillé les poches de la victime. Il n'a rien volé.

— Cela écarte l'hypothèse d'un crime commis par un braconnier, par un rôdeur, qui aurait attaqué le jeune homme pour le voler.

— L'hypothèse du rôdeur est exclue depuis le début, répond le commissaire. À Agapia, il n'y a pas de rôdeurs. Ni de braconniers. Surtout autour du château et par plus de 30 degrés au-dessous de zéro, au milieu de la nuit.

— S'il ne s'agit pas d'un rôdeur, on peut imaginer quelqu'un qui serait venu pour voler je ne sais quoi au château.

— Impossible, monsieur le juge. On voit que vous ne connaissez pas le pays. Jamais personne n'oserait voler quoi que ce soit au château des satrapes. Dans ce château — comme vous l'avez vu — tous les murs sont couverts d'armes à feu et d'armes blanches. Celui qui oserait s'approcher du château s'approcherait de la mort. Cela, tout le monde le sait ici, et dans tout le district. Personne n'a jamais osé voler quoi que ce soit chez les Tuniade. Patricia Tuniade vous tue un moineau à un kilomètre, en tenant la carabine d'une seule main. Tous les Tuniade sont des tireurs extraordinaires. Ils passent leur vie à tirer à la cible. Leur joie, c'est de tuer les oiseaux en plein vol. Depuis leur enfance, ils apprennent ce jeu. Non, réellement, un homme du pays n'aurait jamais osé commettre un vol au château. Il faut chercher le meurtrier ailleurs. Et un autre mobile du crime que la cupidité.

— Si nous avions au moins une empreinte, une trace quelconque ! Mais la neige a tout effacé. Or jamais meurtrier n'a laissé sur le lieu du crime des empreintes plus profondes. Les pas de l'assassin se sont enfoncés d'un mètre dans la neige. Il a laissé des traces profondes, des traces d'un mètre autour du cadavre et jusqu'à la lisière de la forêt. Mais la neige, en deux minutes, a tout recouvert. Elle a couvert, avec son voile d'innocence, avec sa blancheur virginale, toutes les traces de l'assassin.

Les trois hommes pensent tous à cette prérogative de la neige, qui couvre tous les crimes. Aucun assassin n'est exclu de la grâce qu'accorde la neige. Tous en bénéficient. Si un homme effaçait les traces du meurtrier, comme l'a fait la neige, cet homme se verrait infliger la même peine que le meurtrier. Mais la neige, on ne peut pas l'arrêter. On ne peut pas juger et condamner la neige. Ni maintenant, ni dans les siècles des siècles. Malgré tous les progrès techniques. Malgré toutes les forces que l'on mettra en œuvre, malgré les armes automatiques, les avions, les blindés, les radars, la neige est invulnérable. La neige cache tous les fugitifs, hommes ou bêtes. Elle les protège et blanchit leurs traces...

— Si nous avions eu la pluie, au lieu de la neige ! dit le commissaire... La pluie ne blanchit pas le lieu où elle tombe ; elle transforme la terre en boue. Et elle garde dans la boue les empreintes, pour les montrer aux policiers. La pluie est bavarde. Elle est bouillonnante, nerveuse, rancunière, monotone ou violente. La neige est silencieuse et muette, sans mémoire et solennellement égale à elle-même. La pluie est laïque, la neige est religieuse. La neige qui tombe, c'est comme une liturgie. La pluie apporte la boue, les inondations, mais aussi la fertilité. La neige ne produit rien. Son rôle est d'être blanche, sans mémoire terrestre, et de faire grâce à tout et à tous. Comme Dieu. La neige et la pluie sont sœurs. La pluie est dans le siècle, laïque ; et la neige est au-dessus de la terre, religieuse. Les gens d'ici, et toute la vie d'ici, sont exactement comme la neige, dit le commissaire. Il ne faut pas attendre de leur part une collaboration avec la police. Comme on ne peut l'attendre de la neige. En bas dans la ville, dans la plaine, les gens et la vie sont comme la pluie : ils sont riches et ne demandent qu'à collaborer avec la police, à garder toutes les empreintes et à les lui montrer. Ici, notre enquête sera dure. Ici, c'est le royaume de la neige. Nous sommes dans une région plus proche du ciel que de la terre. Et la police n'y a pas accès. Elle n'a jamais eu accès au ciel. Remarquez le nom de la ville. *Agapé*, ça veut dire « amoureuse ». Mais amoureuse spirituelle. « Agapètes », c'est aussi différent d'« Érotiques » que la neige diffère de la pluie. La pluie est érotique. La neige est agapète. L'une aime avec le corps, et l'autre avec l'esprit. Ici, nous devons trouver un assassin et faire une enquête de police. Ce sera dur. C'est le royaume des Agapètes et de la neige.

IX

*Le tueur est arrivé
par le train du nord*

Le Dr Pillat prend congé. Il a des malades à soigner. Le juge et le commissaire restent face à face. Ils sont gênés. Le juge est gêné par sa jeunesse. Il n'est juge que depuis quelques heures, et il a déjà un mystère policier à résoudre ! Le commissaire Filaret est gêné parce qu'il est né dans le pays et le connaît aussi bien que son propre corps. Mais il ne peut, en rien, aider le jeune juge.

— Lisez-vous des romans policiers ? demande le juge.

— Non.

— Moi non plus. J'ai essayé. Mais je n'ai jamais réussi à entrer dans le jeu. Je ne comprenais pas comment les policiers pouvaient s'acharner à poursuivre quelques malheureux traqués. Car tout criminel est, au fond, un désespéré. Eh bien, maintenant, je n'ai qu'un but : trouver l'assassin ! Comme dans les romans. Non pas pour voir l'assassin enchaîné. Je veux trouver le tueur pour savoir qui il est et pourquoi il a tué le jeune Anton Tuniade. Je suis certain qu'en élucidant le mystère de ce meurtre je découvrirai des choses nouvelles, parmi celles qui gisent cachées en chaque homme, et en moi-même. Car c'est uniquement dans les cas limites, de meurtre, de crime, de suicide, qu'on a des révélations sur les mystères de la vie et de l'homme — mystères qui, en temps normal, demeurent bien cachés en nous...

— Une chose est sûre, monsieur le juge : l'assassin n'est pas un homme du pays. Je n'ai pas besoin d'empreintes digitales pour vous l'affirmer. Je n'ai pas besoin de corps du délit, ni d'autres éléments du même genre pour savoir qui est l'assassin. Je sais que l'assassin est un gars qui n'est pas du pays, un étranger. Je connais les hommes, les femmes et les enfants de toute la ville, comme on connaît les personnes avec lesquelles on vit dans la même maison. Agapia est comme une grande maison. Nous sommes peu nombreux. Durant les mois d'hiver, nous sommes presque complètement coupés du reste du monde. Nous vivons ensemble. Comme une grande famille. Il y a parmi nous des bons et des mauvais, des gens sympathiques et des gens antipathiques, des gens capables d'accomplir des actes sublimes, et d'autres, capables de commettre des actes abominables. Ni les uns, ni les autres n'en ont l'occasion. La scène est trop petite pour de grandes actions. C'est le destin des petites villes, qu'on n'y peut réaliser que de petites choses. Je sais tout cela. Mais je sais aussi que tuer par-derrière, d'une balle dans la nuque, un jeune homme de vingt ans, lorsque celui-ci revient à sa maison pour embrasser sa mère, cela, monsieur le juge, personne dans notre ville n'est capable de le faire. D'autres choses, oui, s'ils en avaient l'occasion. Mais pas celle-là. L'homme qui a commis ce meurtre n'est pas un habitant d'Agapia. Je les ai tous passés en revue dans ma tête. J'ai contrôlé, mentalement, chaque famille, chaque maison, chaque homme et chaque femme. Personne n'est capable de faire cela. Le meurtrier n'est pas d'ici. Personne de chez nous ne pouvait tuer cette nuit le jeune Tuniade.

Le commissaire parle de ses concitoyens avec la passion qui anime un homme parlant de ses frères. Il continue :

— Toutes les petites villes sont comme de petites familles. Même là où les gens se haïssent, leur haine est familiale. Chez nous, ce n'est pas la grande haine des hommes et des femmes qui vivent dans les métropoles. Car ici on connaît bien à fond, comme on connaît son propre corps, celui qu'on aime et celui qu'on hait. Chez nous l'amour et la haine sont toujours humains, parce que l'objet en est une personne qu'on connaît comme soi-même ; la haine et l'amour ne sont pas inhumains, abstraits, comme dans les villes. En pensant à toutes ces choses et à d'autres encore, j'affirme clairement que le meurtrier n'est pas un homme ou une femme de chez nous... Je désire trouver l'assassin pour lever le soupçon qui pèse sur les gens de chez nous, pour démontrer que l'homme qui a tué est venu d'ailleurs. Le meurtrier est un étranger.

Le commissaire appelle un agent et lui dit :

— Va à la gare et envoie-moi de toute urgence

monsieur le chef de gare. Toi, tu restes à sa place et tu réponds au téléphone si quelqu'un appelle. Car il faut que dans une gare il y ait toujours quelqu'un. Va vite.

Quelques minutes plus tard, M. Inimiora, M. Cœur-Mignon, avec sa barbiche et son regard romantique, arrive tout essoufflé, au bureau. Il a couru, comme on le lui a demandé.

— Prends place, Inimiora, dit le commissaire. Prends place et raconte-moi, encore une fois, l'arrivée du jeune Tuniade.

— Il est arrivé par le train du nord, à minuit quarante, avec quarante minutes de retard. Avant l'arrêt complet du train, le jeune Tuniade a sauté d'un wagon de première. Il est allé en courant vers Ismaïl. Avant de sortir avec Ismaïl, il m'a vu. Il s'est dirigé vers moi, m'a serré la main et m'a dit qu'il avait quatre jours de permission et qu'il viendrait demain bavarder avec moi. Ensuite il est parti en courant. Il était impatient d'arriver chez lui.

— Ça, tu nous l'as raconté, dit le commissaire. Nous savons tout cela. Ce que nous ne savons pas, c'est si Anton Tuniade est le seul passager qui soit descendu du train du nord.

— C'était le seul passager, répond le chef de gare. Je vous l'ai déjà dit.

— Inimiora, fais bien attention, dit le commissaire. Le jeune Tuniade a été assassiné. Il est mort.

— Je le sais, répond le chef de gare.

— Le meurtre a été perpétré d'une manière odieuse. Le médecin vient de nous le confirmer, à monsieur le juge, et à moi. On s'est jeté sur le pauvre petit par-derrière, au moment où il entrait dans le parc. On lui a arraché le revolver et on l'a tué à bout portant. On lui a tiré une balle dans la nuque, le canon du revolver appuyé sur le cou. Le col du manteau est brûlé. On a tiré, comme on poignarde. Tu comprends, Inimiora ?

— Je comprends, monsieur le commissaire, répond le chef.

Il est très ému.

— Un tel crime ne peut être commis par un homme d'Agapia, dit le commissaire. Celui qui a commis un tel meurtre est un monstre, un lâche et un tueur de la pire espèce. Il n'existe pas un tel personnage dans notre petite ville. L'assassin est un étranger. L'assassin est venu d'ailleurs. Tu comprends, Inimiora ?

— Oui, monsieur, répond le chef de gare.

— Tu admets donc que l'assassin est arrivé de l'extérieur ?

— Oui, monsieur.

— Si l'assassin est venu de l'extérieur, il est venu par le train.

— Non, monsieur. Le seul voyageur qui soit descendu du train du nord, à minuit, était Anton Tuniade.

— Comment l'assassin serait-il venu, s'il n'est pas descendu du train ? Toutes les routes sont bloquées depuis des mois. La gare la plus proche se trouve à quarante kilomètres de distance. L'assassin a dû arriver à Agapia, ou par la voie des airs, ou par le chemin de fer, mais il n'est pas oiseau — et les oiseaux ne tirent pas au revolver. Celui qui peut tenir un revolver et assassiner n'est pas un oiseau. Et s'il n'est pas oiseau, il ne peut arriver par la voie des airs. Donc il est arrivé dans notre ville par le train.

— Personne n'est arrivé par le train, en dehors de M. Tuniade. Ismaïl le Lipovan qui était sur le quai, près de moi, peut vous le confirmer.

— Inimiora, regarde-moi dans les yeux, car c'est extrêmement grave.

— Je vous regarde, monsieur le commissaire.

— Inimiora, est-ce que tu peux jurer, devant Dieu et devant les hommes, qu'un deuxième voyageur n'est pas descendu du train de minuit ?

— Je le jure, répond Inimiora.

— Tu n'as vu personne descendre du train, n'est-ce pas ?

— Non, monsieur.

— Tu es donc sûr que personne n'est descendu du train ?

— Absolument sûr.

— Es-tu aussi sûr que personne n'est descendu du train à contre-voie, dans les champs ?

— Les portes des wagons ne s'ouvrent que vers le quai.

— Es-tu sûr, Inimiora, que nul n'a ouvert une porte ou une fenêtre, et que nul n'est descendu à contre-voie, du train de minuit ?

— Je sais avec certitude que personne n'est descendu sur le quai. Et que les voyageurs ne peuvent pas descendre du train à contre-voie, car, de ce côté, les portes sont fermées à clef.

— Inimiora, ce second voyageur, du moment

qu'il a été capable de tuer bestialement le jeune Tuniade, était aussi capable de descendre d'un train par le côté interdit. Celui qui peut supprimer une vie humaine, et commettre ainsi le plus grand péché du monde, peut aussi bien contrevenir aux règlements des chemins de fer. Qu'en penses-tu ?... Cela me semble logique.

— C'est logique, dit le chef de gare.

— Tu admets donc qu'un second voyageur aurait pu descendre du train à minuit, à contre-voie, avant ou après le départ du train du nord, sans que ni toi ni personne ne l'aperçoive ?

— C'est possible, dit Inimiora.

— C'est cela que je voulais savoir. Si un second voyageur pouvait descendre du train du nord, à minuit, dans la gare d'Agapia, sans que tu le voies. Car je suis certain que le meurtrier du jeune Tuniade est précisément ce second voyageur. Un habitant d'Agapia ne pouvait pas perpétrer le meurtre. De mémoire d'homme, on n'a pas commis de meurtre à Agapia. L'assassin est un étranger. Maintenant, dis-moi, le jeune Anton Tuniade ne t'a-t-il pas raconté comment il a pu obtenir un congé de quatre jours, alors que le typhus ravage la ville et que tous les militaires sont consignés dans les casernes ?

— Non. Il ne m'a rien dit.

— Tu penses qu'il avait réellement une permission ?... Ou qu'il a déserté ?

Le chef de gare, au lieu de répondre, sourit. Un sourire amer, douloureux, résigné.

— Laisse-t-on un soldat sortir d'une caserne contaminée par le typhus ?... Réponds-moi.

— Si l'on est riche, si l'on appartient à une famille de satrapes phanariotes, on peut toujours. Pour eux, il n'y a pas de loi. Tout est possible. Si, cette nuit, j'avais vu le jeune Anton Tuniade descendre du train en uniforme de capitaine, après cinq mois de service militaire, je n'aurais pas été surpris. Les Phanariotes ont chez nous des pouvoirs plus grands que le Bon Dieu lui-même. Tout est possible aux riches. Il est possible qu'on ait laissé Anton Tuniade sortir d'une caserne contaminée par le typhus pour aller en permission. Même s'il risque de transmettre le typhus à toute la ville, à tout le pays et à tout l'univers. C'est un riche. C'est un satrape roumain. Pour eux, il n'y a pas de contrainte.

X

Le second voyageur n'existe pas

Le jeune juge Cosma Damian est allé se raser et se laver. Le commissaire Filaret ne se rase pas tous les jours, pas plus que les habitants du pays. Il continue donc à travailler. Il cherche des indices pour découvrir qui a tué Anton Tuniade. Filaret est certain que le meurtre a été commis par un étranger. La victime, Anton Tuniade, était presque inconnue à Agapia. Pour être aimé ou haï, pour être adoré ou tué, il faut être connu ; c'est logique. Il faut être du pays. Le jeune Tuniade n'avait rien de commun avec le monde d'Agapia. Seuls des étrangers pouvaient lui vouloir du bien ou du mal. Seuls des étrangers le connaissaient. Il est né à Paris, dans une clinique d'accouchement de luxe. Il a été nourri du lait d'une femme étrangère. Il a appris à lire et à écrire en langue étrangère, avec des maîtres étrangers, avec des camarades étrangers, dans une école étrangère. Exactement comme tous ses ancêtres, il ne venait en Roumanie qu'en été, pour surveiller les récoltes, faites par des paysans moldaves, auxquels on met des muselières, comme aux chiens, afin qu'ils ne mangent pas les raisins et les fruits qu'ils cueillent pour leurs satrapes. Aux premiers jours d'automne, Tuniade quittait Agapia avec les hirondelles. Il retournait dans ses pensionnats. Il y a cinq mois, il est revenu au pays uniquement pour faire son service militaire. Plus tard, il devait devenir sénateur, député, diplomate ou ministre. Il tenait donc à faire son service militaire. C'est un des sacrifices que les satrapes consentent à faire, pour avoir plus tard décorations et honneurs, pour pouvoir dire à la tribune qu'ils sont de grands patriotes et les pères de la patrie roumaine. Les amis et les ennemis de la victime se trouvent donc à l'étranger. Parmi ceux qui lui veulent du bien ou du mal il n'y a personne du pays. Le meurtrier peut être, par exemple, un des camarades de caserne du jeune satrape. Ou un autre militaire de ses relations. Il n'y en a pas ici.

Comme le juge arrive au bureau, rasé et soigneusement habillé, le commissaire lui tend l'écouteur du téléphone et dit :

— J'ai appelé la caserne. Il n'est pas encore six heures, mais les militaires sont des gens matinaux ; on peut les appeler de jour comme de nuit. Nous allons peut-être apprendre quelque chose qui nous mettra sur la bonne voie. Il n'en coûte rien de demander.

Quelques instants plus tard, le téléphone sonne. C'est la caserne d'infanterie où la victime accomplissait son service militaire. Le lieutenant de service vient à l'appareil.

— Ici le chef de la police de la ville d'Agapia, commissaire Filaret. Je vous téléphone de la part de M. le juge Cosma Damian. C'est une affaire de meurtre. Voici — très brièvement — de quoi il s'agit. Un de vos soldats, Tuniade Anton, incorporé dans votre régiment il y a cinq mois, habite la ville d'Agapia, où cette nuit il est arrivé à l'improviste. Personne ne l'attendait. La famille savait que le jeune homme était consigné à la caserne. Il est donc arrivé inopinément. Il est descendu du train du nord à minuit quarante et a demandé au cocher de la gare de le conduire chez lui en traîneau. Il semblait très pressé. À peine a-t-il, en passant, serré la main du chef de gare. Comme il entrait dans le parc du château où habite sa mère, un inconnu l'a attaqué par-derrière et l'a tué d'une balle dans la nuque à bout portant. Le col de la tunique est brûlé, comme s'il avait été perforé avec un fer rouge... Oui, monsieur, le jeune homme est mort. Le médecin a examiné le cadavre. Le meurtre a été perpétré avec le revolver de la victime; l'arme a été trouvée sur le lieu du crime. Nous ignorons qui est l'assassin. Le témoin presque oculaire du meurtre, c'est-à-dire le cocher qui a conduit le jeune soldat de la gare au château, et la mère de la victime affirment avoir vu l'assassin, et Mme Tuniade a même tiré sur lui. Mais il a réussi à s'enfuir. Dans cette neige, qui ne cesse de tomber, il est impossible de relever une empreinte quelconque. Nous n'avons trouvé aucune trace. Pour toutes ces raisons, nous vous prions de nous donner le plus rapidement possible certains renseignements. Peut-être faciliteront-ils notre enquête et nous aideront-ils à trouver le meurtrier du jeune soldat. Monsieur le juge et moi-même, nous vous remercions d'avance.

— Je note vos questions, dit l'officier de service. Quelle heure avez-vous ?... Ma montre indique six heures moins vingt. Je vous écoute.

— Votre régiment est-il en quarantaine ? demande le commissaire.

— Oui, répond l'officier. Notre régiment est en quarantaine depuis dix-huit jours. Il restera isolé jusqu'à nouvel ordre, jusqu'aux nouvelles décisions des autorités médicales de l'armée. J'ajoute, pour ne pas donner lieu à de fausses interprétations, que nous sommes en quarantaine parce que dans la ville il y a une épidémie de typhus. Dans notre caserne, il n'y a aucun cas.

— Pendant la quarantaine, un soldat de votre caserne peut-il ou non obtenir une permission ?

— Oui, il peut obtenir une permission, à condition qu'il la passe dans une autre ville que la nôtre, qui est contaminée.

— Pouvez-vous nous dire si le soldat Anton Tuniade, la victime de cette nuit, avait une permission réglementaire ? Ou bien était-il en état de désertion ?

— Le soldat Anton Tuniade avait une permission réglementaire, accordée par le colonel-commandant en personne et signée par moi-même, qui étais l'officier de service à l'heure de son départ.

— Lieutenant, je vous remercie pour vos précieux renseignements. Ils sont capitaux pour notre enquête. Mon opinion, à moi, est que l'assassin n'est pas un homme du pays. La victime est née à l'étranger et a vécu toute sa vie, jusqu'au service militaire, à l'étranger. Dans le pays, il était une sorte de touriste. Il n'a ici ni amis ni ennemis. Nous supposons que l'assassin est arrivé du dehors. Peut-être par le même train que sa victime. Et nous nous demandons si ce criminel n'est pas quelqu'un qui l'a suivi, depuis son départ de la caserne, jusqu'à sa maison. Pouvez-vous faire une enquête parmi ses camarades et parmi ses connaissances en dehors de la caserne ? Il a peut-être reçu des menaces de mort. On signale peut-être, à son sujet, des conflits, des querelles d'amour, de jalousie ou autres. Nous supposons que le meurtrier est une de ses relations militaires, un homme de votre ville.

— Non, monsieur le commissaire, répond l'officier de service. L'assassin du soldat Tuniade n'est pas un homme de notre ville. Cherchez ailleurs l'assassin. Il n'est pas ici.

— En êtes-vous si sûr ? Votre ville compte plus de cent mille habitants. Dieu seul peut savoir ce que chacun a fait cette nuit.

— Moi, je le sais aussi bien que le Bon Dieu, monsieur le commissaire. Aucun habitant de notre ville n'a tué le soldat Tuniade. Personne ne l'a suivi à la gare, dans le train et à la maison, pour le tuer. C'est un fait absolument certain. Cherchez l'assassin chez vous.

— Avec tout le respect que nous, les civils, devons à l'armée, je me permets de vous faire remarquer que Dieu seul peut savoir avec certitude si l'auteur du crime est de notre ville ou de la vôtre. Nous, pauvres hommes, civils ou militaires, pouvons uniquement nous efforcer de trouver la vérité.

— Monsieur, je suis officier. Je porte le même uniforme que le roi. Lorsque j'affirme une chose, elle est vraie. Je ne permets à personne de me contredire, et je vous ai affirmé que le meurtrier que vous cherchez n'est pas un homme de notre ville. Pour suivre le soldat Tuniade d'ici jusque chez lui, et pour le tuer, le meurtrier devait savoir d'abord que Tuniade se rendait en permission. Or, et là, faites bien attention, aucun être humain, dans tout l'univers, ne savait que Tuniade sortirait de la caserne et se rendrait en permission hier soir. Moi-même, l'officier de service, qui sais tout, mais absolument tout ce qui se passe dans la caserne, je n'ai appris la chose que quelques instants avant qu'elle ne s'accomplisse. À neuf heures du soir, personne ne savait que Tuniade irait en permission. À neuf heures du soir, tous les soldats étaient dans leurs lits. Cinq minutes après neuf heures, presque tous les soldats dormaient. Le jeune Anton Tuniade dormait aussi. C'est un fait vérifié par moi-même. Personne ne savait qu'un quart d'heure plus tard Tuniade serait réveillé et se rendrait en permission. Même le colonel, qui a accordé cette permission, ignorait à neuf heures qu'il la donnerait. Les camarades de Tuniade qui dorment dans la même salle, les plus proches voisins de son lit, ne savent pas encore qu'il s'est levé et qu'il est parti. Les camarades de Tuniade remarqueront son absence dans un quart d'heure, lorsqu'ils entendront le clairon du réveil. Les faits se sont déroulés de la façon suivante. Le commandant de notre régiment, colonel Sperantia, avait chez lui, depuis quelques jours, sa vieille et vénérable mère, Mme Sperantia. La mère de notre colonel est une personnalité connue de tout le monde ; c'est la propriétaire des grands domaines vinicoles Sperantia, dont le nom figure sur toutes les bouteilles. Ces domaines se trouvent à mi-chemin entre notre ville et Agapia.

« Mme Sperantia, la vénérable dame, qui a presque quatre-vingts ans, devait rentrer chez elle hier soir, par le train de neuf heures et demie. Elle avait un compartiment réservé dans le wagon officiel. C'est moi-même qui, sur l'ordre du colonel, ai retenu ce compartiment au cours de l'après-midi.

« Au repas du soir, le colonel a su, par la radio, que la neige qui tombe en abondance sur tout le pays avait bloqué plusieurs trains et qu'elle continuerait à tomber. Qu'il y avait lieu de s'attendre à des nouvelles perturbations sur le réseau ferroviaire. Que, pendant la nuit, d'autres trains seraient probablement bloqués par la neige.

« Le colonel a essayé de retenir sa mère un jour de plus. Il lui a conseillé de remettre le voyage au lendemain, en espérant que la neige cesserait de tomber et que les trains circuleraient normalement. Mais la vénérable dame n'a voulu rien entendre. Elle voulait partir à tout prix. Le colonel a décidé alors de faire accompagner sa mère. De ne pas la laisser voyager seule. Comme, parmi les membres de la famille, personne ne pouvait accompagner la vénérable dame, on a décidé d'envoyer avec elle un soldat, de bonne famille, bien élevé, cultivé, ayant de bonnes manières et parlant le français, en qualité de cavalier servant... C'est ce genre de soldat que l'on cherchait dans tout le régiment, pour accompagner la grande vieille dame, afin de la distraire au cours du voyage, de l'aider, et de lui faire la conversation, au cas où le train serait bloqué par la neige, pendant de longues heures, en pleine campagne.

« Le colonel m'a fait appeler. J'étais seul à la caserne. Tous les autres officiers étaient partis. Le colonel m'a expliqué ce qu'il cherchait. J'ai tout de suite pensé à Anton Tuniade. C'était vraiment un homme du monde. Un garçon qui, dans le cas considéré, pouvait amuser la vénérable dame. Il est né à Paris, bachelier de Paris. Il a exactement les manières et la conversation qui peuvent distraire une vieille dame en voyage. Je l'ai fait donc immédiatement réveiller. Il dormait profondément. On lui a ordonné de s'habiller en toute hâte. On l'a mis ensuite dans la voiture du colonel et on l'a envoyé à la gare, où le colonel lui a expliqué ce qu'il devait faire et, pour le remercier, lui a permis de continuer le voyage, après l'arrivée à destination de la vénérable dame qui y était attendue. À partir de ce moment, elle n'avait donc plus besoin de son cavalier. De là jusqu'à Agapia, le jeune homme n'avait plus qu'une heure et demie de chemin de fer. On lui a dit d'aller à Agapia, et de prendre quatre jours de permission. Voilà toute l'affaire, monsieur le commissaire.

« C'est moi-même qui ai réveillé le jeune soldat, comme je vous l'ai dit. Il était fou de joie lorsque je lui ai annoncé qu'il était chargé d'une mission en dehors de la caserne. Je n'avais pas encore précisé ce dont il s'agissait. Il est parti avec une petite valise, dans laquelle il avait mis, devant moi, son nécessaire de toilette, un jeu de cartes et un roman. Aucun de ses camarades ne sait encore qu'il est parti. Tous dormaient. Au réveil de six heures, ses camarades apprendront en même temps son départ et sa mort. Ce sera pour eux une dure nouvelle. Car ils l'aimaient. Mais les soldats doivent apprendre à supporter la mort de leurs camarades et à ne pas avoir peur de mourir eux-mêmes. Le métier de soldat consiste à mourir. Vous voyez qu'en dehors de moi et du colonel, nul ne sait ici que le jeune Tuniade est parti hier soir. Même la mère du colonel n'a su qu'elle serait accompagnée qu'après être montée dans son compartiment. Elle était extrêmement touchée que son fils lui eût délégué un cavalier servant, jeune, poli, beau, cultivé et parlant français. Tuniade était la personne idéale pour lui tenir compagnie en cas de panne causée par la neige. À présent, j'espère que je ne vous étonne plus en affirmant avec certitude que l'assassin n'est ni de notre caserne, ni de notre ville.

— En effet, j'avoue que j'ai eu tort de douter de vos affirmations. Mais elles étaient si absolues !... Maintenant, je suis convaincu que l'assassin n'est pas venu de votre ville. Encore une chose, si vous le voulez bien. La vénérable dame et le jeune Tuniade ont voyagé, dites-vous, dans un compartiment réservé. Aucun autre voyageur ne pouvait parler au soldat, pendant le trajet ?

— Monsieur le commissaire, dans un wagon officiel il n'entre personne. Le meurtrier n'était certainement pas du voyage. Si vous pouvez supposer que la mère d'un colonel de l'armée roumaine peut voyager dans le même train qu'un tueur, vous offensez cette armée. Cherchez ailleurs, je vous prie... À propos, si ça peut vous intéresser, je vous communique encore un détail : à une heure du matin — donc au moment même où vous dites que le jeune Tuniade a été tué — j'ai reçu un coup de téléphone. C'était la vénérable mère du colonel qui m'appelait. Elle voulait transmettre au colonel — son fils — ses remerciements, et lui faire savoir qu'elle était bien rentrée chez elle. La compagnie du jeune Tuniade l'avait charmée. C'est tout ce que je peux vous dire. Maintenant je vous laisse car, dans quelques instants, ce sera le réveil. Le clairon du matin va sonner, et je dois me trouver à la caserne.

— Je vous remercie au nom de M. le juge Cosma Damian, qui dirige l'enquête et en mon nom personnel. Nous avons, grâce à vous, éliminé de l'enquête une hypothèse erronée. Maintenant nous sommes convaincus que l'assassin n'a pas voyagé dans le même train que la victime.

— Commissaire, ayez la gentillesse de transmettre, de la part du colonel, des officiers et des camarades du soldat Tuniade, leurs condoléances les plus sincères à la mère de la victime.

— Je n'y manquerai pas et je vous en remercie.

— Ne coupez pas, commissaire, dit le lieutenant. Faites parvenir le plus vite possible au régiment un rapport officiel sur le meurtre. Afin que nous rayions de nos registres le nom du soldat, pour cause de décès.

— Je vous l'enverrai aujourd'hui même, dit le commissaire.

— Encore une chose. Veuillez aussi nous faire parvenir les effets militaires du soldat décédé. C'est le règlement. Si la famille du défunt désire que le soldat soit inhumé dans son uniforme militaire, elle a le droit de le faire, mais il faut qu'elle nous envoie un certificat justificatif, et aussi un inventaire, certifié conforme par les autorités locales, attestant que le soldat a bien été inhumé avec les effets militaires mentionnés dans l'inventaire. Encore une fois, mes condoléances à la famille du défunt. Et ne cherchez plus l'assassin dans notre ville, à la caserne ou dans le train. L'assassin est certainement tout près de vous. C'est presque toujours ainsi que les choses se passent.

La conversation est terminée. Le commissaire Filaret a de la peine. Une terrible peine. Le criminel n'est pas arrivé par le train. Le deuxième voyageur n'existe certainement pas. Le commissaire doit, à contrecœur, chercher l'assassin parmi ses concitoyens. Et cela lui fait de la peine.

XI

Le meurtrier était un homme sans armes

Le juge Cosma Damian est mécontent du commissaire Filaret, qui a plutôt embrouillé les choses. Le commissaire pose les questions bizarrement. Filaret manque de logique. Et on ne peut pas faire une enquête policière sans logique. Filaret est plutôt un mystique. Le voici soudain tout abattu. Il se prend la tête dans les mains et regarde la pendule avec frayeur.

— Dans une heure et demie, le jour se lève, dit le commissaire.

— Vous sentez-vous mal, commissaire ? demande le juge.

Devant lui, le commissaire est effondré, tout pâle ; et sa barbe non rasée lui donne une figure d'icône.

— Je ne suis pas malade, répond le commissaire.

— Vous êtes tout pâle. Certainement, vous ne vous sentez pas bien. Voulez-vous prendre une heure de repos ?

— J'ai peur, monsieur le juge.

— Peur de quoi ?

— J'ai peur que l'assassin ne soit un homme de chez nous. J'étais certain que ce criminel était un étranger. Une des relations militaires de la victime. L'officier de service a détruit cette hypothèse. Il a été catégorique. Et certainement il disait vrai. Personne ne savait que le jeune Tuniade irait en permission. Donc personne ne pouvait le suivre pour le tuer. Le chef de gare et Ismaïl sont tous les deux catégoriques : personne n'est descendu du train du nord, en dehors de la victime. Donc l'assassin n'est pas arrivé par le train. L'assassin est un homme d'ici. Ça, pour moi, c'est une chose incroyable.

— Sont-ils tellement saints, les gens d'ici, qu'ils soient incapables de tout péché ?

— Non, répond le commissaire. Nous sommes de grands pécheurs. Peut-être de plus grands pécheurs qu'ailleurs. Mais nul d'entre nous n'est capable de tuer son frère, comme cela s'est passé cette nuit. Aucun homme d'ici ne peut faire une telle chose. Pourtant, du moment que l'assassin n'est pas arrivé par le train, il faut qu'il soit d'ici. Cela passe mon entendement.

— C'est peut-être un étranger qui habite ici.

— Il n'y a pas d'étrangers qui habitent Agapia. Nous voici obligés de chercher l'assassin parmi nous. Et c'est ce qui me rend malade.

— C'est une tâche si lourde pour vous ?

— Pas de le chercher, non ! Si l'auteur du crime est du pays, l'arrêter est un jeu d'enfant. La tâche difficile, c'est d'accepter cette vérité.

— Vous pouvez, donc, s'il est d'ici, le découvrir

et l'arrêter quand il vous plaira ? Mais alors, c'est merveilleux !

— Si l'assassin est un homme d'Agapia, nous l'aurons devant nous, au lever du jour. Dans une heure et demie, deux heures au plus tard, il sera arrêté.

— Comment vous y prendrez-vous ?

— J'enverrai Pantelimon, l'appariteur de la ville d'Agapia, battre le tambour tout au long du Chemin des Amoureuses et lire un texte, dans le style habituel : « Habitants et habitantes de la ville d'Agapia, écoutez attentivement mes paroles. Habitants et habitantes de la ville chrétienne d'Agapia, c'est une terrible nouvelle que je veux vous annoncer : cette nuit, vers une heure du matin, le jeune Anton Tuniade, fils de Mme Patricia Tuniade, a été tué d'une balle de revolver dans la nuque. Le jeune homme est mort. Il est tombé devant la grille, à l'entrée du château. Le jeune homme est arrivé à minuit, par le train du nord, avec une permission de quatre jours. Il a été tué après avoir franchi la porte du château, alors qu'il courait vers sa maison pour réveiller et embrasser sa mère. Les habitants de la ville sont priés de faire savoir au juge de notre ville, M. Cosma Damian, sans aucun délai, qui a tué le jeune Tuniade. Il est en effet impossible que quelqu'un ne connaisse pas le meurtrier, s'il est de notre ville. Et il est de notre ville, puisque personne n'est arrivé chez nous par le train. Que Dieu récompense tous ceux qui aideront le juge, que nous avons depuis hier, dans sa tâche qui consiste à découvrir le meurtrier ! Notre ville ne peut pas se faire la complice d'un assassin, car le péché d'homicide est le plus grand péché qu'un être humain puisse commettre sur terre ; il est puni par Dieu des flammes éternelles, et par les lois d'ici de captivité et de fers, au fond des salines, jusqu'à ce que mort s'ensuive. »

— Et vous pensez sérieusement que les gens se hâteront de nous amener eux-mêmes l'assassin, ici, dans le bureau ?

— J'en suis certain, répond le commissaire.

— Dans ce cas, nous avons résolu le problème, dit le juge. Vous devez en être heureux.

— Non, monsieur le juge. Nous sommes des chrétiens, ici, à Agapia. Et moi, je suis d'ici. Même le nom de la ville — Agapia — et le nom de la rue principale sont des noms religieux. *Agapé* signifie Amour. Notre ville est une ville propre. Une ville sérieuse, parce que chrétienne. Les hommes d'ici sont très malheureux, pauvres et opprimés. Ils ont toujours été malheureux. Ils n'ont pas eu de chance dans l'Histoire. Mais tout le monde est propre. Être propre, cela signifie d'abord ne pas supporter les taches. Aucune tache. Et la tache de sang est la plus sale de toutes. Dès que les habitants auront entendu le crieur public, annonçant le meurtre de cette nuit, chacun viendra ici nous dire ce qu'il sait. S'il sait quelque chose. On nous dira tout. Si un mari est rentré tard et ivre, sa femme nous le dira. Si une jeune fille a été malheureuse et a gardé toute la nuit la lampe allumée, elle viendra nous le dire. On nous dira le nom des gens qui ont mal dormi, qui ont changé de lit et qui se sont réveillés dans la nuit pour prier ou pour pleurer. Il y a toujours quelqu'un qui voit et qui entend, si l'on se réveille, si l'on quitte son lit, si l'on ouvre la porte, si l'on marche dans la rue ou si l'on pleure sur l'oreiller. Personne ne gardera aucun secret. Si l'assassin est un habitant de notre ville, nous le saurons. Si lui-même n'a pas le courage de venir nous le confesser, les autres viendront. Mais je suis certain que, si l'assassin est d'ici, il se présentera en personne. Avant que les autres ne le dénoncent.

— Et cela uniquement parce que les gens sont des chrétiens ?

— Oui, monsieur le juge. Être chrétien signifie être sérieux, ne pas tricher. Un chrétien ne prend rien à la légère. Tout acte, pour un chrétien, n'a pas seulement des conséquences, ici, dans cette vie terrestre, mais aussi pour toujours, dans les siècles des siècles. C'est la différence entre les laïcs et les religieux. Le laïc, quand il a commis une faute, met son espoir dans l'oubli des hommes, dans l'habileté des avocats, dans l'œuvre apaisante du temps. Pour un homme religieux, rien ne peut être oublié ni caché. L'œil de Dieu voit tout. Un laïc peut être hypocrite. Car il sait qu'il y a des choses qu'il peut cacher aux yeux du monde. Un homme religieux ignore totalement l'hypocrisie. Pour un chrétien, même la signification de l'hypocrisie est inconcevable, car rien ne peut être caché pour l'œil de Dieu. Un chrétien ne compte pas sur l'oubli, car Dieu n'a pas une mémoire défaillante, comme les hommes. Il n'oublie pas, lui. Pour un chrétien, il n'y a pas d'amnistie, de réhabilitation ni de prescription, comme pour les laïcs. Le chrétien sait que son acte sera jugé. Et il espère la pitié et le pardon. C'est l'unique chose qu'il espère. La vie du laïc est apparemment facile. L'homme peut tricher, simuler, cacher. La vie du chrétien est sérieuse, dure et intégrale.

— Ça, c'est la théorie, dit le juge. Que se passera-t-il, en fait ?

— Ce que j'ai dit. À l'aube, si l'assassin est un homme d'ici, il sera devant nous.

— Comme policier et comme juge, nous devons en être contents et heureux, dit le juge. Comme êtres humains aussi, nous avons des raisons de nous réjouir si les choses se passent ainsi. Car le coupable sera trouvé et puni.

— L'assassin est un homme d'ici. Cela, c'est grave pour moi. Pour nous tous.

— Je ne comprends pas. Un seul individu a commis le crime. Les autres sont innocents. Ils n'ont rien à craindre. Ni à se reprocher.

— Au contraire, monsieur, répond le commissaire. Il suffit d'un seul péché, comme celui d'Adam, pour salir le monde. Agapia ne sera plus désormais une ville propre. Nous avons perdu la pureté. Nous perdons notre vocation, si l'assassin est d'ici. On ne reste pas, comme la ville d'Agapia, avec un casier judiciaire vierge dans l'Histoire, si l'on n'a pas la vocation de la pureté. Et nous, nous avons cette vocation. Une seule tache suffit pour qu'on cesse d'être pur. Et la tache de sang, le meurtre, c'est une grave souillure. Si le sang a été versé par l'un d'entre nous, nous ne pourrons plus jamais laver cette tache. Une tache de sang ne se lave jamais. Elle a souillé la virginité de la neige. En tombant sur cette tache pour la cacher, pour la couvrir, la neige ne fait que la grossir. D'abord il n'y avait, sur la neige, devant le château, qu'une tache sanglante large de quelques centimètres. Maintenant, elle est dix fois plus grande. Et elle grandit sans cesse, car la neige fraîche qui tombe est comme les pansements blancs des hôpitaux ; elle absorbe le sang et, en l'absorbant, elle élargit la tache. Quand la neige fondra, la tache de sang, qui était au commencement toute petite, sera large de plusieurs mètres. Pas aussi rouge, mais ce sera toujours une tache de sang. Et elle grandira avec la fonte des neiges. À la fin, elle perdra complètement sa couleur rouge. Mais elle sera encore plus grande. Et ce sera toujours une tache de sang. Et le sang du jeune soldat Tuniade sera porté par la neige fondue, dans les ruisseaux, dans les sources, dans les fontaines. L'eau portera la tache de sang jusque dans la profondeur des tombes. Le sang pénétrera dans les racines des arbres, dans les tiges et les pétales des fleurs, dans les feuilles et les fruits. Et toute la ville sera infectée par le sang du jeune homme assassiné cette nuit. Et les fleurs que l'on cueillera dans nos jardins seront infectées par le sang du meurtre. Bien sûr, il y aura, en chaque point, fort peu de sang. Mais ce sera toujours le sang du meurtre, dans les lilas et dans les marguerites, dans les fruits et dans les légumes. Il y aura du sang dans l'eau des fontaines, dans le jus des raisins et des fruits, et dans l'air. Dans toute la région. Nous tous qui habitons ici, nous savons ces choses. Pour les autres, voir les choses de cette manière, c'est une folie, de sentir et de penser comme nous le faisons. Mais l'étonnement des autres ressemble à l'étonnement des moutons et des ânes, qui s'apitoient sur les poissons, parce que ceux-ci, au lieu de vivre sur la terre, vivent au fond de l'eau. Les étrangers ne savent pas que leur façon de vivre nous étonne, exactement comme les poissons s'étonnent de voir les ânes et les brebis vivre sur la terre ferme sans en mourir.

« Je vous le dis, nous avons la vocation de la pureté. Pour nous, elle est vitale. Dites que c'est une vocation folle. Dites que vous êtes tombé ici sur un homme qui divague. Mais nous ne pouvons pas être autrement. Nous ne voulons pas nous parer avec des fleurs qui ont dans leurs pétales le sang d'un meurtre. Nous ne voulons pas manger des fruits, boire de l'eau et respirer de l'air qui renferment le sang du meurtre. Personne chez nous ne veut communier avec le sang d'un meurtre. Et celui qui sait quelque chose sur le meurtre viendra nous le dire. Ici. Tout de suite. Sans attendre la fin de la publication de Pantelimon, le crieur. Avant le jour, nous aurons l'assassin. Car nous savons que le péché peut contaminer toute la région. Le sang du péché sera porté par le vent, et il montera jusqu'au ciel et sera porté par les nuages. Porté par les semelles des voyageurs, il infectera le monde entier. Il sera transporté par la poussière. Il sera déversé par les pluies. Non seulement les hommes, mais aussi les plantes, les animaux et les minéraux, toute la nature, porteront la responsabilité du péché. Laver un péché ?... C'est impossible aux hommes. Il n'y a que le pardon de Dieu. Les hommes ne peuvent que confesser leur péché, s'en repentir. Chaque homme et chaque femme viendra ici nous confesser ce qu'il sait. C'est ainsi que l'on a toujours procédé ici. Notre ville se nomme Agapia. Amour de Dieu, donc amour du vrai ; du beau ; de la pureté ; de ce qui est juste et durable. Le péché est pour nous pire que le germe et les microbes du typhus, de la peste et du choléra. Ce n'est pas par hasard que nous nous sommes établis ici. À Agapia, il n'y a pas ou presque pas de terre cultivable. Ici, c'est de la pierre. Ce n'est donc pas pour la fertilité de la terre que nos ancêtres se sont établis ici. Ils ne cherchaient pas l'abondance, ni le confort, ni la sécurité. Ils se sont établis ici pour être le plus loin possible du monde, et le plus près possible du ciel. Car ici, géographiquement, nous sommes plus près du ciel que de la terre. Une bonne partie de l'année, nous sommes au-dessus des nuages, qui passent toujours plus bas que la ville d'Agapia. Maintenant, vous comprenez pourquoi je souffre de penser que le meurtrier est un homme d'ici. J'en ai maintenant une preuve supplémentaire.

— Jusqu'à preuve absolue, nous ne pouvons en être sûrs, dit le juge.

— Le meurtrier est d'ici, dit le commissaire. Le meurtrier était un homme sans armes. Il a arraché l'arme de la victime pour la tuer. Or les hommes d'ici sont et ont toujours été des gens sans armes.

— Aucun ne possède une seule arme ?

— Non. Pourtant nous vivons au milieu de la forêt. Nous aurions besoin d'armes pour nous défendre contre les loups, les ours, les sangliers. Surtout en hiver. Les bêtes sauvages arrivent jusque dans nos maisons. Mais les satrapes ont toujours confisqué nos armes. Depuis des siècles et des siècles, on agit avec la population d'ici exactement comme avec les prisonniers et avec les esclaves : on leur ôte tout moyen de révolte. Jour et nuit, la seule tâche des forces de l'ordre est de perquisitionner et de confisquer les armes. Les gens d'ici sont les esclaves et les prisonniers des gouvernements de satrapes. Il n'ont donc pas le droit de posséder des armes. Car, les prisonniers et les esclaves, on ne peut pas les garder en prison et en esclavage s'ils possèdent des armes. Aussi les gens d'ici sont-ils des gens aux mains vides. Des gens sans armes. L'assassin de cette nuit était, lui aussi, un homme sans armes, un homme aux mains vides, donc un homme d'ici. Aucun étranger ne s'aventure chez nous, en montagne, sans armes. À l'exception des gens d'ici.

Dans peu de temps, il fera jour. Le jeune juge est extrêmement curieux de voir ce qu'il adviendra. Car, ici, tout se passe autrement qu'ailleurs. C'est une ville détachée de la terre, au propre comme au figuré. Et les hommes de cette ville sont davantage des citoyens du ciel que de la terre. Filaret est un commissaire céleste. Cela fait rire. Mais c'est vrai.

XII

Le bateau qui a jeté l'ancre dans le ciel

Il est sept heures du matin à Agapia. Six heures se sont écoulées depuis l'assassinat du soldat Tuniade devant son château gagné aux cartes. Pantelimon — le crieur public de la commune — parcourt la ville en battant le tambour. Il s'arrête tous les cinquante pas et déclame son texte en y ajoutant des mots à lui : « Hommes et femmes de la ville d'Agapia... Une heure après minuit, le jeune Anton Tuniade a été tué par une balle de revolver devant son château... »

Le commissaire Filaret se trouve dans le bureau du juge. C'est le centre des opérations qui ont pour but la capture de l'assassin. Plus précisément, c'est là que le juge attend qu'on lui amène l'assassin. Car, d'après les affirmations du commissaire Filaret, il suffit d'envoyer le crieur public chercher l'assassin, et celui-ci viendra tout seul, ou bien ses amis l'amèneront.

En attendant l'assassin, le commissaire Filaret, debout devant la fenêtre, raconte calmement au juge ses souvenirs.

— L'année passée, lorsqu'on a tué Tuniade père...

— Qu'est-ce que vous dites ? s'écrie le juge. « L'année passée lorsqu'on a tué Anton Tuniade père », c'est cela que vous avez dit ?

— Oui, monsieur le juge.

— Comment ?... Le père Tuniade a été assassiné, lui aussi ?

— Oui, monsieur.

— Et vous n'avez rien dit jusqu'à présent !... Mais toute l'enquête part de là ! On a assassiné le fils comme on a assassiné le père. C'est presque la même enquête. Pourquoi avez-vous caché ces choses, commissaire ?

— Il n'y a aucun rapport entre la mort du père et la mort du fils, dit le commissaire.

— Quand et où a été tué le père Tuniade ? demande le juge.

Il est au comble de la fureur.

— Anton Tuniade père a été tué il y a exactement quatorze mois. Il a été tué dans un bois de sapins, à deux kilomètres du château.

— Comment et par qui a été tué le père Tuniade ?

— Anton Tuniade père a été tué, à coups de hache, par un bûcheron d'Agapia, nommé Savonarola Mold, dit Sava. Cet homme est maintenant au bagne. Il a été condamné aux travaux forcés à perpétuité.

— En vous moquant de moi, vous vous moquez de la justice, monsieur le commissaire. Je me passerai de votre collaboration, et je demande au procureur général un autre commissaire. Votre conduite est absolument inadmissible.

— Avec tout le respect que je vous dois, monsieur le juge, qu'est-ce que vous trouvez d'inadmissible dans mon attitude ?

— Pourquoi m'avez-vous affirmé — en répétant ces propos comme un perroquet — que, dans votre ville, il n'y a pas eu de crime depuis que le monde est monde, que la ville d'Agapia est une ville au casier judiciaire vierge ?

— C'est la pure vérité, monsieur le juge. De mémoire d'homme, il n'y a pas eu de criminel à Agapia.

— Et le meurtre du père Tuniade, qui a été tué, il y a quatorze mois, près du château, par un bûcheron d'ici ? Ce meurtre, vous ne le comptez pas ?

— Non, monsieur le juge. Ce n'était pas un meurtre. C'était plutôt un suicide.

— Et cet homme qui est au bagne ? Pourquoi a-t-il été condamné aux travaux forcés ? A-t-il tué, oui ou non, Tuniade père ?

— Oui, Savonarola Mold a tué Tuniade père. Il lui a fendu la tête avec sa hache, comme on fend une pastèque. À cause de cela, il est au bagne, jusqu'à ce qu'il meure.

— Malgré cela, vous soutenez encore qu'il n'y a jamais eu de crime dans votre ville ?

— La mort de Tuniade père était un suicide plutôt qu'un meurtre.

— Ce Sava ou Savonarola a-t-il, oui ou non, fendu la tête de Tuniade père à coups de hache ?

— Oui, monsieur le juge. Sava a fendu la tête de Tuniade à coups de hache. Avec sa hache, qui était une hache toute neuve, il lui a fendu la tête comme on fend une pastèque. Mais ce n'était pas un meurtre. C'était plutôt un suicide, ou un malheur. Je savais que vous ne comprendriez pas. C'est pour cela que je ne vous en ai pas parlé. Aucun étranger ne comprend que, cela, c'était un suicide. Tuniade père s'est suicidé. Bien que Sava lui ait fendu le crâne à coups de hache, ce n'était pas un meurtre.

— L'homme qui a tué a été condamné au bagne, donc il a reconnu les faits. Ou bien a-t-il été condamné injustement ?

— Sava a reconnu les faits. Il a raconté comment il a fendu la tête de M. Tuniade père avec sa hache. Mais ce n'était pas un meurtre.

— Assez, dit le juge.

Il sort du bureau en claquant la porte. Il se dit que le commissaire est fou. Auparavant, le juge ne s'en était pas aperçu. Maintenant, il a la certitude que toute la ville est folle. C'est comme une nef de fous, ancrée au ciel ; comme un bateau de fous échoué dans la neige. Le juge a peur. Il décide de téléphoner au procureur général et au préfet. Pour qu'on le débarrasse de tous ces fous qui l'entourent. Il demandera un autre commissaire, et des gendarmes. Afin de pouvoir téléphoner, il veut faire sortir de son bureau le commissaire. Il entre dans la cuisine pour confier cette mission à Mme Eudoxia.

— Je ne vous dérange pas, madame Eudoxia ? demande le juge.

Dans la belle cuisine, Eudoxia tricote.

— Entrez, monsieur le juge, dit-elle.

Elle offre une chaise au jeune juge. Elle lui dit :

— Monsieur le juge s'est réfugié ici parce qu'il craint que le commissaire Filaret ne soit fou.

— Y a-t-il des raisons pour que je le croie ?

— Excusez-moi, monsieur le juge. Je pense que vous tenez le commissaire Filaret pour fou parce qu'il vous a caché que le père Tuniade a été, lui aussi, tué. Et parce que le commissaire vous a répété auparavant que, dans la ville d'Agapia, il n'y a jamais eu de crime. À présent, il vous révèle que, l'an passé, Tuniade père a été tué dans le bois de sapins par Sava. Dites-moi, n'est-ce pas cela qui vous a fait fuir, monsieur le juge ?

— Si, madame Eudoxia.

Le juge rougit.

— Je trouve toutes ces choses vraiment très inquiétantes. Et même troublantes. Cela m'a rendu furieux. Comme vous le voyez. Cela m'a mis hors de moi... C'est extrêmement grave !

— Et vous êtes venu ici, dans la cuisine, parce que vous avez eu un peu peur et surtout pour me demander de vous débarrasser du commissaire, afin que vous puissiez prier le procureur et le préfet de vous envoyer un autre policier qui ne soit pas fou, et aussi un bon renfort de gendarmes. N'est-ce pas, monsieur le juge ?

— Oui, madame Eudoxia, c'est cela... Mais comment savez-vous tout cela ? Vous n'avez pas écouté aux portes... Même si vous aviez écouté aux portes, vous ne pourriez pas lire dans mon cœur. Ni savoir que j'ai peur, et que je désire que vous fassiez sortir de mon bureau le commissaire. Ni savoir que je ne me sens pas en sécurité auprès du commissaire, que je considère comme fou... Ni savoir que je veux téléphoner au procureur.

— Et, près de moi, vous n'avez pas peur, monsieur le juge ?

— Oh, non, madame Eudoxia ! Comment aurais-je peur, près de vous ! J'ai peur du commissaire, parce qu'il est fou. Il raconte que...

— Vous avez tort, monsieur le juge. Vous devriez avoir peur aussi de moi. Car, moi, je vous dirais la même chose que le commissaire. Il est vrai que Savonarola Mold a fendu à coups de hache la tête du vieux Tuniade, comme on fend un melon, mais il est vrai aussi que ce n'était pas un crime. C'est la vérité.

Le juge Cosma Damian est très pâle. Il a peur. Une peur terrible, comme on n'en a que dans les cauchemars. Il revoit la tête du commissaire fou, il voit la tête de Mme Eudoxia, et il se rend compte que c'est la tête d'une folle. Il se rappelle la voix et le regard d'Ismaïl le Lipovan. C'est le prototype du fou. Même le chef de gare, avec sa barbiche, est fou. Et Mme Patricia Tuniade est folle... Le juge est convaincu que tous les gens de cette ville sont fous. Agapia est comme un bateau de fous. Une nef de fous, échouée dans la neige, entre ciel et terre, ni sur la terre, ni dans le ciel...

Devant la fenêtre de la cuisine passe Pantelimon,

le crieur public, qui bat longuement le tambour et qui ensuite, en termes pathétiques, invite l'assassin à se présenter devant le juge de la ville... « Hommes et femmes de la ville d'Agapia... Hommes et femmes de la ville d'Agapia... Faites attention car les choses que je vais vous dire sont des choses terribles... »

Le juge s'enfuit de la cuisine. Il ne sait où aller. Il entre dans le bureau. Il est décidé à demander l'aide du préfet. Tant pis si le commissaire est présent ! C'est une situation qui ne peut se prolonger.

Cependant que le juge cherche l'annuaire, le commissaire Filaret le regarde avec pitié. Le commissaire regarde le juge avec la même pitié que les poissons regardent les ânes et les brebis qui sont sur les rives du ruisseau, car, pour les poissons, il n'y a pas de vie possible ailleurs qu'au fond de l'eau ; se trouver sur la terre ferme signifie perdre la vie... Chacun de nous est incapable de concevoir une vie différente de la sienne. Tels les poissons, qui ne peuvent concevoir qu'il y ait une vie possible sur la terre ferme.

XIII

Vie et mort d'un satrape moldave

Le juge va téléphoner au procureur royal, pour demander un autre policier et des gendarmes. Le commissaire Filaret l'interrompt :

— Pas la peine de téléphoner, monsieur le juge ! Soyez rassuré. Vous n'êtes pas dans une ville où tout le monde est fou. Personne, dans la ville d'Agapia, n'est fou. Nous n'avons même rien de singulier. Nous menons une vie dure, c'est tout. La douleur nous est administrée à haute dose. Et quand la dose est trop forte, la douleur prend un autre aspect. La pauvreté, à haute dose, revêt un autre aspect que la pauvreté toute simple. Ne vous effrayez pas. Je vous raconterai, le plus brièvement possible, comment a été tué le vieux satrape Anton Tuniade, il y a de cela quatorze mois. En écoutant cette histoire, vous allez comprendre pourquoi je ne vous l'ai pas racontée plus tôt. Ç'aurait été inutile. Vous allez vous en rendre compte par vous-même. Bien que Savonarola Mold ait cassé la tête du vieux satrape à coups de hache, c'est un suicide. Ce n'est pas un meurtre. Certes, si vous aviez été parmi les juges, comme je vous l'ai déjà dit, vous auriez, vous aussi, condamné Savonarola Mold pour meurtre. N'importe qui l'aurait condamné. Si j'avais été juge, je l'aurais condamné aussi. Car un juge n'a pas le droit de juger. Il constate le fait et inflige la peine correspondante, prescrite par le code.

— C'est vous qui avait fait l'enquête au sujet du meurtre ? demande le juge.

— L'enquête était inutile. Tout était clair. Je me suis borné à rédiger un procès-verbal et à expédier Savonarola Mold devant la cour martiale. Pour être jugé.

— Comment a été tué Tuniade père ?... Je vous prie de passer aux faits... Un meurtre a été commis cette nuit, il faut trouver le meurtrier. Nous n'avons pas de temps à perdre.

— Je passe aux faits, mais en commençant par le commencement. Ici, sur le versant oriental des Carpates, vivait autrefois un peuple qui s'appelait lui-même le « Peuple des Immortels ».

— Passez directement au meurtre de Tuniade, je vous prie.

— Vous affirmez, monsieur le juge, que vous ne pouvez enquêter sur le meurtre de Tuniade fils si je ne vous raconte pas le meurtre de Tuniade père. Je ne peux pas vous parler de Sava Mold et de nous tous si je ne vous parle pas des Immortels. Ils sont nos pères. Qui ne sait rien sur les pères ne saura jamais toute la vérité sur les fils. Ces Immortels, qui vivaient ici et qui sont nos pères, étaient appelés, par les autres peuples, Gètes ou Daces. Mais ils se donnaient à eux-mêmes le nom d'Immortels, parce qu'ils croyaient qu'ils ne mourraient jamais. La mort n'est qu'un changement de résidence. Ceux qui meurent abandonnent le corps pour passer dans le ciel, où ils habiteront éternellement. Nos pères immortels vivaient avant Jésus-Christ. Au cours du Ier siècle de notre ère, les Romains conquirent le pays où vivaient les Immortels. À Pietra Néamtz, aujourd'hui chef-lieu de notre district, il y avait une grande cité des Immortels, nommée Petrodava. Ici, comme partout ailleurs dans le pays, lorsque les Immortels ont constaté qu'ils avaient perdu la guerre, qu'ils étaient vaincus et conquis par les Romains, ils se sont rassemblés autour de leurs chefs et se sont suicidés en masse. Tous. Jusqu'au dernier. Tous les hommes valides sont morts. Mourir vaut mieux que d'être esclave. Cela, les hommes l'ont toujours su. Surtout aux époques de malheur. De même, les hommes ont su — partout et dans tous les temps — de quelque religion qu'ils fussent, que leur âme ne meurt pas. Donc les conquérants romains, pénétrant dans le pays, n'y ont trouvé que des femmes, des enfants, des vieillards et des impuissants. Les Romains ont colonisé le pays des Immortels. Tout le monde dut parler latin. Les Immortels furent la dernière conquête des Romains sur la terre. À peine un siècle après la conquête, surgirent du fond de l'Asie, du fond de la steppe qui commence ici, au pied de Petrodava, à Agapia même, tous les barbares de l'est, qui déferlèrent comme une mer sans fin sur le pays des Immortels, en allant vers l'Occident.

Les Huns, les Tartares, Attila, Tamerlan, Gengis Khan... Tous sont passés par ici. Par Agapia. Et l'herbe ne poussait plus là où ils passaient. Il ne restait plus que la terre brûlée. Le désert. Les derniers, ce furent les Turcs. Les gens du pays se sont retirés, comme d'habitude dans les montagnes. Ils ont survécu, là-haut, dans les rochers. Ils ont continué à parler la langue romaine et ils ont continué à croire, sans défaillance aucune, qu'ils étaient des Immortels. C'est-à-dire des hommes. Ils avaient une raison de plus de se savoir immortels, puisqu'ils étaient chrétiens. La vie était si dure qu'ils attendaient avec impatience le moment de passer dans leur vraie patrie, au ciel, où tous les hommes ont des droits égaux, où personne n'est esclave, ni citoyen à demi ou au quart, comme sur la terre.

« Pendant près de deux mille ans, tous les barbares sont passés par ici, comme passent les vagues de la mer sur une plage. Nous n'avons jamais opposé de résistance militaire organisée. On s'oppose à un ennemi plus fort et, même s'il est deux, trois ou cent fois plus fort. Mais quand l'ennemi est mille fois plus fort, on se retire. On renonce à la résistance. Comme on renonce à s'opposer et résister à la mer. David s'est opposé à Goliath, c'était un exploit merveilleux. Nous avions devant nous, non un seul, mais des millions de Goliath. Il n'y avait rien à faire.

« Les Immortels de Petrodava et d'Agapia ont subi, au cours de ces millénaires, des épreuves surhumaines. Voyant que la terre leur était interdite, les Immortels plantèrent leurs tentes dans le ciel. Exactement comme font les orchidées dans la forêt vierge des tropiques. Ne pouvant enfoncer leurs racines dans la terre, elles les jettent au-dessus de leurs têtes et par-dessus les arbres, dans les nuages. Les Immortels de chez nous ont fait de même. Ils ont enfoncé leurs racines dans le ciel, de plus en plus profondément. Et ils ont survécu. Ils tiraient du ciel leur substance, leur sève, leur justice, leur espoir et tout ce dont ils avaient besoin pour vivre. Exactement comme les orchidées du Brésil tirent leur sève et leur substance des nuages qui passent au-dessus des forêts vierges. Chez nous, le ciel a remplacé la terre. Le ciel était notre champ, notre jardin, notre campement, notre verger, nos troupeaux. À cause de cela, quand les Turcs — après des années d'occupation — ont demandé aux gens de chez nous s'ils voulaient devenir musulmans, et avoir droits et privilèges dans l'Empire ottoman, ou s'ils voulaient rester chrétiens, et payer un lourd tribut, ils ont tous répondu qu'ils payeraient le tribut. Ils voulurent rester chrétiens. Ils payèrent doublement, triplement le tribut, en miel, en grains, en chevaux, en fruits, en bêtes ; mais surtout ils ont payé le terrible tribut du sang. Le tribut demandé par les Turcs, c'était des enfants en bas âge, du sexe masculin, pour en faire des eunuques et des janissaires, et du sexe féminin, pour en faire des putains et des favorites du harem. Chaque mère de chez nous devait un jour payer le tribut en donnant son propre enfant. Cela fut fait régulièrement pendant près de cinq siècles. Sans défaillance. Les gens qui collectaient ce tribut, qui arrachaient les enfants au sein de leurs mères, pour les envoyer à Constantinople, étaient les satrapes phanariotes. C'étaient les administrateurs. Ainsi furent-ils ce qu'il y a de plus vil et de plus odieux sur la terre. Pour cette horrible, cette odieuse, cette sale besogne, on les choisissait parmi la racaille de Byzance, pour un an ou pour six mois. Cette charge de collecteurs d'enfants et de richesses était mise aux enchères ; et ceux qui l'achetaient portaient, pour la durée de leur charge, le titre de prince.

« La plupart des satrapes ne sont jamais retournés dans les faubourgs mal famés de Byzance, d'où ils sortaient. Ils sont restés dans le pays, après l'avoir pillé, ensanglanté, profané. Ils y ont tout accaparé, s'appropriant tout : terres, forêts, hommes et bêtes. Lorsque prit fin la domination turque, les satrapes restèrent les maîtres. En tant que propriétaires du pays. Les nations occidentales qui nous ont libérés des Turcs ont trouvé dans les satrapes phanariotes, valaques et moldaves de parfaits serviteurs, administrateurs et collecteurs de fonds. Les Phanariotes ne portaient plus le titre de prince, de bey ou de voïvode, comme du temps des Turcs ; ils étaient devenus sénateurs, ministres, députés, diplomates, directeurs généraux. Ils faisaient exactement le même travail qu'avant. L'objet du trafic, ce n'était plus les enfants, mais les adultes. La fonction et l'unique occupation des Phanariotes consiste à sucer le sang du pays. Sous les Turcs comme sous les Occidentaux. Ils sont organisés en partis politiques. Tous ces satrapes phanariotes partent en automne, comme les ours, pour hiberner dans les palaces, dans les bordels et dans les casinos de l'Occident. Au printemps, ils réapparaissent. Ils dirigent les travaux. Les gens sont menés à la baguette par les satrapes. Pour cueillir les raisins, les ouvriers portent des muselières, comme des chiens. Mais nous supportons tout, parce que nous sommes des chrétiens. De vrais chrétiens, qui n'ont pas d'autre champ que le ciel pour en tirer leur subsistance. Nous n'avons pas le moyen de posséder quelque chose sur terre. Nous ne pouvons planter nos racines — les racines de notre vie — dans l'Histoire. Ni dans la terre. Ni dans les siècles. Nous sommes obligés — sous peine de mourir — de jeter nos racines dans le ciel. Dans l'éternité. Le ciel est notre seule propriété, le seul domaine qui nous appartienne. Tout ce que nous possédons nous vient, non de la terre, mais du ciel. Comme les Juifs, pendant l'Exode, recevaient du ciel la manne, car, sous leurs pieds, il n'y avait que le désert. Les ermites, les moines, les anachorètes font de grands déploiements de force et de volonté pour arriver à ce stade du christianisme, à ce degré de détachement — du siècle et de la terre — et pour voisiner avec le ciel, dans l'absolu et dans l'éternité... Nous vivons, avec notre chair, dans le ciel. Tous ; comme seulement quelques dizaines de saints ont réussi à le faire, d'une manière aussi totale, aussi complète. Les Tuniade sont des satrapes. Le père était directeur général des eaux et forêts. Comme si toutes les montagnes et toutes les forêts lui avaient appartenu ! Il n'était plus aussi riche que ses ancêtres, qui avaient gagné le château aux cartes. Mais il vivait exactement de la même manière.

— C'est donc parce qu'il était un tyran qu'on a tué le père ? demande le juge.

— Pas du tout, monsieur le juge ! répond le commissaire. Chez nous, on ne tue jamais les tyrans.

— Vous pourriez me l'avouer, dit le juge. Le tyrannicide est parfois approuvé par les docteurs de l'Église chrétienne. Parfois, il est même recommandé.

— Ce n'est pas le cas chez nous. Je vous le répète, nous ne tuons pas les tyrans. Eux et nous, nous vivons dans des compartiments séparés. Ils vivent sur la terre et dans l'histoire, et nous vivons dans le ciel et l'éternité. Nous n'avons rien à partager entre nous. Il n'existe pas de motifs de disputes entre nous et nos tyrans. Nous sommes complètement séparés les uns des autres.

— Pourquoi l'a-t-on tué, alors ?

— Vous allez le comprendre. Comme je vous le disais, nous n'avons jamais tué nos tyrans. Nous gardons leur vie. Toute la police, la justice et l'armée de chez nous n'ont qu'une seule tâche : protéger la vie, les propriétés et les privilèges des satrapes. Vous, comme juge, et moi comme policier — c'est à cette condition que les Occidentaux nous ont délivrés des Turcs — nous ne faisons que cela : protéger les tyrans qui sucent le sang et la moelle du peuple.

« Je vous ai dit que les gens d'Agapia vivent l'hiver dans les forêts. Les hommes quittent leurs maisons avec la première neige. Ils s'enfoncent dans les bois. Là-haut, ils coupent les arbres, jusqu'au printemps, pour le compte des satrapes. Pour se loger, ils creusent des fossés, des tranchées, ils y font du feu et c'est là qu'ils dorment et qu'ils vivent tout l'hiver. Presque à la belle étoile. Par un froid de 40 degrés qui gèle la sève dans les chênes et qui fait éclater les rochers. Les arbres coupés sont traînés sur la neige jusqu'au bord des rivières. Au printemps, le bois de Petrodava flotte sur les rivières, sur les fleuves, et enfin, dans des bateaux qui voguent sur la mer Noire, jusqu'aux plus lointains pays du monde. Byzance, Constantinople, Athènes ont été construites, après chaque incendie, avec du bois de Petrodava.

« Nous avons donc du bois. Mais nous, les habitants de ces lieux, nous avons aussi besoin de bois. Seulement nous n'avons pas d'argent pour en acheter. Chez nous, il n'y a pas d'argent pour acheter quoi que ce soit. D'après les statistiques, il s'achète une seule boîte d'allumettes par an, pour un village entier. Cela montre que notre budget est extrêmement réduit. Inexistant. Le commerce, c'est plutôt du troc. De l'argent, seuls les satrapes et les fonctionnaires en ont. Puisque, dans un pays froid comme le nôtre, le bois est une question de vie ou de mort — et puisqu'il n'y a pas d'argent pour en acheter — les citoyens cherchent leur bois dans les forêts qui entourent leurs maisons. Le bois appartient aux satrapes et à l'État. Malgré cela, nous le prenons. Nous savons que ces forêts sont à nous. Qu'elles nous ont été arrachées par la violence. Nous ne disons rien. Mais dans les forêts qui nous ont été arrachées, volées, nous prenons le bois parce que nous en avons besoin. Pour cuire la *mamaliga*, bouillie de maïs, notre unique nourriture, il faut du bois. L'homme a besoin de bois, pour construire les murs et le toit de sa maison. Pour fabriquer une charrue, il faut du bois. Du bois aussi pour construire l'abri des bêtes, pour faire la fourche, la pelle, le chariot. Tout ce que les paysans possèdent est en bois. L'esclavage perpétuel, la misère noire de l'homme d'Agapia font que ce bois, qu'il ne peut acheter et dont il ne peut se passer, il le vole à ceux qui le lui ont volé. Il le vole dans les forêts. Si les satrapes — c'est-à-dire les gouvernants — mettaient en prison ceux qui volent le bois dans les forêts — en deux semaines les vingt millions de paysans seraient tous en prison. Il n'en resterait bientôt plus un seul dehors, en liberté. Comme il est impossible aux satrapes de mettre tout un peuple en prison, il fut décidé que les délits de braconnage ou de vol de bois ne donneraient lieu qu'à un simple procès-verbal. On juge et on condamne, mais on laisse tout le monde en liberté provisoire. Tous les hommes sont condamnés. Pour ces délits — que les gens appellent, à Petrodava "délit sylvestre" la peine de prison n'est pas appliquée, mais toujours on confisque la hache du délinquant. C'est une peine terrible. Tous préféreraient faire quelques mois de prison, plutôt que de perdre leur hache. Le prix d'une hache représente un capital extrêmement élevé pour cette population qui ne peut même pas acheter des allumettes et du sel. Une hache représente les économies de plusieurs années. L'homme qui a le malheur de perdre la sienne est considéré comme un sinistré. Tout de même que si l'incendie avait détruit sa maison. Un homme qui perd sa hache plusieurs fois ne peut plus se relever. Il est ruiné, pour le restant de sa vie. Il n'arrivera plus à en acheter une autre, et sera donc dans la situation de quelqu'un qui a perdu les deux bras. Sans hache, personne ne trouve du travail. Sans travail, il n'y a pas de *mamaliga*, pas de bouillie de maïs. Sans hache, il n'y a pas de vie possible. Pour personne.

« La hache est l'instrument capital. Avec la hache, l'homme construit sa maison, et il n'a besoin pour cela de rien d'autre. C'est avec la hache qu'il coupe les arbres. Avec la hache, il façonne le bois. Et nos maisons sont superbes. C'est avec la hache qu'il en exécute tous les ornements. Mais il n'y a pas que la maison. Tout instrument de travail que les hommes possèdent ici a été fabriqué au moyen d'une hache. Les attelages des bœufs, les roues, la herse, la charrue, le chariot, la pelle, le seau, le métier à tisser de la femme, la fourche, la fourchette, la quenouille, le fuseau, les aiguilles... Avec la hache, l'homme construit son lit, sa table, sa chaise, l'armoire, le garde-manger, le berceau des enfants, le pot où il boit, la cuillère avec laquelle il mange, l'assiette... Tout est fabriqué par lui-même, avec la hache.

« Avec la hache, l'homme construit le pont qui lui permet de traverser les rivières, la clôture qui le défend, lui et ses bêtes domestiques, contre les loups et les bêtes de la forêt. Avec la hache, l'homme construit les églises, les icônes, les crucifix, la croix des tombeaux, les cercueils, la sainte table, l'autel et le sanctuaire... La hache est l'unique arme de défense contre les bêtes de la forêt. Celui qui n'a pas une hache ne peut s'aventurer dans la forêt qu'au risque de sa vie.

« La hache sert de compagnon et de canne. Celui qui ne possède pas de hache meurt de soif en hiver, lui et ses bêtes, car c'est avec la hache qu'on fend la glace des rivières et la glace dans les seaux. La hache, c'est la vie. Celui qui n'a pas de hache n'a pas de place parmi les vivants. Une hache ne peut se remplacer par rien. Comme on ne peut pas remplacer les bras.

« Pour ces raisons, confisquer la hache d'un homme, d'un Immortel de chez nous, c'est l'estropier. C'est lui couper le bras droit. Ou les jambes. Tuniade père se faisait un plaisir de confisquer les haches des paysans. C'était un vrai satrape : hautain, cruel, injuste, impitoyable, inhumain. Il frappait les gens avec sa cravache, comme s'il avait frappé du bois. Il avait les cheveux lisses, pommadés, parfumés, comme les cheveux de tous les satrapes phanariotes. Sa tête était comme une noix de coco évidée, polie, parfumée, poudrée et sans rien dedans. Dans chacune de ses phrases, il y avait un mot de dédain, en français. Les satrapes phanariotes, divisés en partis politiques, comme les loups, s'emparent du pays à tour de rôle. Tous se ressemblent. Tous sentent de loin le cosmétique, le parfum et l'odeur de putain. Un jour, vers midi, le satrape Tuniade a rencontré Savonarola Mold dans la forêt. Sava était un bûcheron d'ici. Un colosse. Le plus pauvre de tous. Il avait l'aspect d'un ours, avec ses deux mètres de haut, sa poitrine large comme le tronc d'un chêne, sa tête barbue et sa lourdeur d'ours. Mais, dans ce corps immense de brute, il y avait un cœur d'enfant, tendre et sensible. Savonarola Mold venait — il n'y avait pas très longtemps — de perdre sa hache. C'est Tuniade qui la lui avait confisquée. Lorsqu'il a vu le satrape Tuniade, Sava a essayé de cacher sa nouvelle hache, qu'il n'avait payée encore qu'à moitié. Il était trop tard ! Sava n'avait rien coupé dans la forêt, il n'était pas pris en flagrant délit. Mais Tuniade lui a demandé, de loin : "Que fais-tu dans la forêt, espèce de brute ?" "Je me promène", a répondu Savonarola Mold. Il ne savait pas mentir. Il a ajouté : "Je me promène en regardant si je ne trouve pas un petit sapin pour faire une quenouille à ma femme. Elle doit filer, et sa vieille quenouille est cassée."

« Faire une quenouille est un travail extrêmement difficile. D'abord l'homme doit parcourir les bois. Entre des milliers de petits sapins, qui doivent avoir environ un mètre de hauteur, il faut en choisir un qui soit souple comme le roseau et comme l'os de poulet et solide comme le fer. En outre, parfaitement droit. Il faut avoir l'œil exercé pour trouver un sapin dont on puisse faire une quenouille. Il faut aller le chercher sur les rochers. Ensuite, il y a le travail de séchage, qui dure deux ou trois ans.

Le bois doit être fumé ou endurci à la flamme. C'est un tel sapin que cherchait Sava Mold dans la forêt. En répondant au satrape, Sava sentait l'odeur de la pommade qui embaumait le Phanariote, et le parfum de ses vêtements. Dans la forêt, cette odeur rappelait le péché et l'enfer. "Donne-moi ta hache", a ordonné le satrape.

« Tuniade était à cheval. Il a mis pied à terre. Il a réclamé la hache. Il a lâché le cheval. "Je n'ai rien coupé", a protesté Sava. "Tu es sourd ?", a crié le satrape. La cravache de Tuniade a frappé le visage de Savonarola Mold. Un visage noirci par le soleil et par le vent, qui noircissent autant que le charbon et la fumée. Un visage noirci par la misère, par la faim et par la douleur. Sava a reçu le coup de cravache et il a serré les dents. Il a grincé de douleur. Mais il a caché la hache sur sa poitrine, avec ses deux bras. Exactement comme une mère cache son bébé, en présence du danger. Comme une poule cache son poussin avec ses ailes. C'est comme ça, avec les bras croisés sur la poitrine, que Sava a protégé et caché sa hache.

« Anton Tuniade a frappé une deuxième, une troisième, une dixième fois avec sa cravache. Le visage de Sava Mold était ensanglanté. La peau des joues était crevée. Mais Sava — comme un chêne — est resté immobile. Il serrait la hache contre sa poitrine. Il n'a pas protesté contre les coups qui lui déchiraient la peau ; un chêne séculaire ne proteste pas contre la tempête et la grêle qui lui dévastent, qui lui arrachent et lui brisent les branches. Sava était comme un chêne, patient dans la tempête. Sava a attendu que les coups cessent, avec la colère du satrape. Comme un chêne attend que la tempête passe.

« Le satrape, voyant que la cravache ne courbait pas l'homme, l'a jetée à terre. Il a pris un gourdin. Il a frappé, à deux mains, la tête de Sava Mold. Mais Savonarola — haut de deux mètres — a semblé plus haut encore et est resté debout. La souffrance ne faisait, semblait-il, que le grandir. Mais cette impression n'a pas duré très longtemps. Après avoir reçu plusieurs coups de gourdin, appliqués sur la tête, avec la force des deux bras, par le satrape, Sava s'est balancé. Exactement comme un gros chêne que l'on vient de scier et qui tombe. Il est tombé comme un arbre abattu. Il n'a pas crié. Il n'a pas juré. Il n'a rien dit. Il est tombé en silence. Il n'a fait que le bruit qu'un arbre scié fait en tombant, de tout son énorme poids, sur les feuilles sèches de la forêt. En tombant, Savonarola Mold n'a pas lâché la hache. Tuniade a essayé de la lui prendre. Mais les doigts du bûcheron étaient soudés, crispés sur la hache. Les bras et la hache ne faisaient plus qu'un. Il aurait fallu couper les mains pour arracher cette hache. "Donne-moi ta hache", a ordonné Tuniade, le visage violet de colère.

« Sava revient à lui, lentement, faiblement. Il n'a qu'un seul réflexe, se retourner, face contre terre, cacher la hache sous sa poitrine, et la défendre avec le poids de son corps.

« Le satrape monte, avec ses bottes, sur le corps allongé de Sava Mold, comme on monte sur le tronc d'un arbre. Il l'écrase et le frappe. Les os et la chair de Sava résistent. Comme inertes. La seule pensée de Savonarola Mold, maintenant que ses forces le quittent et que, la face contre terre, il sent la hache protégée sous sa poitrine, est de résister le plus longtemps possible. Il veut supporter les coups, jusqu'à ce que la fureur du Phanariote s'épuise. Jusqu'à ce que le Phanariote se fatigue à force de frapper. Savonarola Mold a une confiance absolue dans sa capacité d'encaisser les coups. Ses os et sa chair sont entraînés. Depuis des siècles et des siècles, les Mold reçoivent des coups, et ont appris à les supporter. Il cache sa tête et la hache. Uniquement la tête et la hache. La tête, pour ne pas recevoir un coup mortel, parce que alors, il laisserait sa femme veuve et ses enfants orphelins. Sa hache, parce que la hache, c'est sa vie même. Sans hache, c'est la mort.

« Un coup du Phanariote sur la colonne vertébrale, au-dessus de la nuque, fait se tourner de douleur le gros corps de Sava. Le voilà allongé sur le dos. Le Phanariote lui saute dessus. Sur le ventre. Et avec les talons ferrés de ses bottes, Tuniade écrase — comme on écrase les raisins dans le pressoir — les organes génitaux de Sava Mold. C'est une douleur trop grande. Sava s'évanouit. Il perd connaissance. Il sent que ses muscles se détendent. Ses grosses mains ne serrent plus assez la hache. Dans un demi-sommeil — épuisé, comme dans un rêve — Savonarola Mold sent alors que le satrape, tout en lui écrasant les organes génitaux avec les talons, lui arrache des mains la hache. La hache est perdue. De désespoir, Sava rassemble toutes ses forces et se met à genoux. Il n'a plus la hache. Il baise les bottes du tortionnaire et lui dit : "Frappez-moi tant que vous le voulez, je vous en supplie, mais ne prenez pas ma hache, monseigneur ! Faites-moi ce que vous voulez, mais ne me tuez pas et ne me prenez pas ma hache."

« Un coup plus fort que les autres, un coup appliqué avec la hache même de Sava, force le bûcheron à s'allonger de nouveau. Il tombe le dos sur la terre. L'humidité de la forêt monte dans sa chair meurtrie, comme elle monte dans les troncs des arbres. Elle réveille l'homme, dans un sursaut que tous les agonisants du monde ont connu avant la mort. Sava se relève, se met sur les genoux. Il s'élance, comme une panthère, de tout le poids de son corps, sur le satrape qui est debout devant lui. Des mains du satrape, Savonarola Mold arrache la hache. Il n'avait plus de vie, mais il a ressuscité, uniquement pour reprendre la hache. Maintenant, Sava tient la hache, mais il sait qu'il ne pourra pas la garder longtemps. Il est sur le point de s'évanouir de nouveau. Il est gravement blessé et meurtri. Il ne pourra plus défendre sa hache. Afin que le satrape ne la lui arrache pas de nouveau, il supprime celui qui le menace. Il élimine celui qui profiterait de sa défaillance pour lui prendre sa vie et sa hache. Rassemblant ses dernières forces, Savonarola Mold fend, de la hache tenue à deux mains et à coups répétés, la tête du satrape. Il la fend comme une pastèque. Cette boule parfumée, pommadée, gominée et frisée, mais vide à l'intérieur, qu'est la tête du satrape, éclate en morceaux. Sava Mold ne voit pas ce qu'il fait. Il frappe la tête qui a éclaté comme une grande noix. Un crime bestial... C'est ce que les juges et les journaux ont dit. En écrasant la boule parfumée qui servait de tête au satrape, Sava a perdu toutes ses forces. Il s'est effondré sur le cadavre du satrape. Il est resté sans connaissance six heures durant. Pus mort que vif. Sur le sol. Lorsqu'il est revenu à la vie, Sava a pris la hache, après l'avoir essuyée. Il est venu au commissariat et il m'a raconté exactement tout ce qui s'était passé. Sans rien cacher. Comme moi, à mon tour, je vous ai maintenant tout raconté. Je suis allé sur les lieux du malheur, avec Sava. J'ai vérifié les faits. Ils étaient exacts. Tels que Sava les avait relatés. Le Dr Pillat a examiné les organes écrasés de Sava. Il a dit textuellement : "Écrasés comme des raisins dans le pressoir. Vidés." J'ai téléphoné au procureur. Il m'a ordonné de lui envoyer Savonarola Mold. Entre deux agents et sous bonne escorte. Je l'ai envoyé. Mais je ne lui ai pas mis de menottes. J'ai trouvé que ce n'était ni juste, ni opportun, ni nécessaire. Et Sava Mold a été condamné aux travaux forcés à perpétuité dans les mines de sel. Il y est encore.

— Et ce n'est pas un crime ? demande le juge Cosma Damian.

— Non, répond le commissaire Filaret. C'est un malheur. Et la mort de Tuniade est un suicide. La provocation était si effrayante, si terrible et sans possibilité de l'esquiver, que, si la hache avait été seule, la hache même, bien qu'elle soit de fer, aurait fendu la tête du satrape. C'est le satrape qui a demandé à la hache de lui fendre la tête. Il a tout fait pour mourir. Pour moi, quand un homme déclenche sa propre mort, il commet un suicide. Anton Tuniade père a déclenché, lui-même, avec minutie, avec une volonté diabolique, sa propre mort. Il a déclenché contre lui-même la hache de Sava, comme il aurait pu déclencher contre lui-même une arme à feu. Pour cette raison, on ne peut pas accuser Sava d'avoir commis un crime. Ce n'est pas un homicide. En dehors, peut-être, de Notre-Seigneur Jésus-Christ — qui est Dieu — et uniquement parce qu'il est Dieu — tout saint descendu du calendrier aurait agi comme Sava Mold. Car ce n'était pas l'homme Sava Mold qui a manœuvré la hache. C'étaient ses muscles, sa chair, ses os, envenimés par la souffrance, empoisonnés par l'injustice et par la provocation.

— Pourquoi m'avez-vous menti jusqu'à présent ? demande le juge. Cette nuit, le fils de Tuniade a été tué. Il est logique qu'il y ait un rapport entre le meurtre du père et celui du fils.

— Il n'y a aucun rapport entre les deux faits. Je savais que vous — comme tout homme qui se dirige exclusivement d'après l'*organon*, l'outil appelé raison — feriez ce rapprochement. Or c'est une fausse piste. Il n'y a pas de rapprochement à faire. La mort du père est un malheur, provoqué par lui. Les malheurs, comme les éruptions des volcans, ne se répètent pas.

— Où est le meurtrier de Tuniade père ? demande le juge.

— Au bagne. Je vous l'ai déjà dit. C'est la cour martiale qui l'a condamné.

— Il n'a pas de famille dans le pays ?... Il n'a pas dans la ville des enfants, des frères, des parents ou des amis, qui voudraient le venger ? Et qui, pour le venger, auraient tué le fils Tuniade ?... C'est la piste principale. Il faut absolument enquêter dans cette direction. C'est même par là que l'enquête aurait dû commencer.

— C'est une perte de temps, dit le commissaire. Chez nous, il n'y a pas de meurtrier. Savonarola Mold n'en était pas un. Mais si vous tenez à mener l'enquête dans ce sens, je suis à vos ordres. Dites-moi ce que je dois faire, je le ferai.

— Il faut que nous enquêtions au sujet de la famille de Sava Mold. Nous devons interroger sa femme, ses enfants, tous ses parents et tous les amis du bagnard. C'est l'un d'entre eux, sans contredit, qui a tué Tuniade fils. Car le fils a été tué un an après le père.

— Je vous accompagne, dit le commissaire. Excusez mon bavardage. Je vous ai prévenu que je suis un homme de Petrodava. Un Immortel d'ici. Il se fait aussi que je suis policier. On m'a nommé policier parce que — je vous l'ai déjà dit — j'ai fait mon service militaire dans la gendarmerie. De plus, j'ai fait des études. On voulait avoir ici un policier du pays. Et l'on m'a prié d'accepter. Je suis le seul *homme d'armes*, parmi ces hommes sans armes. Mais, même avec des armes, je suis pareil aux autres Immortels d'ici. Un Immortel. Un homme.

XIV

*Descente de police
dans la maison sans hache*

Le jeune homme Cosma Damian n'est pas ému outre mesure par le récit du commissaire. Il est furieux.

— C'était votre devoir le plus élémentaire, commissaire, de me mettre au courant de l'affaire Sava Mold, dit le juge.

Emmitouflé, il monte dans le traîneau d'Ismaïl le Lipovan, pour aller perquisitionner au domicile du bagnard. À côté du juge s'installe silencieusement le commissaire. Le juge continue :

— Votre silence est impardonnable. Le père et le fils ont été tués dans la même année. Presque de la même manière. Il est logique de présumer que c'est la même main qui les a abattus. C'est certainement une vengeance. À la manière des vendettas. Des crimes en chaîne. Comme il s'en commet dans toute les régions arriérées. Vous auriez dû me raconter l'affaire, dès les premiers moments. Peu m'importe que, dans la région, Savonarola Mold soit considéré comme une victime et un martyr. Aux yeux de la loi, il est un assassin. Je devais être mis au courant, dès les premiers instants de l'affaire.

Le traîneau à chevaux blancs gravit le Chemin des Amoureuses. Car la maison du bagnard n'est pas loin du château. Des deux côtés du Chemin des Amoureuses, les fenêtres des petites maisonnettes blanches sont illuminées. Il fait presque jour. Mais personne n'éteint les lampes à pétrole. Pendant les heures d'angoisse, les hommes éprouvent le besoin de garder les lampes allumées. Maintenant, on voit mieux le Chemin des Amoureuses. Cette route, qui serpente, monte au milieu de la ville, comme un ruban blanc bordé de points verts, les sapins. Un ruban qui ondule au-dessus de la ville, se dirigeant vers le haut et vers l'ouest. Agapia est comme un port; les montagnes descendent jusqu'à la ligne de chemin de fer, pour rencontrer la plaine. Exactement comme si elles rencontraient la mer. Car la région qui se trouve à l'est de la ligne de chemin de fer est tout aussi différente de la région de l'ouest que la mer est différente de la terre. À l'est, la terre est noire, riche, féconde, plate. À l'ouest, les montagnes sont comme un mur, avec une terre pierreuse et dure. À l'est, il y a en été des moustiques, de la poussière. À l'ouest, sur le Chemin des Amoureuses, il n'y a jamais de poussière. Le vent balaie tout et jette la poussière vers la plaine. De temps en temps, les nuages passent, poussés par le vent, et semblables à d'immenses éponges humides ils nettoient les pierres, les maisons, l'air. Les hommes, de part et d'autre, sont aussi différents que les deux régions. À l'est de la voie, sur la plaine fertile, sale, boueuse et riche, les gens sont courtauds, bien en chair, avec des joues rondes ; ils aiment l'argent et la vie, et leurs yeux sont rieurs. À l'ouest, dans les maisons qui bordent le Chemin des Amoureuses, les hommes et les femmes sont grands, maigres, presque décharnés et leurs regards sont sévères. Ils attachent très peu de prix à la vie terrestre et à la sensualité. Ils rêvent d'un royaume meilleur.

Les montagnards qui habitent tout le long du Chemin des Amoureuses, et les gens d'en bas, de la plaine, se rencontrent dans la ville d'Agapia, exactement comme les gens de mer rencontrent dans un port les gens de la terre ferme.

— On a tué le père et le fils Tuniade pour le même motif, dit le juge. C'est clair. On les a tués parce qu'ils étaient des tyrans. C'étaient des satrapes sanguinaires. C'est un crime social. Un tyrannicide.

— Non, monsieur le juge, répond le commissaire. Je vous ai déjà dit que nous ne tuons pas nos tyrans. Ce n'est pas que nous soyons des lâches, ou que nous nous complaisions dans l'iniquité et dans l'esclavage ; mais nous ne vivons pas dans le même monde que nos tyrans, quoique nous sentions en permanence leur fouet sur nos chairs. Nos racines, par lesquelles nous arrive la sève de notre vie, sont dans le ciel, au-dessus de l'Histoire et des domaines des tyrans ; comme le Chemin des Amoureuses sur lequel nous nous trouvons est au-dessus de la plaine...

— L'assassin de Tuniade est tout de même un homme d'ici, dit le juge. Votre hypothèse d'un étranger venu par le train s'est effondrée. Le meurtrier est un homme d'ici, qui a quelque chose à venger, quelque chose de grave à reprocher à la famille Tuniade.

— Tout le monde, ici, a quelque chose de grave à reprocher à la famille Tuniade. Depuis des siècles, ils ne font que le mal. Leur œuvre est le mal, pour tous et partout.

— La famille de Sava Mold, par exemple, aurait eu, elle aussi, des raisons de tuer cette nuit le jeune Tuniade, n'est-ce pas ?

— Non, monsieur le juge, dit le commissaire.

Ismaïl le Lipovan arrête le traîneau. En face, sur le rocher, le château gagné aux cartes. À droite, dans une clairière, presque ensevelie sous la neige, une maison de bois.

— C'est la maison de Sava Mold, dit le commissaire. La maison où vous voulez chercher l'assassin. Vous voulez toujours y aller ?

— Bien sûr que je le veux ! répond le juge.

Il saute du traîneau. Il dit :

— C'est ici qu'il faut chercher la clef du mystère et les traces du meurtrier.

— C'est une visite inopportune. Et ça ne nous mènera à rien, croyez-moi.

— C'est à moi de décider si elle est inopportune. Et j'ai décidé le contraire.

— Monsieur le juge, les enfants du malheureux Savonarola Mold sont tombés dans la sauvagerie. Ils sont complètement abrutis par la misère physique et morale. Il y a longtemps qu'ils ne s'habillent plus. Ils n'ont rien à se mettre sur le dos ni pour couvrir leur nudité. Ils vivent nus comme les animaux. La mère des enfants, la femme de Sava Mold, est, elle aussi, réduite à une condition sous-humaine. Elle vit avec ses enfants comme les bêtes. Même le très vénérable prêtre, notre saint curé, le père Nikodim, a de la peine à leur parler. C'est comme si l'on parlait aux animaux. Il ne faut pas y aller, monsieur le juge !

— En route, monsieur le commissaire, dit le juge.

Le commissaire Filaret descend. Il essaye encore une fois d'arrêter le juge :

— Après tout, pourquoi tenez-vous tant à aller chez les Mold ? Que voulez-vous demander à ces malheureux ? Pourquoi voulez-vous les torturer ? C'est un mal gratuit que vous leur faites. Un mal qui ne servira à rien. La femme est presque folle, et très malade. Elle vit enfermée avec ses six enfants qui ont tous moins de douze ans. Ni la mère ni les enfants ne sortent jamais de la maison. Ils vivent tous pieds nus, corps nus. Comment voulez-vous qu'ils sortent par ce froid et qu'ils tuent le jeune soldat ? Ce ne sont pas des gens à tuer un soldat. Il y a, dans cette maison, une femme folle et six enfants pareils à des bêtes sauvages. Ce n'est pas raisonnable, d'y aller !... Vous voulez chercher l'assassin parmi eux, monsieur le juge ?

— Il faut y aller et les voir, répond le juge. Ce sont les pires ennemis des Tuniade. L'enquête doit commencer par eux. L'assassin est sans doute un de leurs proches.

— Comme vous voudrez, dit le commissaire.

Il avance, dans la neige, à côté du juge. Devant eux, une petite maison isolée. En bois, comme toutes les autres maisons du pays. Une belle maison. On n'en trouve de pareilles qu'à Petrodava et dans les pays scandinaves. Elle est ornée comme une maison de poupée. C'est Savonarola Mold qui l'a construite de ses mains, en se servant uniquement de sa hache. Le toit scintille comme les diamants et les perles, sous les premiers rayons de soleil pâle.

Une fumée épaisse sort du toit, tout le long de la bordure.

— Ils ont mis le feu à la maison ? demande le juge.

— Non, les maisons de chez nous n'ont pas de cheminée, monsieur le juge. Elles n'ont pas de cheminée à cause des satrapes phanariotes. Ne sachant plus quel impôt tirer du peuple, les satrapes ont créé une taxe sur les cheminées. Une taxe très lourde. Toute personne qui possède une cheminée doit payer un impôt supplémentaire, qu'on a appelé l'impôt sur la fumée. Trop pauvres pour payer la nouvelle taxe, les gens de Petrodava ont démoli les cheminées sur les toits de leurs demeures. Depuis ce temps-là, aucune maison n'a plus de cheminée. La fumée sort dans le grenier, et, du grenier, elle s'échappe par les fentes qu'elle trouve, et surtout par la bordure du toit. Comme vous voyez.

Les deux hommes avancent. Autour de la maison, aucune trace d'homme ni de bête. La neige est presque aussi haute que la maison.

— Vous voyez bien, monsieur le juge, il n'y a aucune trace de pas. Personne n'entre dans cette maison et personne n'en sort.

Les fenêtres et la porte sont cachées à demi par la neige. Les carreaux sont sales, opaques et raccommodés avec du papier journal. On ne voit rien au travers. À grand-peine, le commissaire arrive à la porte.

— Voilà, monsieur le juge. C'est ici la maison de Savonarola Mold.

Il pousse la porte. Sans frapper. Pendant qu'il essaie d'ouvrir la porte gelée, bloquée par la neige, le commissaire dit au juge :

— C'est dommage de perdre votre temps en venant ici !

La porte résiste. Le commissaire la regarde avec admiration et fierté. Il dit :

— Savonarola était le meilleur menuisier de la région. Regardez comme il a bien travaillé sa porte. Solide, et belle. C'était un excellent ouvrier du bois, ce malheureux Sava !

Le commissaire soupire :

— Sava aimait tant couper le bois ! Et maintenant il coupe le sel, le malheureux !

Le commissaire pousse la porte avec violence. Elle s'ouvre. Les deux hommes pénètrent dans la maison. Celle-ci ne contient qu'une seule pièce. Une cheminée en occupe la moitié. Dans la cheminée, il y a un grand feu. À côté, un vieux tonneau à moitié plein d'eau ; on le met là afin que l'eau ne gèle pas pendant la nuit. Au-dessus du grand feu se trouve suspendue une immense marmite noire. Dans la marmite cuit la *mamaliga*, la bouillie de maïs. C'est un mélange d'eau, de maïs et de sel. C'est la nourriture quotidienne, plat unique qui remplace le pain, la viande et tout. Près de la marmite, se tient une femme aux cheveux gris et ravagés. Les cheveux et le regard sont en désordre. Elle porte une chemise de lin, extrêmement sale et déchirée, et une jupe de toile à sac. Sa figure est affreusement jaune, maigre, osseuse et ridée. On dirait un masque théâtral de la folie. Un masque du désespoir, aussi. Le regard est d'un blanc sale, comme les cheveux, non peignés et non lavés. La silhouette n'a pas de contours précis, car dans la pièce stagne une vapeur épaisse, mélangée à de la fumée. En outre les fenêtres sont opaques. La lumière qui vient du dehors, salie par les vitres, en se mélangeant à la lumière du feu, dans cette atmosphère chargée de vapeur, blesse la vue. Il fait très chaud. Une chaleur étouffante, humide, insupportable. On se croirait dans un bain de vapeur. Et de vapeur malodorante. Les vitres, presque toutes cassées, sont racommodées avec des journaux. C'est un décor irréel de tragédie, de misère, de famine, de douleur et de déchéance.

Contre le mur, près de la cheminée [1], les enfants.

---

1. Dans les maisons paysannes de Moldavie, il ne s'agit pas de cheminées semblables aux cheminées d'Occident, mais de gros poêles en maçonnerie, bâtis à même la maison. Ils comportent parfois des niches et des plates-formes, où l'on peut même dormir.

Tous cachés. Les murs, autrefois blanchis à la chaux, sont noirs, humides et gras. Un des enfants avance timidement. Enveloppé d'une chemise longue, sale, de toile à sac, il a les cheveux très longs et en désordre. Il est terriblement maigre. Un vrai squelette. Ses jambes sont deux os, minces et sales. L'enfant a un regard méchant et égaré. Un regard de petite bête qui désire faire le mal, mais qui a peur. *Salve*, crie l'enfant brusquement. Il éclate de rire. Comme s'il avait jeté un pétard. En chemises longues, comme des sacs, toujours timidement, l'un après l'autre, maigres, sales, pieds nus, et ne différant les uns des autres que par la taille, six enfants s'avancent. Tous restent un moment apeurés. Ensuite, ils éclatent, avec leurs voies aiguës, qui grincent comme la glace cassée.

Salve. Après ce cri, ils éclatent d'un rire hystérique, en fixant sur le commissaire et sur le juge des yeux comme des pointes de pique, et ils disparaissent en se bousculant derrière la cheminée. De la même manière que disparaissent les ratons, qui s'enfoncent par un trou dans la terre. Seulement, ce ne sont pas des ratons, mais des êtres humains. Ils ne connaissent ni le peigne, ni le savon, ni les ciseaux du coiffeur. Il est extrêmement bizarre d'entendre dans leur bouche le salut que les anciens maîtres de l'univers terrestre, les Romains, utilisaient entre eux. Le *salve* des conquérants romains a disparu avec l'Empire romain. Personne ne se sert plus aujourd'hui de ce salut, hormis les enfants du bagnard Savonarola Mold et les gens de Petrodava.

— *Salve*, les enfants, dit le juge.

Personne ne répond. Il y a quelques instants de silence. Comme dans les cimetières. Dans cette pièce, le silence est pire que la fumée et que les vapeurs malodorantes. Les enfants de Sava Mold ont peur. À cause de cela, ils se taisent. Ils n'ont pas l'habitude qu'on leur parle. Après le premier moment de peur, la circonstance leur semble si ridicule — car il est ridicule d'adresser la parole aux enfants du bagnard — qu'ils éclatent tous d'un rire aigu, hystérique. C'est un rire semblable au bruit des vitres cassées, qu'on écrase sous les bottes ferrées. Les cordes vocales de ces enfants, leurs gorges affamées ne produisent pas le son ordinaire des voix d'enfants, leur timbre angélique.

— Ce ne sont pas des enfants, messieurs, dit la femme. Ce sont de petits serpents. Des vipères.

La femme exige le silence. Elle lève le rouleau de bois, taché de maïs bouillant, qui lui sert à remuer la bouillie dans la marmite. Les enfants ne respirent plus. C'est de nouveau le silence. Les six petits, qui grouillaient comme des vers dans une plaie, au milieu de la pièce malodorante et suffocante, se serrent les uns contre les autres. Ils ont peur. On ne les voit pas, mais on les devine ; serrés les uns contre les autres comme des grains de raisin.

Ici, le gourdin de la mère n'est pas une vaine menace. Par peur du gourdin chaud, les enfants s'immobilisent et se taisent, comme les poussins en cas de danger. Les oreilles aux aguets, les yeux noirs, fiévreux et brillants. C'est le regard des petites biches en face du chasseur. Le regard que posent les écureuils sur le canon du fusil qui les vise. Comme s'ils attendaient le coup de feu. Mais aujourd'hui il n'y aura pas de coup de feu. Pas de coup du tout. Il n'y a là que le commissaire et le juge qui cherchent l'assassin de cette nuit.

— Que désirez-vous, *domnii mei*, mes bons messieurs ? demande la femme.

Elle met le rouleau dans la marmite où bout la *mamaliga*. Jamais la langue latine n'a résonné de manière plus étrange que dans la bouche de cette femme, folle de douleur, qui parle comme les Romains d'autrefois, en disant *domnii mei*. Elle dit *cruce* pour croix, elle dit *salve* et *vale*... Elle emploie des centaines de mots, venus des Romains, maîtres de l'univers, mots qu'on n'utilise plus nulle part sur la terre, sauf en ce lieu. C'est la même langue latine, celle du temps glorieux de l'Empire romain. Une langue figée. Rien n'a changé ici. Sauf la misère et l'injustice qui à chaque siècle deviennent plus grandes...

— Que désirez-vous, *domnii mei* ? demande de nouveau la femme.

Maintenant, elle a peur. Plus encore que ses enfants. Elle tremble, de tout son corps squelettique. Mais elle est décidée à se défendre, coûte que coûte. Sa peur est justifiée. Dans cette maison, il n'est jamais venu du dehors que de mauvaises visites. De mauvaises nouvelles. Jamais le bien n'est venu du dehors. La dernière visite a eu lieu quatorze mois auparavant. Les gendarmes sont arrivés ici avec le père, l'époux, Sava Mold. Et lui — le père des enfants et l'époux de la femme — il avait des fers aux mains et aux pieds. Sava était enchaîné, comme tous les grands assassins. Ils l'amenaient à la maison pour perquisition et enquête. Cette dernière visite, du père enchaîné, a effrayé les enfants pour toute leur vie. Ce spectacle du père enchaîné, couvert de blessures et de sang séché, a déterminé l'attitude que prendront, pour toute leur existence, les enfants de Sava Mold envers le monde, envers les gens de l'extérieur, envers l'univers tout entier. Depuis ce jour-là, les enfants ne savent qu'une chose : qu'ils sont les enfants d'un assassin. Que leur père est un meurtrier. Que leur père, avec sa hache, a fendu en mille éclats la tête du satrape phanariote Tuniade, comme on fend une pastèque. Il a fait cela les yeux fermés, ivre de douleur, parce qu'il ne pouvait plus supporter les talons du satrape qui lui labouraient le ventre.

— Que désirez-vous, *domnii mei* ? demande la femme pour la troisième fois.

Agressive, prête à bondir, les ongles en avant, comme une poule enragée, contre les étrangers qui s'introduisent dans la tanière où elle élève ses petits. Agressive comme les oiseaux qui ont faim et qui ont peur. Smaranda Mold est de plus en plus agressive, de plus en plus oiseau et de moins en moins femme. Même sa figure prend des traits d'oiseau et perd ses traits féminins. Smaranda Mold n'a jamais eu la vie rose. Mais, depuis la mort du satrape, sa vie est totalement souterraine. Son mari travaillait dans la forêt. Il était coupeur de bois. Il travaillait là-haut dans les forêts, pendant toute la durée de l'hiver. Car on ne coupe les arbres que pendant l'hiver, afin de pouvoir les faire glisser sur la neige jusqu'à la rivière.

Savonarola Mold, pendant tous les hivers de sa vie, a dormi dans les tranchées par 40 degrés au-dessous de zéro — comme tous les coupeurs de bois. Presque à la belle étoile. Comme eux, il est atteint des maladies propres à leur profession : rhumatisme, pellagre, gelures, tuberculose... La vie, dans la maison de coupeur de bois, est toujours grise. Mais, après le meurtre du satrape et le départ de son homme, Smaranda Mold en vint à considérer cette vie d'avant comme un paradis. Chaque samedi, dans la nuit, ou chaque dimanche matin, son mari descendait de la forêt. Il arrivait à la maison. Sava était là, dans cette pièce, et rien que cette arrivée était une très grande fête. La présence de Sava Mold, c'était le paradis. Il apportait quelques sous, et quelque chose à manger. Très peu de sous. Et très peu de nourriture. Jamais personne n'a mangé à sa faim dans cette maison. Mais c'était quand même une très grande fête. Sava était présent, lui, le chef de la maison, le père, l'époux ! Il était comme le soleil. Maintenant, le soleil est enchaîné au fond de la terre. On a enterré le soleil.

— *Domnii mei*, oui ! crie Smaranda Mold, subitement.

— Qu'est-ce qu'il y a ? demande le commissaire.

— Oui, on a enchaîné le soleil ! Mon soleil.

Maintenant le soleil est aux fers, au fond de la terre.

Smaranda Mold se frappe le front avec les poings. Elle sanglote, sa douleur éclate. Brusquement elle s'arrête. Elle se redresse, elle est à nouveau agressive.

— Je vous ai demandé ce que vous désirez !

Elle prend le gourdin chaud dans la marmite. Elle attend la réponse.

Le juge Cosma Damian est extrêmement gêné. Il regrette d'être venu. Il regrette de n'avoir pas écouté les conseils de M. Filaret. Il préférerait être ailleurs, n'importe où. Car le spectacle de la misère, de la douleur et de la déchéance des humains, de n'importe quel être humain, dégrade tous les autres. La dégradation d'un seul homme ou d'un groupe d'hommes offense, salit et blesse tout le reste des humains. Le juge s'en rend compte et veut parler. Mais il rencontre les regards de la femme, regards brûlants comme des gouttes de vitriol, aigus comme les pointes des épées. Le juge sent les pointes sur sa poitrine. Au même moment où les regards de la femme blessent le juge, comme des fers de lance, il en sent d'autres, tout aussi blessants. Ce sont les regards des enfants. Tous ils sont sortis, et ils regardent le juge. Comme s'ils voulaient le crucifier, avec leurs regards, qui sont comme des clous incandescents.

— Vous avez des nouvelles de votre mari ? demande le commissaire.

Il voit que le juge ne peut pas parler. Le juge pense, tout blême, que l'enquête sur le meurtre de cette nuit ne devait pas passer par cet endroit. Cette femme ne peut pas avoir tué le jeune satrape devant son château. Cette femme ne sort jamais de la maison. Elle n'a pas de vêtements. Tout l'hiver, elle est la prisonnière du froid dans sa maison. Exactement comme son mari est prisonnier de la justice au fond de la terre. L'un et l'autre enfermés dans des galeries où le soleil ne pénètre pas. Les enfants, eux aussi, sont prisonniers, mais des prisonniers qui bénéficient d'un régime de faveur. Les plus grands des six, ceux qui peuvent marcher, sortent de temps en temps. Mais un seul à la fois. Il va mendier chez le père Nikodim. Les enfants ne peuvent sortir qu'un à un, car il n'y a dans la maison qu'un seul manteau pour six enfants. Il y a une paire de chaussures pour six. Un seul bonnet pour six. Un unique pantalon pour six. Ils le mettent donc à tour de rôle. Ils sont extrêmement heureux qu'il y ait au moins ça. C'est le père Nikodim qui leur a donné cet accoutrement, un seul pour les six. Afin que l'un d'entre eux, au moins, puisse sortir et mendier.

— Tu as reçu des nouvelles de ton mari ? répète le commissaire.

— Quelle sorte de nouvelles ? demande la femme.

Ses yeux sont de nouveau comme des piques, comme des gouttes de vitriol. Smaranda Mold est de nouveau prête à bondir sur les hommes étrangers. Elle est sur ses gardes, pour se défendre et pour défendre ses enfants.

— Il t'a écrit ? demande le commissaire.

— Qui m'écrirait ?

— Sava, ton mari. T'a-t-il écrit ?

— Sava, mon homme, ne sait pas écrire, répond la femme. Vous savez bien qu'il ne sait pas écrire. Pourquoi me le demandez-vous ? Dites-moi ce que vous voulez.

— Je t'ai demandé s'il t'a écrit parce qu'il pouvait demander à un compagnon de t'écrire, sous sa dictée. C'est une chose qui se fait habituellement. Quand quelqu'un ne sait pas écrire, il y a un compagnon qui écrit pour lui.

— Pourquoi voulez-vous qu'un compagnon de Sava m'écrive ?

— Pour te donner de ses nouvelles.

— Je ne sais pas lire. Pourquoi m'enverrait-il des lettres, sachant que je ne sais pas lire ?

— Pour t'annoncer ce qu'il fait. Tu peux, à ton tour, demander à quelqu'un, au père Nikodim, par exemple, de lire la lettre.

— Sava sait que je sais ce qu'il fait. Il extrait du sel dans les galeries souterraines. Tout le monde sait ce qu'il fait. Pourquoi écrire cela, du moment qu'on le sait ?

— Il peut aussi te demander des nouvelles, de toi et de ses enfants.

— Il sait très bien ce que nous faisons ici. Il sait bien : nous attendons la mort. Pour en finir. Mais la mort, la comtesse, se fait attendre ! Elle tarde, la mort, cette grande dame !

Smaranda Mold se couvre le visage de ses deux mains et éclate en larmes. Elle pleure en criant des paroles de douleur, inintelligibles. Les enfants, près de la cheminée, regardent leur mère en silence. Quelques secondes. Comme s'ils partageaient sa douleur. Et même comme si elle les effrayait. Ensuite, ils éclatent, tous les six, d'un rire hystérique. Les rires des enfants se mêlent aux cris de douleur de la mère. Et l'harmonie est parfaite. Aucune dissonance. Rires et pleurs sont les sommets du désespoir, du même désespoir, celui des enfants et celui de la mère. Le désespoir de celle qui pleure et le désespoir de ceux qui rient.

— Les enfants ne savent pas écrire non plus, dit la femme.

Elle s'arrête subitement de pleurer.

— L'aîné a douze ans. Il devrait pouvoir écrire à son père. Mais mon enfant n'est pas fils de satrape, pour savoir écrire !

La femme éclate. Pas de rire. Pas en larmes. C'est un éclat de colère.

— Pourquoi voulez-vous que les enfants écrivent à leur père ? Dites-moi pourquoi ? Leur père est sous terre. Avec les morts. Pourquoi voulez-vous que mes enfants écrivent aux morts ?

Suit un nouveau silence. Ce silence qui, dans la maison de Sava Mold, est pire que les cris de douleur des condamnés à mort. Le juge veut prononcer quelques mots de consolation. Mais, ici, tout est trop plein de misère, de désespoir, d'abandon. D'isolement. Il n'y a pas place pour le plus petit mot de consolation.

— Madame, vous n'avez personne qui puisse vous aider ? demande le juge.

Le mot « madame » illumine la figure de Smaranda Mold comme un rayon de soleil, comme un reflet d'or, comme une lumière céleste. Toute la maison en est illuminée. C'est comme si Smaranda recevait une poignée de pièces d'or, une robe toute neuve, des parures éclatantes, des brillants, des perles. Un instant, elle rayonne, elle brille, elle est heureuse comme une reine. Mais elle revient à la réalité. Le juge, pensant que la femme n'a pas compris sa question, répète la phrase, mais, cette fois, sans prononcer le mot magique, le mot « madame » :

— Personne ne vous aide ? demande-t-il.

— Non, répond la femme. Sur la terre, nous sommes seuls. Nous sept. Moi et les six embryons de la semence de Sava. Sava, je ne le compte plus parmi les vivants. Il n'est plus sur terre. Il est dessous, avec les morts. Enterré plus profond que les cercueils des morts.

— Prenez cet argent, dit le juge.

Il glisse dans la main de la femme les billets, tous les billets qu'il a trouvés dans sa poche. La femme les prend. Elle ne les regarde même pas. Elle les donne aux enfants. Afin qu'ils jouent avec. Il y a un degré dans la douleur où l'argent n'a plus de valeur.

— Vous n'avez pas de vêtements d'hiver ? demande le juge.

— Ni d'hiver ni d'été, répond la femme. Mais je n'ai pas besoin de vêtements. Dans quelques semaines, nous n'aurons même plus de chemises. Ni moi ni les embryons. Les chemises seront complètement déchirées. Nous serons nus. Tant que l'hiver durera, nous resterons nus dans la maison. Nous ne sortirons pas. Quand l'été viendra, nous ne sortirons pas non plus, parce qu'on nous tuerait, si on nous voyait nus dans les rues. Nous resterons tout l'été enfermés ici. Nous sortirons peut-être la nuit. Aux alentours de notre maison. Heureux les animaux, qui peuvent sortir sans vêtements ! Car nous, nous ne pouvons le faire. Heureux les cochons ! Car les cochons n'ont pas besoin de jupes. On ne tue pas les vaches si elles sortent sans chemise. Mais moi, on me tuerait, on me jetterait des pierres si je sortais sans chemise. Et bientôt je n'aurai plus de chemise. Heureuses donc les vaches ! Et les truies ! Oui, monsieur : heureuses les truies !... Malheur à moi qui suis une femme et non une vache !

— Je t'enverrai un paquet, dit le juge. Je dirai à ma gouvernante de te préparer quelques vêtements. Je les enverrai sans faute.

— Pourquoi m'envoyer des vêtements, à moi ? demande la femme. Elle est tout étonnée de l'offre du juge. Elle est toute perplexe.

— Afin que vous ayez de quoi vous habiller.
— Mais pourquoi m'habiller ?
— Pour pouvoir sortir de la maison.
— Sortir de la maison, moi ?
La femme éclate de rire.

— On voit bien que vous n'y connaissez rien ! Je ne peux jamais sortir de la maison. Même si vous m'envoyiez des robes de brocart et de velours. Si je sortais, qui garderait les enfants ?... Ils sauteraient dans le feu. À peine serais-je sortie qu'ils incendieraient la maison. Ce ne sont pas des enfants. Ce sont des serpents. Des vers. Des vipères.

La mère pleure. Elle dit :

— Ce ne sont pas des enfants. Oh non !... Ce sont des brutes sauvages et enragées. Des crétins. Des idiots. Répondez-moi, monsieur. Quelle espèce d'enfants voulez-vous qu'il sorte d'un père assassin et bagnard ?

L'heure est extrêmement grave et pénible. Ces êtres humains vivent sur les plus lointaines plages de la douleur et du désespoir. Le juge ne peut plus supporter ce spectacle. Il est désolé d'être venu. Il s'en va précipitamment. L'image de cette famille sera, jusqu'à sa mort, l'obsession de sa vie. Car il n'y a rien de plus grave que la douleur quand elle passe le degré normalement supportable pour la nature humaine.

Bien sûr, le juge Cosma Damian a complètement oublié qu'il est venu là pour chercher un assassin ! Il lui semble ridicule de mener une enquête en un tel lieu.

Le juge sort, endolori jusqu'à la moelle. Car l'homme, dans les moments très graves de la vie, découvre la fraternité, sentiment qu'il ignore en temps normal. Dans les moments graves et difficiles, les êtres humains sont comme les vases communicants. À cause de cela, la douleur de la femme de Sava Mold monte dans la poitrine du jeune juge, comme si c'était sa propre douleur. Il se rend compte qu'il est un être humain, comme ces six enfants, que la mère nomme des embryons.

Leur douleur lui fait mal. De plus, ils sont moldaves comme lui. Les Moldaves ne sont pas inférieurs aux autres nations de la terre. Mais ils ont subi et subissent un malheur incessant, depuis leur apparition sur la terre. Depuis de longs siècles, les satrapes, organisés en bandes politiques, en partis, se sont introduits, comme s'introduisent les vers parasites, dans le corps du peuple moldave, et ils le dévorent du dedans et du dehors. Et le pauvre peuple est prêt à rendre l'âme. À mourir dévoré.

Devant la porte de la maison se tient Ismaïl le Lipovan. Il attend. Lorsque le juge sort, Ismaïl enlève son bonnet de fourrure et dit :

— Vous permettez que j'entre un moment ? Je vous rejoins tout de suite dans le traîneau.

— Qu'est-ce que tu portes là-dedans ? demande le commissaire.

— Je vais leur donner cela, répond le Lipovan.

Du pied, il montre le sac. Il explique :

— C'est un peu de maïs. On m'a dit que vous étiez monté chez ces gens. Je leur apporte cela, à ces malheureux.

Ismaïl entre dans la maison. Il dépose le sac de maïs près de la cheminée. Au moment où Ismaïl se retourne pour sortir, un enfant lui lance à la tête un morceau de brique. Ismaïl s'arrête. Il porte la main à son front. Le projectile l'a frappé en plein visage. De son front, le sang coule abondamment. Crispé de douleur, la pelisse et les joues toutes maculées de sang, Ismaïl se dirige vers le traîneau. Les enfants sont sortis devant la maison et lui crient des injures. Ils lui lancent d'autres projectiles.

Ismaïl leur a donné quelque chose à manger. Ils le blessent et le chassent à coups de pierre, avec des mots orduriers. Les enfants auraient lapidé le pauvre Ismaïl s'ils l'avaient pu. La méchanceté des enfants fait pitié. Comme leur misère. Car il y a une zone où la méchanceté et la bonté, la cruauté et la tendresse, le rire et les pleurs ont la même signification. Les uns et les autres sont les produits du même désespoir poussé à l'extrême. À ce sommet de la souffrance, le bien et le mal, les baisers et les coups, le rire ou la douleur sont une seule et même chose. Toute chose est au-dessus de toute valeur et de toute signification. Tandis que le juge et le commissaire essaient de panser, avec leur mouchoir, la blessure d'Ismaïl, la mère sort et commence à frapper les enfants. Les cris de la mère arrivent aux oreilles du juge :

— Enfants d'assassin ! crie-t-elle. Fils de bagnard ! Vous finirez par tuer votre propre mère, et vous irez aussi au bagne ! Comme votre père l'assassin. Fils d'assassin que vous êtes !

Le juge se bouche les oreilles. Le traîneau se met en route lentement. Il est huit heures passées. Le commissaire dit :

— Je vous ai averti, monsieur le juge, que le meurtrier ne pouvait être dans la maison de Savonarola Mold.

— En effet, répond le juge. L'assassin n'est pas ici. Mais l'assassin est parmi les gens sans armes. Donc parmi les gens de cette ville. Il n'est pas venu du dehors.

XV

Flora et l'hypothèse du crime passionnel

Le juge Cosma Damian et le commissaire Filaret rentrent bredouilles au palais de justice. La descente de justice à la maison du bagnard Savonarola Mold était une fausse manœuvre. En rentrant, les enquêteurs essuient un autre échec : l'invitation lancée par le crieur public Pantelimon, à ceux qui sont en mesure de dénoncer le meurtrier, n'a pas donné de résultat. L'assassin ne s'est pas présenté, ne s'est pas constitué prisonnier, comme le rêvait le commissaire. Aucune personne n'est venue, non plus, apporter un renseignement quelconque. Mme Eudoxia a attendu inutilement les renseignements. Car, pendant l'absence du juge et du commissaire, c'était elle qui les remplaçait. Il est huit heures et demie.

— Ne serait-il pas possible qu'une femme eût commis le meurtre ? demande brusquement le juge. Quand la victime est âgée de vingt ans, il faut penser d'abord à un crime passionnel. Quand un milliardaire est assassiné, c'est très probablement l'argent qui est le mobile du crime. Dans le cas du jeune Tuniade, le mobile n'est pas le vol. On ne lui a rien volé. Tous ses objets sont là. Il n'a pas eu de dispute avec ses camarades. Pas de jalousie. Personne ne l'a suivi dans le train. La vengeance de quelqu'un d'ici demeure un mobile possible, mais aucun fait ne le confirme jusqu'à présent. Il nous reste l'hypothèse du crime passionnel. Ne connaissez-vous au jeune Tuniade aucune relation amoureuse ? Fût-ce une liaison de courte durée ?

— Je ne lui en connais pas, répond le commissaire. Il vivait chez nous comme un touriste. Il n'avait de rapports d'aucune sorte avec les gens d'ici.

— Mais n'y a-t-il pas des femmes jeunes et belles à Agapia ?

— Il y en a. Comme partout dans le monde. Et la plus belle de toutes, je l'ai convoquée ici. Non comme meurtrière éventuelle. Ni même comme suspecte. Je l'ai appelée pour lui demander des renseignements. Elle s'appelle Flora Valeverde. Depuis la mort de Tuniade père, elle est servante au château.

— Pourquoi n'avez-vous pas dit dès le début, commissaire, qu'il y avait au château une femme jeune et belle ? Nous aurions commencé l'enquête par elle. Cela nous aurait épargné la visite chez les Mold. Car je suis convaincu de plus en plus que, si ce n'est pas un crime de vengeance, un tyrannicide, c'est un crime passionnel.

— Non, ce n'est pas un crime passionnel. Ni une vengeance. Vous allez vous en convaincre.

Flora Valeverde attend depuis une heure dans la

cuisine de Mme Eudoxia. On la fait venir dans le bureau du juge. Elle entre. Elle se tient extrêmement droite. Comme une figure géométrique. Elle est très belle, grande et très mince. Une jupe collante sur les hanches : c'est la *katrintza*, la belle jupe-portefeuille des femmes de Petrodava. Un corsage blanc, avec col et manchettes brodés. Une veste trois quarts en fourrure blanche. C'est de la fourrure de mouton, la peau à l'extérieur. Un châle noir, grand comme une mante. Des bottes noires. Flora a les cheveux tressés. Elle a le regard direct, ouvert, fier.

— Vous vous appelez Flora Valeverde, et vous êtes au service de Mme Patricia Tuniade, n'est-ce pas ? commence le juge.

— Oui, monsieur.

— Depuis quand êtes-vous en service au château ?

— Depuis quatorze mois, monsieur, répond Flora.

Elle a de très belles dents, d'un blanc brillant, régulières comme des perles.

— Flora, écoutez-moi bien, dit le juge. Vous connaissez la nouvelle : cette nuit, à une heure et cinq minutes, M. Anton Tuniade, fils de Mme Patricia, votre maîtresse, est arrivé en permission, et il a été tué devant la grille du château. Il est mort. Nous voulons trouver l'assassin de M. Anton.

Flora veut rester immobile. Mais les larmes commencent à couler de ses yeux. Ses joues blanches comme la porcelaine sont devenues roses. Elle pleure de tout son cœur. Avec toute sa chair. Mais les yeux ouverts. Immobile. Subitement, elle ne peut plus endiguer sa douleur. Après avoir essuyé ses larmes avec les doigts, elle se signe. Et elle dit, à travers ses larmes :

— Que la terre soit légère sur sa tombe !

C'est le salut que les Romains adressaient aux morts. Aujourd'hui, seuls les Immortels de Petrodava utilisent encore cette formule, pour saluer leurs morts. Flora regarde fixement le juge, puis le commissaire Filaret, et elle demande :

— Qui a tué M. Antoine ?

— C'est justement cela que nous voulons savoir, dit le juge. Voulez-vous nous aider à trouver le meurtrier de M. Antoine, votre jeune maître ?

— Je veux bien, monsieur, répond Flora.

Ses pensées sont ailleurs. La réponse est à mi-voix. Elle ajoute tout de suite :

— Mais Madame, la pauvre Madame, doit être brisée de douleur. Il faut que vous me permettiez de monter au château le plus vite possible. Aujourd'hui elle doit avoir plus que jamais besoin de moi. Et aujourd'hui, je suis en retard. Vous me gardez ici depuis plus d'une heure.

— Vous pourrez monter au château, dit le juge. Vous devez d'abord nous dire tout ce que vous savez. Afin que nous puissions trouver l'assassin.

— Je ne sais rien. Comment pourrais-je savoir quelque chose ?... Je suis servante au château. Qu'est-ce qu'une servante peut savoir de plus que vous ?

— Où étiez-vous cette nuit, à l'heure du crime ? demande le juge, tout de go.

— Chez moi, répond Flora. J'étais dans ma maison.

— Pourquoi n'étiez-vous pas au château cette nuit ?

— Je ne couche jamais au château. Chaque soir, je descends chez moi pour y dormir. Ma maison est sur le Chemin des Amoureuses. Tout près d'ici. M. le commissaire Filaret peut confirmer cela. Il connaît ma maison.

— Pour quelle raison ne couchez-vous pas au château ? demande le juge. Je pense que ce n'est pas par manque de place. Il y a une raison spéciale pour que vous descendiez dormir chez vous ?... Un amoureux ?

— Non, monsieur, répond Flora. Je n'ai pas d'amoureux. J'avais un mari, qui a été tué dans un accident, au bois, trois mois après notre mariage. Un arbre est tombé sur lui et l'a écrasé. Que la terre soit légère sur sa tombe !

Flora écrase d'autres larmes sur ses belles paupières. Elle se signe de nouveau.

— Pourquoi descendez-vous coucher chez vous, si vous n'avez pas d'amoureux ?

— C'est pour mes fleurs et pour mes oiseaux, monsieur.

— C'est vrai, monsieur le juge, dit le commissaire Filaret. La maison de Flora est pleine de fleurs et d'oiseaux. C'est une très belle maison, monsieur le juge. Il faut que vous la visitiez un jour. C'est une maison toute petite, toute blanche avec des fleurs à toutes les fenêtres. Une vraie maison de poupée et d'amoureux.

— Vous descendez, donc, chaque soir pour nourrir vos oiseaux et pour soigner vos fleurs ?

— Oui, monsieur.

— Et vous montez au château le matin, n'est-ce pas ?

— À la levée du jour, je monte au château. Tous les jours. Sauf aujourd'hui, parce que vous m'avez gardée ici.

— Votre maîtresse, Mme Patricia Tuniade, a-t-elle accepté de bon gré cette situation ?... Elle ne vous a pas obligée à dormir au château, comme c'est l'usage ?

— Madame m'a offert une chambre au château. Mais j'ai refusé d'y passer les nuits. J'ai tout expliqué à Madame. Je dois m'occuper aussi de mes fleurs et de mes oiseaux. Je ne peux pas les laisser tout le temps seuls. Je dois les nourrir tous les jours. Leur porter de l'eau. Car je ne peux pas non plus me séparer d'eux. Ni des fleurs ni des oiseaux. Ils sont les seuls témoins de mon mariage, de mon amour, de mon bonheur. Et cela me suffit dans la vie. Car le souvenir du bonheur est aussi grand que le bonheur lui-même. Il n'y avait pas de raison pour que Madame me refusât le droit de coucher chez moi. De toute façon, je dois descendre à la ville chaque jour pour les courses. Je descends donc le soir, après avoir terminé le travail au château. S'il est encore temps, je fais mes achats pour le lendemain. S'il est trop tard, je fais les achats le lendemain matin avant de monter.

— Votre maîtresse n'a-t-elle pas peur de rester la nuit toute seule au château ?

— Non, monsieur. Madame est habituée à vivre seule au château. Son mari, de son vivant, était presque tout le temps absent. Le fils de Madame n'était là que pendant l'été. Elle a toujours vécu seule. Même si elle avait peur, ma présence n'y changerait rien. Madame sait parfaitement qu'en cas de danger deux veuves ne peuvent pas faire plus qu'une seule veuve.

— Racontez-moi comment s'est passée la soirée d'hier, avant le crime.

— Hier, tout l'après-midi, le föhn a soufflé, dit Flora Valeverde.

— Mme Patricia Tuniade m'a, elle aussi, parlé du föhn qui a soufflé la nuit du crime. Moi, je n'ai point senti de vent.

— Le föhn, vous ne le sentez pas, monsieur le juge, comme un vent ordinaire qui balaie les feuilles mortes, qui plie les arbres et qui vous jette la neige au visage. Le föhn, c'est un vent qu'on sent en dedans de soi, qu'on sent avec les entrailles, avec les nerfs. C'est un vent terrible, qui parfois vous chatouille le bout des nerfs, d'autres fois vous traverse le corps comme un courant électrique. Madame a toujours souffert au moment du föhn. C'est un vent terrible pour les personnes sensibles, pour les malades, pour les femmes enceintes... Lorsqu'il souffle, il vous remue la bile et il vous secoue les nerfs, comme les vents ordinaires secouent les fils du télégraphe. Même les animaux ne peuvent fermer les yeux pendant les nuits et les journées où souffle le föhn. À cause de lui, il y a des chats, affolés, qui se sont jetés dans la rivière. Je vous raconte toutes ces choses, monsieur le juge, parce que vous venez d'arriver à Agapia. Et au sujet du föhn, je sais tout, pour avoir écouté les plaintes de la pauvre Mme Patricia. Elle souffrait du föhn à en mourir.

Flora Valeverde est debout. Elle a refusé de s'asseoir. C'est une femme dans la plénitude de sa beauté. Son corps est comme une amphore, sa voix comme une musique, et ses mouvements ont la souplesse pudique et rapide des biches et des écureuils. Flora, la belle veuve aux oiseaux et aux fleurs, se tient, devant les deux hommes, droite comme un sapin de haute montagne, et tout aussi fière.

— Madame dit que le föhn n'est pas un vent que l'on sent avec la peau, mais avec l'âme. Car l'âme humaine est tourmentée par ce vent, comme seul le remords peut le faire. Le föhn n'est pas un vent, c'est le souffle même du diable. À cause de cela, il y a beaucoup de malheurs et de drames au moment du föhn. Madame disait que les anciennes lois, dans les pays des Alpes, ne punissaient aucun crime commis alors que soufflait le föhn, car les hommes ne sont pas responsables de leurs actes quand souffle sur eux ce vent du diable.

— Et hier soir, le soir du crime, le föhn soufflait ? demande le juge.

— Tout l'après-midi, toute la soirée, jusque tard dans la nuit, on a senti le föhn qui soufflait avec force. Madame est descendue à la ville pour acheter des livres. Elle est remontée très énervée. Elle a essayé d'écrire. Mais, au bout de quelques heures, Madame m'a appelée et m'a dit : « Flora, termine ton travail et pars sans me déranger. Je ne peux rien manger ce soir à cause de ce vent maudit. Je prendrai deux ou trois cachets et je tâcherai de dormir. Ferme bien les portes, Flora. Et jette cette lettre à la boîte de la gare. »

« C'est tout ce que Madame m'a dit hier soir. Voici la lettre qu'elle m'a demandé de jeter à la boîte. »

Le juge ouvre l'enveloppe. Il lit à haute voix, afin que le commissaire puisse entendre. C'est une lettre de la châtelaine à son fils. Elle lui annonce l'envoi de livres et lui conseille d'avoir de la patience et d'être sage. Une lettre conventionnelle. Comme celles qu'écrivent les mères à leurs fils.

— Vers quelle heure a-t-elle écrit cette lettre ? demande le juge.

— Vers cinq heures du soir.

— Et vous, à quelle heure avez-vous quitté le château ?

— Une demi-heure plus tard. Il faisait nuit.

— Et êtes-vous rentrée directement chez vous ?

— Directement chez moi, répond Flora.

— Et vous n'avez vu personne, et vous n'avez parlé à personne, jusqu'à ce matin ?

— Je n'ai parlé qu'à mes oiseaux et à mes fleurs, jusqu'à l'arrivée du gardien qui m'a invitée à me présenter d'urgence à la justice de paix. Devant vous.

— Vous n'êtes pas sortie de votre maison pendant la nuit ?

— Non, monsieur le juge. Les courses de ménage, je voulais les faire ce matin. Voici la liste. Écrite de la main de Madame. Je dois faire les courses quand je sortirai d'ici.

Le juge jette un coup d'œil sur la liste. Il la rend à Flora.

— Flora, regarde-moi dans les yeux et réponds-moi franchement. N'y a-t-il pas eu, entre M. Antoine et toi, un brin d'amour ?

— Non, monsieur, répond Flora sans hésiter.

— Mais M. Antoine Tuniade t'aimait certainement, dit le juge. Tout homme qui te voit t'admire et te désire. Tu es très jolie. Antoine avait vingt ans. Il a dû être amoureux fou de toi. Est-ce vrai ?

— Je n'ai pas remarqué, répond Flora.

— C'était normal qu'il soit tombé amoureux de toi, dit le juge. Il avait vingt ans. Tu es belle. Vous étiez tous les deux au château. Vous viviez toute la journée sous le même toit. Vous vous voyiez sans cesse. Dis-moi la vérité. Était-il amoureux de toi ?

— Non, répond Flora.

— Ce non est suspect, dit le juge. Vous passiez vingt ou cent fois par jour l'un près de l'autre, et vos corps se touchaient. Vos corps de vingt ans. Car vous aviez presque le même âge tous les deux. Et tu dis que tu n'as rien senti ?... Qu'il n'a jamais manifesté aucun intérêt pour toi, comme femme ?... Ce n'est pas normal !

— C'est normal que je ne remarque rien, répond Flora. Même si ç'avait été comme vous le dites. Même s'il avait été amoureux de moi, je n'aurais rien senti. Nous ne parlions pas la même langue. Lui, c'était comme son père, comme tous les satrapes : un violent, un arrogant, un sanguin, un dominateur, un dictateur... Il parlait le langage de la force et de la violence. Ses mots, c'étaient des ordres. Moi, je parle un autre langage. Je suis une femme, un être qui, sur la terre, suit son cœur, comme la coquille suit partout l'escargot. Tout mon être est sous la dépendance de mon cœur. Me parler à moi signifie parler à mon cœur. Ouvrir mon être, c'est ouvrir mon cœur. On n'ouvre pas un cœur comme on ouvre un château fort, par la violence. On ne peut pas conquérir un cœur comme on conquiert un château fort. Un cœur n'est pas un coffre-fort qu'on peut casser pour le piller. Dans un cœur, on ne peut pas pénétrer par la violence, avec arrogance et par la force. Or le jeune Tuniade ne connaissait que le langage de la violence. Il ne pouvait rien me dire. Car je ne comprends que le langage du cœur, qui est le contraire de celui qu'il parlait. Nous nous voyions cent fois par jour, mais nous nous regardions comme on se regarde à travers la fenêtre d'un train qui passe. Nous étions l'un près de l'autre comme peuvent être l'un près de l'autre deux étrangers sur le même trottoir. Donc, je ne le connais pas. C'est comme si je ne l'avais jamais vu... Ou comme si je l'avais vu dans un tableau sur le mur.

— Il s'entendait bien avec sa mère ?

— Les gens qui vivent sans aucune chaleur ne risquent pas de se disputer. La cuisinière qui ne pose pas son plat dans le four chaud ne risque jamais de le brûler. Les Tuniade menaient une vie qui ressemblait à un plat dans lequel on a mis tout ce qu'il faut, un plat auquel ne manquent ni le sel, ni le poivre, ni rien. Mais un plat qui est servi cru, sans être passé au four. Ils se levaient le matin, lisaient, se promenaient, chassaient ; ils jouaient aux cartes, écoutaient de la musique, plaisantaient, écrivaient et se couchaient. C'était une vie complète. Une vie irréprochable. Tout était dans leur vie, sauf la vie. La vie ! C'est cela qui manquait dans toute leur vie.

— Mme Patricia avait des amis ?

— Dans le pays, aucun. Peut-être à l'étranger d'où elle venait. Car, vous le savez peut-être, elle a été ramenée de l'étranger, comme toutes les choses que possédaient les Tuniade.

— Qui fréquentait le château ?

— Personne, répond Flora. Ni du vivant de Tuniade père, ni après sa mort. Personne ne venait jamais au château.

— Tu n'as aucune idée de celui qui aurait pu tuer M. Antoine Tuniade ?

— Non, monsieur le juge.

— Maintenant, va faire tes courses et monte au château, dit le juge. Dans le salon du château, tu verras M. Tuniade mort. Ça te fera de la peine ? Dis-moi franchement.

— Ça fait toujours de la peine de voir un jeune homme mort, répond Flora. Mais je ne suis pas surprise qu'il soit mort de mort violente. Lui et tous les siens jouaient trop avec la violence pour ne pas mourir de mort violente. Qui se sert du glaive périra par le glaive. Qui joue avec le feu se brûle. J'ai toujours été surprise que les hommes de cette famille pussent vivre si longtemps, en semant partout la violence, la haine et l'injustice. Car on meurt toujours tué par ses propres actes, comme certains serpents meurent empoisonnés par leur propre venin. Mais j'ai pitié de M. Antoine. Que la terre soit légère sur sa tombe !

Flora Valeverde sort du bureau, droite comme quand elle est entrée. Maintenant, le juge est presque convaincu que le meurtre du jeune Tuniade n'est pas un crime passionnel. Les Tuniade étaient des bourreaux. Et les bourreaux ignorent les passions. Les bourreaux sont des êtres froids.

XVI

*Ismaïl le Lipovan
et sa terrible religion*

« Mais si c'était Ismaïl le Lipovan qui avait tué le jeune Tuniade cette nuit ? » se demande le juge Cosma Damian. L'idée qu'Ismaïl est le meurtrier lui passe par la tête, comme un éclair, au moment où, devant le palais de justice, il aperçoit l'immense silhouette du cocher, immobile dans son traîneau. L'hypothèse que le meurtrier serait Ismaïl semble plausible. Le juge s'approche de la fenêtre du bureau. Dehors, attend le traîneau à chevaux blancs d'Ismaïl. Vu à cette distance, le cocher, grand comme un ours, couvert de peaux de mouton, avec son énorme bonnet d'agneau sur lequel tombe la neige, donne le frisson. Ismaïl pourrait étouffer un ours, rien que par la force de ses mains. Cette nuit, le juge, regardant Ismaïl qui grattait la neige, sur les lieux du crime, avec ses mains larges comme deux pelles, avec ses poings gros comme des marteaux, a eu le même frisson de peur et le même soupçon qu'à présent. Le juge se rappelle aussi comme Ismaïl se crispait à la vue des taches de sang, dont il refusait d'approcher.

— Vous regardez le pauvre Ismaïl ? demande le commissaire.

Il vient de terminer son rapport au sujet du crime, rapport qu'il doit envoyer à ses chefs par téléphone.

— Le pauvre Ismaïl, continue-t-il, j'ai bien pitié de lui !... Il souffre terriblement, à cause du föhn. Il souffre plus que tout le monde ici. Il ne peut pas fermer les yeux, pas une minute, tant que ce vent souffle. Si le föhn ne s'arrête pas pendant trois jours et trois nuits, c'est trois jours et trois nuits pendant lesquels Ismaïl ne ferme pas l'œil. C'est un malheureux.

— Un tel colosse, grand comme un mammouth, peut ressentir les effets d'un si petit vent ? s'étonne le juge.

— C'est à cause de sa terrible religion.

Le commissaire et le juge regardent le cocher, sur lequel tombent de grands flocons de neige, comme sur une statue.

Ismaïl le Lipovan, le cocher de la ville d'Agapia, a deux mètres de haut, ses cheveux sont lisses et dorés comme une coulée de miel et comme les rayons du soleil. Ses yeux sont bleus comme l'émail et comme les myosotis. Il porte toujours son uniforme bizarre. Il y a des milliers de colosses blonds comme Ismaïl, avec des yeux bleus, des manteaux de velours, qui exercent le métier de cocher dans presque toutes les villes moldaves. Tous sont des *skoptzys*. Tous sont des réfugiés de l'est, et membres de la même secte secrète et terrible, la secte des *skoptzys*.

Ces hommes ont fait leur apparition dans le monde il y a un siècle. Ils venaient des steppes au nord de la mer Noire. Là-bas, dans leur pays d'origine, leur religion est sévèrement interdite, et celui qui la pratique est condamné à la peine capitale ou à la déportation à vie dans les glaces de Sibérie. Il n'y a jamais eu, devant aucun tribunal, de circonstances atténuantes pour les *skoptzys*. L'acharnement contre eux est implacable et général. À cause de ces sanglantes persécutions, ils se sont enfuis vers l'ouest. On en a vu jusqu'au Canada, aux États-Unis d'Amérique et en Alaska. Il y a des petits groupes de *skoptzys* à Berlin, à Paris, à Prague et dans presque toutes les villes d'Occident. Généralement, ils exercent le métier de cocher. Ils sont reconnaissables de loin, à cause de leurs manteaux de velours bleu, longs comme des soutanes. Ils portent une ceinture de cuir, des bottes, des bonnets de fourrure ou de velours. Plus qu'à leur costume mi-guerrier, mi-ecclésiastique, on les reconnaît à leur propreté exceptionnelle. Leurs chevaux, leurs attelages et tous les objets qu'ils possèdent sont astiqués, polis, vernis, brillants. Ils vivent dans des quartiers périphériques, dans des maisons basses entourées de hautes murailles, où règne un silence de cimetière. Les *skoptzys* parlent très peu, et jamais ils ne parlent de leur religion.

— Moi, dit le commissaire Filaret, j'ai logé près du quartier des *skoptzys*, quand j'étais à l'école de police. À cette occasion, j'ai fait, à fond, leur connaissance. Ensuite, comme ils m'intéressaient par le mystère dont ils entourent leur existence, j'ai cherché des renseignements sur eux dans les archives de la police de Jassy. Depuis un siècle, ces hommes arrivent de l'est, par vagues régulières. Tous passent par notre pays. Ils ne disent jamais de quel endroit exactement ils arrivent. Mais c'est toujours d'un endroit situé au nord de la mer Noire. C'est une terre où les hérésies poussent comme les plantes sous les tropiques. Les hommes qui naissent au bord de la mer Noire ont toujours eu une vie très difficile. Depuis toujours, la condition humaine les fait suffoquer, comme suffoque un homme à qui l'on met la tête sous l'eau. La condition humaine, la condition de l'homme sur la terre, est quelque chose qu'ils ne peuvent pas accepter. Ils suffoquent donc, dans cette condition, et essaient de s'en échapper. Ils sont pareils à un homme qui est tombé dans une rivière et qui essaie de gagner le rivage. Ils ont une soif héréditaire, inassouvie, une soif sauvage, inhumaine, de l'absolu. Et ainsi bâtissent-ils toutes sortes d'hérésies, en essayant d'échapper à la condition humaine, de s'élever plus haut que la terre et plus haut que la vie des hommes. Ils rêvent, et cela les dévore, de fraternité universelle, d'un dépassement de l'homme, de rapports directs de l'homme avec Dieu, avec les anges et les saints... Une des innombrables sectes qui surgissent jour et nuit sur les bords de la mer Noire est celle à laquelle appartient notre pauvre Ismaïl : celle des *skoptzys*. Ils sont chrétiens, pareils à tous les chrétiens du monde, mais en outre ils se font enlever les glandes génitales. Ils se mutilent ainsi pour supprimer tout danger de tomber dans le péché d'amour charnel et de fornication. Ils ont trouvé un texte, pour justifier cela, dans l'Évangile de saint Matthieu. Avec le bistouri, ils appliquent le chapitre XIX, verset 12 de cet Évangile. Dans leur propre chair. Afin de rester chastes et purs. Leur idée est que le sexe est la racine de tout péché. Le sexe empêche l'homme d'arriver à la condition supérieure, pour laquelle il est créé. Le sexe cause à l'être humain toutes sortes de difficultés et d'ennuis. En supprimant les glandes sexuelles, ils pensent rendre l'homme libre de tout esclavage issu de l'instinct et de la chair. Libéré des servitudes du sexe et de la chair, l'homme est en mesure d'accéder à la condition des anges. Car les anges sont supérieurs aux hommes en cela qu'ils n'ont ni sexe ni chair. Toute la religion des *skoptzys* est fondée sur cette théorie. Ils pensent que le sexe n'est pas un organe indispensable comme l'œil, l'oreille ou le cœur. Ils pensent que l'instinct sexuel est comme le föhn : quand il sévit, tout ordre, tout bon sens et tout raisonnement sont balayés. L'homme est possédé par le sexe comme par ce vent de folie. C'est un instinct stupide et vain, qui n'excite et n'agace les oiseaux qu'une ou deux fois par an, mais qui agace l'homme sans discontinuer, jour et nuit, pendant la majeure partie de sa vie. Les *skoptzys* ont donc décidé de corriger, avec le bistouri, cette imperfection de la nature humaine. Ils enlèvent les racines de cet instinct qui empêche l'homme d'atteindre à la pureté absolue des anges. Ils pensent qu'en procédant ainsi ils font une très bonne affaire. Car il est stupide de perdre l'éternité, le royaume des cieux et la condition des anges, à cause d'un baiser, d'une étreinte ou d'un quart d'heure de bas plaisir épidermique. Les *skoptzys* pratiquent cette petite opération — incomparablement plus bénigne que l'ablation de l'appendice — après avoir pris femme et après avoir eu un seul enfant. Tout de suite après la naissance de cet enfant, le père devient eunuque, et il vit le restant de ses jours et de ses nuits auprès de son épouse comme auprès d'une sœur.

— Et Ismaïl est effectivement un *skoptzy* ?
— Oui, monsieur le juge.
— Il est marié et il a un enfant ?
— Oui, mais il a perdu sa femme et son fils. Ils sont morts avant son arrivée ici. Il semble que sa femme et son fils aient été abattus par les policiers, au moment où ils passaient la frontière, sur le Dniester gelé. Il vit ici tout seul.
— C'est une sombre histoire, dit le juge.
— Sombre, mais vous ne pouvez pas vous imaginer, monsieur le juge, à quel degré de pureté arrivent ces gens simples et analphabètes. Car Ismaïl, comme presque tous les *skoptzys*, ne sait ni lire ni écrire. Ils considèrent l'écriture comme une occupation profane. Malgré leur inculture, ils ont une morale, une politesse et observent une étiquette irréprochable. Leurs manières sont plus raffinées que celles de la cour des rois. Un quartier où habitent des *skoptzys* n'a pas besoin de police, ni de juge, ni de service médical. Ils ne volent pas, ils ne mentent pas. Ils ne trompent pas. Ils respectent à

la lettre les dix commandements. Dans leur ménage, ils gardent le silence comme les moines.

— Ont-ils réussi à atteindre la pureté dont ils ont rêvé ? Sont-ils heureux ?

— Non, monsieur. Sur leurs quartiers, sur leurs maisons et sur leur existence pèse une tristesse. La pureté qu'ils ont conquise est plus lourde pour un homme que le péché de la chair. Ils sont extrêmement travailleurs, les plus laborieux de tous. Ils dorment quatre ou cinq heures, et le reste du temps ils travaillent sans arrêt. Ils sont ponctuels, car la ponctualité, je ne sais pas si vous l'avez remarqué, est une sorte de propreté en matière de temps. Ils ne s'amusent jamais. Ils ne vont ni au cinéma, ni au théâtre, ni aux fêtes d'aucune sorte. Ils ne boivent jamais d'alcool, ne fument pas, ne chantent pas, ne dansent pas, ne sifflent pas. Ils ne lisent ni livres ni journaux. Ils n'écoutent pas la radio. Ils n'ont aucun art. Dieu remplace tout. Leur propreté corporelle est poussée à l'extrême. Aucune tache, aucune souillure, ni sur leur corps, ni sur leurs habits, ni sur la maison, ni sur les objets, ni sur leurs animaux. Quoique leur religion ne l'interdise pas, ils ne mangent jamais de viande. Ils ne mangent ni ail, ni oignon, ni piments, afin que leur haleine soit pure, elle aussi. Ils traitent les animaux comme si ceux-ci étaient des êtres humains. Un animal est une œuvre de Dieu, et en honorant l'œuvre ils honorent l'Auteur. Les dimanches et les jours de fête, les *skoptzys* n'attellent jamais leurs chevaux. Les chevaux bénéficient, eux aussi, du jour de repos. Le dimanche, tous les animaux sont dispensés de porter la corde ou la chaîne qui les attache. Ils sont libres. Du samedi soir au lundi matin, tous les animaux des *skoptzys* sont en liberté. Les petits veaux et les brebis ont le droit de prendre tout le lait de leurs mères. Car aucun *skoptzy* ne trait les vaches ou les moutons le dimanche, offrant ainsi tout le lait aux petits. Ils ne jurent jamais. Ils ne portent aucune arme, pas même un petit canif. Ils vident et brossent les fonds de leurs poches, chaque matin, afin qu'il n'y reste pas d'impureté. Même sur leurs chaussures, ils ne supportent aucune poussière, aucune tache de boue, jamais. Ils n'intentent pas de procès, n'élèvent jamais de réclamations d'aucune nature, quel que soit le dommage qu'on leur cause. Ils ne montent jamais à cheval. Ils ne mettent jamais de mors aux chevaux, considérant que le mors de fer qu'on met dans la bouche du cheval est une violence qu'on fait au cheval et une offense à une créature de Dieu, donc à Dieu. Sur les chemins accidentés de la montagne, conduire les voitures attelées de chevaux sans mors est un jeu, pour ces cochers lipovans. Les accidents sont tout de même très fréquents. À la descente, les chevaux sans mors s'emballent et écrasent voiture et cocher. Les *skoptzys* enterrent les morts tués sous les débris de leurs voitures, mais n'acceptent pas néanmoins de mettre des mors aux chevaux. Ils ont tous le fouet dans la main droite. Presque tout le temps. Mais aucun *skoptzy* n'a jamais frappé ses chevaux avec ce fouet. Le fouet n'est pour eux que l'emblème de leur métier de cocher. Le fouet n'est pas un objet utilitaire. Ils ne s'en servent pas pour frapper. Les enfants d'Agapia, cruels comme tous les enfants, apprenant qu'Ismaïl le Lipovan n'utilise jamais le fouet, ont fait une expérience. Ils ont lancé un jour tous les chiens méchants de la ville contre Ismaïl. C'était une provocation destinée à éprouver la foi du Lipovan. Exactement comme Dieu a éprouvé la foi de Job. Les chiens, lancés par les garnements, ont entouré Ismaïl pour le dévorer. Les chiens arrachaient déjà le manteau de velours, déchiré en lambeaux, et plusieurs chiens plantaient leurs dents dans la chair du cocher. Ismaïl était livide de peur. Autour de lui, il ne voyait que les gueules de chiens prêts à le dévorer. Il avait le fouet dans la main droite, comme d'habitude. Pour se défendre, il aurait dû frapper les chiens. Mais, cela, il ne le voulait pas. C'était contraire à ses principes religieux. Les *skoptzys* se sont mutilés eux-mêmes, en coupant dans leur propre chair, par conviction religieuse. Ismaïl acceptait, s'il le fallait, pour prouver sa foi, que les chiens mordissent, eux aussi, dans sa chair et la déchirassent. À l'instant où il n'a plus été possible à Ismaïl de supporter la douleur et surtout la terreur, il a fait le signe de croix et a fermé les yeux, en acceptant la mort en martyr. C'était le point culminant de l'épreuve. Alors les enfants sont intervenus et ont sauvé Ismaïl. Depuis ce jour-là, les gens d'Agapia, y compris les enfants, savent que la foi d'Ismaïl et des *skoptzys* est quelque chose de très grave et de très profond. Le respect qu'on leur témoigne est unanime. Même le prêtre Nikodim, notre curé, quoiqu'il n'accepte pas les *skoptzys* à la sainte communion, leur témoigne de l'admiration.

« Leurs femmes sont blondes, avec les yeux bleus, la peau extrêmement blanche. Elles ont une carnation qui semble peinte avec du lait et du sang. Les femmes des *skoptzys* sont très belles. Leurs cheveux ont la couleur du miel et du tabac blond. Quand elles sont jeunes, elles portent des robes et des foulards bleu ciel, comme la couleur de leurs yeux. Après trente ans, elles s'habillent uniquement de noir. Elles sont toujours extrêmement propres et soignées. Elles ne parlent presque jamais, et leurs regards ressemblent aux regards des religieuses.

« Leurs maisons sont blanches, propres et ensoleillées. Leurs cours et les rues de leur quartier sont pavées, et on les lave à l'eau et au savon plusieurs fois par jour. Les écuries sont aussi ensoleillées, aérées et propres que les demeures. Les harnais des chevaux brillent comme les ceintures des militaires à la parade, car les *skoptzys* cirent les harnais chaque jour et font briller les ornements de cuivre. Je vous ai dit que, depuis un siècle, depuis qu'ils ont fui leurs steppes et passé par notre pays, en route vers l'Occident, ils n'ont jamais commis un seul délit.

— Mais pourquoi les autorités les condamnent-elles à des peines si cruelles, s'ils ne font pas de mal et s'ils sont de si parfaits citoyens ?

— C'est un mystère, répond le commissaire. La société a toléré des hérésies et des sectes grossières, mais elle a toujours noyé dans le sang et exterminé les hérésies des purs, des parfaits, comme par exemple celles des bogomiles ou des cathares et d'autres puritains. De plus, l'acharnement des autorités contre les *skoptzys* était provoqué par la clandestinité où ils vivent. Enfin ils font des prosélytes. Ils séduisent surtout les adolescents, qu'ils poussent à devenir eunuques. C'est du moins ce qu'ont affirmé les autorités de chez eux. Chez nous, il n'y a jamais eu de difficultés. Ce qui intrigue en eux, c'est leur secrète manière de vivre. Elle intrigue les gens. Chaque maison de *skoptzy* est entourée de clôtures ou de hautes murailles. La plus pauvre maison est cachée par une muraille si haute que, de la rue, on peut à peine voir la cheminée. Les portes, peintes en vert, sont toujours cadenassées. On ne les voit jamais se promener dans les rues, ni eux, ni leurs femmes, ni leurs enfants. Ce goût qu'ils ont pour la retraite, pour l'isolement et le secret, excite autour d'eux la curiosité des gens. Aucun étranger ne pénètre jamais dans une maison de *skoptzys*. Derrière leurs murailles et leurs portes cadenassées, on n'entend jamais une voix, un cri, un bruit. C'est un silence mystérieux. Comme si tous les habitants étaient décédés subitement. Mais, à côté de cet aspect paisible de leur vie, il y a le côté dramatique. Leur mutilation les rend hypersensibles et irritables. Certes, ils se dominent. Mais leur vie est une terrible souffrance. Les plus faibles changent de climat — le föhn, surtout, les rend fous. Les jours de föhn, ils ne peuvent ni manger ni dormir. Ils passent alors des nuits blanches, en prière et en pénitences. Et même quand il n'y a pas de föhn ni de changements de climat, sans aucun motif extérieur, ils tombent parfois dans un état de tristesse et de désespoir sans bornes. Ils y tombent comme dans un abîme, comme dans un gouffre sans fond. Et ils ne peuvent pas en sortir. C'est la punition de Dieu, monsieur le juge. Parce qu'ils ont essayé de retoucher et d'améliorer l'œuvre de Dieu, c'est-à-dire leur propre corps. Les hommes ne peuvent pas faire mieux que le bon Dieu. Et parce que les *skoptzys* ont essayé de faire mieux que Dieu, Dieu les punit en les faisant tomber sous le coup des grandes persécutions du dehors et, au-dedans, dans des gouffres de tristesse, de mélancolie et de désespoir sans fond, dans des abîmes de ténèbres. Il y a même des punitions plus graves, que Dieu leur inflige.

— Des crimes ? demande le juge.

— Jamais de crimes chez les *skoptzys* ! Mais il éclate chez eux des drames aussi terribles que le meurtre. Tous les deux ou trois ans, on entend, dans leurs maisons et dans leurs quartiers silencieux, des tapages si grands qu'ils réveillent toute la ville. Tous les postes de police sont alertés. Toutes les équipes de pompiers arrivent dans les quartiers des *skoptzys*. La population des quartiers avoisinants se réveille et accourt. Le tapage dure toute la nuit. Comme un grand incendie. Et la cause en est toujours la même. Un jeune *skoptzy*, un de ces jeunes hommes mutilés peu auparavant, est en proie à une crise de révolte et de désespoir. C'est pis que la folie. Le jeune *skoptzy* révolté sort au milieu de la rue et il fait tout ce qu'il est défendu de faire. Il déchire ses vêtements et se met nu. Il entre dans les cabarets mal famés et dans les maisons closes, pour le plaisir d'être là où est le péché. Il s'enivre, il crie, il jure, il blasphème Dieu et sa religion. Il crie, comme une bête sauvage, blessée et ensanglantée. Il se frappe le corps. Il se blesse. Il se roule dans la boue. Il se salit. Il casse tout ce qu'il rencontre : vitrines, meubles, voitures, enseignes de magasins. Il lutte pour échapper aux poursuivants, et il échappe toujours, parce qu'il ne recule devant aucun risque, comme un candidat au suicide. Il monte sur les toits, sur les réverbères, il s'accroche aux fils téléphoniques, tout en haut, comme un saltimbanque. Il se déshabille au centre de la ville. C'est une révolte totale, je vous le dis. Absolue. Complétée par une soif barbare d'autodestruction publique.

« Après des heures de poursuite, le révolté est pris par les policiers, par les pompiers et par les infirmiers des hôpitaux. Il est maîtrisé. Le plus souvent, on lui met la camisole de force. Le révolté est immédiatement pris en charge par la communauté des *skoptzys* qui paye tous les dégâts, offre une caution pour la mise en liberté du révolté, et règle toutes les amendes. Toute leur communauté se cotise à cet effet. Ils transportent le révolté chez eux, dans leur quartier, derrière les hautes murailles. Il reçoit la permission de boire, de crier, de tout casser. Puis on le laisse dormir. Pendant qu'il dort, tous les cierges et toutes les lampes sont allumés dans les maisons, où tous les *skoptzys* veillent et prient. Le lendemain matin, personne ne rappelle au révolté ce qui s'est passé. On l'aide, au contraire, à tout oublier. Presque tous, à un certain moment, ont connu ces révoltes. La vie en communauté recommence, pareille à la vie des autres jours. Mais une menace plane, celle d'une nouvelle révolte. Cet accident survient subitement, irrésistiblement, comme les éruptions volcaniques. Les révoltes ne suivent aucune loi. On ne peut pas les prévoir. On n'a pas le temps de les empêcher. Pas plus qu'on ne peut prévoir les tremblements de terre. Ces révoltes sont la plus grande douleur et la plus grande humiliation de la pure communauté des *skoptzys*. Des révoltes passées et des révoltes à venir, ils souffrent tous, comme d'une calamité. C'est aussi une punition de Dieu. Parce que, dans ces moments-là, ces purs, qui veulent rivaliser avec les anges, tombent plus bas que les porcs. Il est vrai que souvent les aigles volent plus bas que les poules, tandis que les poules ne volent jamais plus haut que les aigles. Mais ce n'est une consolation que pour les poules, et non pour les aigles. Les plus grands péchés ont été toujours commis par les plus grands hommes. C'est une loi.

— Cette nuit, à l'heure du crime, le föhn soufflait ?

— Un föhn terrible, répond le commissaire. Je pense que, de toute la nuit, le pauvre Ismaïl n'a pas fermé les yeux une seule minute. Jusqu'aux animaux de la ville, qui n'ont pas eu de paix tout le long de la nuit. Les chiens ont aboyé, les chats couraient d'un coin à l'autre, comme piqués par des guêpes, et les coqs ont chanté à des heures inhabituelles. Je vous l'ai dit : le föhn, c'est comme un souffle de folie, comme le souffle du diable.

— Vous pensez, commissaire, qu'Ismaïl a pu cette nuit être en proie à une crise de folie, à cause du föhn ?

— Ismaïl a toujours une crise lorsque le föhn souffle. Je vous l'ai déjà dit. Tous les *skoptzys* subissent particulièrement les effets du föhn. Surtout la nuit. Car les effets du föhn sont plus terribles pendant la nuit que pendant le jour. Les ténèbres en augmentent les effets.

— Et si c'était Ismaïl qui avait commis le crime ?

— Quel crime ?

— Le crime du château. Si c'était Ismaïl qui avait tué le jeune Tuniade ?

— Impossible, dit le commissaire.

— Près de la victime, il n'y avait qu'Ismaïl. C'est lui qui a transporté le cadavre au château. C'est lui, le premier qui a vu le mort. C'est Ismaïl qui a donné l'alerte. Le suspect principal, c'est Ismaïl.

— Vous oubliez que l'assassin a couru vers la forêt. Mme Patricia Tuniade a tiré sur l'assassin.

— C'est Ismaïl qui assure qu'un homme courait vers la forêt. Nous n'avons aucune preuve qu'il y eût réellement un homme qui s'enfuyait du château. Il n'y a qu'Ismaïl qui le dit. Il n'y a pas de traces. Ce que Mme Patricia a pu voir et ne pas voir, dans son état nerveux, sous le coup de l'émotion, ne compte pas. Ismaïl lui a dit, dans le noir : « Madame, voilà l'assassin ! » Et la pauvre femme, affolée, a vu une ombre et a tiré sur elle. Si ç'avait été un homme en chair et en os, Mme Tuniade l'aurait tué. Elle n'a jamais raté une cible. Si Mme Patricia Tuniade n'a pas tué l'assassin, c'est tout simplement parce qu'il n'existait pas.

— Aucun *skoptzy* n'a jamais commis un meurtre, dit le commissaire. Même dans sa crise de folie, aucun *skoptzy* n'a jamais fait de mal à un être humain, ni à aucune créature vivante. Ismaïl ne pouvait pas commettre ce meurtre. Même sous l'influence du föhn.

— C'est vous-même, commissaire, qui avez dit que les aigles volent parfois plus bas que les poules... Que les plus grands crimes sont commis par les plus purs. Ismaïl est le suspect principal. D'autant qu'il appartient à une secte très dangereuse. Les plus dangereux des hommes sont ceux qui essaient, comme Lucifer, de surpasser le Créateur. Icare, Faust, Prométhée, tous les embryons de surhommes et les rivaux de Dieu, sont les pécheurs les plus dangereux. Le surhomme et l'homme-Dieu, ou l'homme-ange, c'est déjà, en soi, un péché. Un crime. Ismaïl est, pour moi, le suspect n° 1. Il a été irrité par le jeune homme, et il l'a tué, gratuitement. Le meurtrier, c'est Ismaïl.

Devant la porte du palais de justice, la neige tombe à gros flocons sur le cocher, Ismaïl le Lipovan, qui attend dans son traîneau comme sur un socle de statue. Il attend, depuis ce matin, qu'on le soupçonne du meurtre. Et il s'étonne que le juge ne lui demande pas encore des comptes.

XVII

La découverte du meurtrier

Douze heures se sont écoulées depuis le meurtre du jeune soldat Anton Tuniade. Il est maintenant une heure de l'après-midi. C'est le premier vendredi du mois de mars. Aucune piste n'a été retenue. L'enquête piétine. Personne n'a donné au jeune juge un seul renseignement utile. Vingt-quatre heures se sont écoulées depuis qu'il a été installé juge de paix dans cette ville. Cosma Damian tombe de sommeil. Mme Eudoxia lui a servi quelque chose à manger. Ensuite elle lui a conseillé d'aller dormir un peu. Ce matin, à une heure, on l'a réveillé, et il s'est rendu au château, sur les lieux du crime. Depuis, il n'a pas eu une minute de répit.

Le juge se couche dans son grand lit. Une fatigue plus lourde que jamais l'accable. Il se rend compte que c'est l'effet du föhn. Du célèbre vent vertical. Lorsque ce vent souffle — comme maintenant — pas une branche ne bouge. Tout semble immobile. Mais le vent n'en est pas moins présent ; il pèse sur les têtes, il descend d'en haut, avec un corps d'ouate et de vapeur, comme les nuages. On ne l'entend pas descendre. Simplement, la respiration devient difficile. Le plafond du ciel descend si bas que chacun en sent le poids sur sa tête, comme celui d'un couvercle de plomb. Le ciel pèse sur chacun. Et le juge s'endort, lourdement. À peine endormi, il est réveillé. Quelqu'un crie :

— On a trouvé l'assassin ! Monsieur le juge, l'assassin a été découvert !

C'est Mme Eudoxia qui apporte la nouvelle.

— L'assassin vient de descendre du train. Il n'y a pas cinq minutes que le train est entré en gare. Ce sont les enfants qui m'ont prévenue. L'assassin est sous bonne garde dans le bureau du chef Inimiora. On vous y attend. On cherche le commissaire Filaret pour lui communiquer, à lui aussi, la nouvelle, mais on ne le trouve pas. Il n'est pas au bureau.

— Mais qui a arrêté le criminel, si le commissaire n'en sait rien ? demande le juge.

— Ce sont des gens qui l'ont trouvé, répond Mme Eudoxia. Vous allez voir.

À la gare, le juge trouve une foule de gens, surtout des enfants et des femmes. Tout le monde est accouru pour voir l'assassin. Celui-ci se trouve dans le bureau du chef de gare. Il est couché sur le lit de M. Inimiora et enveloppé d'une couverture aux initiales de la société des chemins de fer. On ne voit que la tête de l'assassin. Une tête ronde ; la peau est cuite par le vent comme de la brique, avec une barbe de quelques centimètres, plutôt blanche que noire. Le front est bombé, comme un rocher qui surplombe un précipice. Le criminel a les yeux fermés ; il semble mort plutôt qu'endormi. Dans le petit bureau de M. Inimiora, il y a aussi un mécanicien de locomotive, tout noir de charbon, et son aide, un jeune apprenti. Le mécanicien et son aide sont des étrangers.

— Voilà l'assassin, dit le mécanicien.

C'est un ouvrier, grand, maigre, avec une moustache noire qui va jusqu'aux oreilles. Il a des yeux noirs comme les taches de charbon qui maculent son visage, ses mains et ses vêtements. Son aide montre au juge l'assassin étendu sur le lit.

Inimiora, au téléphone, répond à ses chefs qui l'ont appelé au moment précis où, dans son petit bureau, se déroulent des événements si importants. Sur le quai, le nez collé aux carreaux, se pressent les enfants de la ville. De plus en plus nombreux.

— Comment savez-vous que c'est lui l'assassin ? demande le juge. C'est lui qui vous l'a dit ?

— Non, répond le mécanicien, il n'a pas ouvert la bouche. Il est plutôt mort que vivant. C'est monsieur le chef de gare et les gens d'ici, le cocher et les enfants, qui l'ont reconnu. Ils sont formels : c'est l'assassin. Nous, nous sommes étrangers. Mais, eux, qui sont d'ici, ils l'ont tout de suite reconnu.

Le juge ne comprend pas très bien comment les gens d'Agapia savent qui est l'assassin du jeune Tuniade. Personne, la veille, n'a prononcé le moindre nom. Il est irrité, mais il se maîtrise. Il ordonne au mécanicien de lui raconter comment les faits se sont passés.

— Je m'appelle Spiridon. Je suis le mécanicien

du train de marchandises que vous voyez dans cette gare. Sur la locomotive, je travaille avec mon aide, que vous voyez ici. Il peut confirmer que tout ce que je vous raconte est vrai. Je roulais très lentement, entre dix et vingt kilomètres à l'heure. Bien que la locomotive soit munie d'un chasse-neige, il faut rouler lentement. Et surtout il faut rouler à vue, surveiller sans cesse l'état de la voie. Parfois, on rencontre des obstacles que le chasse-neige ne peut refouler ; alors, il nous faut descendre, tous les deux, avec la pelle, et enlever la neige sur la voie. Dix minutes avant d'arriver à Agapia, il était exactement une heure et cinq minutes, j'ai aperçu sur la voie une tache noire, entre les rails, devant moi. J'ai arrêté pour mieux voir. J'ai d'abord pensé que c'était un loup, ou un ours, qui avait été blessé et qui gisait dans la neige. Le train arrêté, j'ai regardé encore une fois. Mon apprenti — Cristofor — a regardé, lui aussi. C'était bien une tache noire qui bougeait. Nous nous sommes approchés, avec le train, le plus près possible. La bête, qui était enfouie dans la neige, se trouvait maintenant à cinq mètres devant nous. Nous nous préparions à descendre pour l'assommer avec les pelles à charbon. Nous étions sûrs que c'était une bête. Mais nous ne savions pas s'il s'agissait d'un ours, d'un sanglier ou d'un autre grand animal. Car il était trop grand pour que ce fût un loup ou un renard.

« "C'est un homme, a crié Cristofor. Ce n'est pas une bête ! Il a pas de poils. Il a un manteau." Et c'est à cause de cela que nous ne l'avons pas assommé, dans la neige où il était enfoui. Jusque-là, nous étions prêts à frapper. Car il ne pouvait y avoir là qu'une bête blessée, et il fallait la tuer avant qu'elle ne se jetât sur nous. Un ours ou un sanglier blessés sont particulièrement dangereux. Même touchés à mort ils vous mettent en pièces. Certains camarades ont souvent trouvé sur la voie des bêtes blessées. Nous étions donc prêts à la frapper, avant même de savoir quelle sorte de bête c'était. Mais nous n'avons pas frappé, grâce à Cristofor, qui a vu à temps que c'était un homme. Alors nous avons avancé plus doucement. Mais nos pelles toujours prêtes à frapper... Car on ne sait pas sur quel homme on tombe. Quelle sorte d'individu peut être celui qui se trouve sur la voie de chemin de fer, enfoncé dans la neige ? Sur une route, on aurait pu croire que c'était un voyageur en détresse. Mais sur la voie, on est méfiant. L'homme tentait peut-être de nous attirer en faisant le mort, pour nous tuer. Ça arrive souvent.

« "C'est un voyageur qui est tombé du train !" a dit Cristofor.

« C'est sûr, ai-je dit. Autrement, il ne pourrait pas être ici. À des kilomètres de distance de la route la plus proche. Il est tombé du train. » Et nous avons eu moins peur. Nous nous sommes approchés. D'après ses vêtements, c'était un homme pauvre et vieux. Sans chemise. Pas même un chandail. Nous avons tout de suite pensé que c'était un voyageur clandestin, sans billet, qui s'était réfugié sur les marches du wagon, pour ne pas être vu et attrapé, et qui était tombé. On voyait tout de suite que c'était un homme qui ne pouvait pas payer son billet. Et nous avons eu pitié. Les pauvres, c'est comme ça : ils se sentent tout de suite solidaires les uns des autres. Les riches, quand ils se rencontrent, c'est la haine et l'envie qu'ils suscitent, qu'ils éprouvent. Mais les pauvres fraternisent volontiers. Ce sont des enfants de la même mère. Les enfants de Notre-Dame de la Misère.

« Si, ç'avait été la nuit, j'aurais abattu l'homme, le prenant pour un animal. J'ai déposé ma pelle près de lui et je lui ai dit : "Tu es tombé du train, malheureux ? Le train de voyageurs est passé depuis une heure." »

« Ce ne pouvait être qu'un voyageur tombé du train du sud. Je lui ai demandé ce qui lui était arrivé. Mais l'homme ne m'entendait pas. J'ai compris qu'il était bien meurtri. Pas moyen de le faire parler. Il ne bougeait plus. Je me suis penché. Il était encore chaud et il respirait. Très lentement. Plutôt froid et tiède que chaud. Mais vivant. J'ai compris que si j'étais arrivé une heure ou deux plus tard, je l'aurais trouvé complètement raide. Prêt à être mis dans un pardessus de sapin. J'ai essayé de le tirer de la neige. Mais c'était dur. Le pauvre, il était cinq fois plus lourd que moi. Regardez : un éléphant !... Un roc !... J'ai travaillé un quart d'heure pour le dégager et pour le transporter sur la locomotive. Il ne bougeait pas. Ça me faisait peur. Une drôle de sensation... Mais maintenant je suis content de l'avoir tiré de là. On n'a pas tous les jours l'occasion de sauver la vie d'un homme. J'étais même bougrement fier. Ma femme et mes gosses aussi seront contents. Et fiers de leur père qui a sauvé la vie d'un homme.

« L'homme était maintenant allongé sur la locomotive. Près du feu. Mais il ne pouvait pas se rendre compte qu'il faisait chaud. Nous roulions doucement. Arrivés à Agapia, nous avons remis notre homme au chef de gare. Nous ne pouvions pas le transporter plus loin, il était presque mort. En le regardant, le chef de gare a crié : "C'est l'assassin du château."

« Il nous a dit que l'homme que nous avons amené est un bagnard évadé. Qu'il a tué un homme — avec une hache — il y a de cela un an. Et que, cette nuit, il a tué un deuxième homme. J'étais navré. Mais je me suis dit que je n'en avais pas moins sauvé un homme. Bagnard ou non, c'était un homme. Et j'étais content de l'avoir sauvé. Mais j'étais perplexe. Je ne m'attendais pas que le malheureux soit un assassin. Le chef de gare a appelé ensuite le cocher. Il lui a demandé : "Qui est-ce ?... Tu le connais ?" Le cocher a fait le signe de croix, et il a dit : "C'est bien lui. Il n'y a pas d'erreur. C'est le malheureux Savonarola Mold. C'est donc lui qui, cette nuit, a tué le jeune Tuniade."

« On nous a expliqué que, depuis une heure du matin, on cherche dans toute la région l'assassin d'un jeune homme. Et que c'est nous qui l'avons trouvé ! »

Le juge, Inimiora, le mécanicien et son aide, et le criminel Sava Mold, étendu sur le lit, se taisent.

— Nous avons fait notre devoir en sauvant un

homme enfoui dans la neige sur la voie, dit le mécanicien. Pour nous, il n'y avait pas lieu de lui demander s'il est un criminel, un voleur ou un honnête homme. Bien sûr, ça nous a fait quelque chose lorsque nous avons appris que cet homme, que nous avons porté dans nos bras comme un enfant malade, est un bagnard qui a tué, il y a douze heures, un homme dont le sang est encore frais sur ses mains.

Le mécanicien et son aide regardent le train de marchandises.

— Nous pouvons partir ? demande le mécanicien. Vous n'avez plus besoin de nous ?

— Vous pouvez aller.

Les deux hommes serrent la main du juge et de M. Inimiora. Ils veulent serrer la main de Savonarola, mais il est immobile. Comme mort. Le mécanicien et son aide passent sur le quai. Là, ils commencent à se disputer. C'est surtout le jeune qui gesticule. Puis le vieux frappe à la porte et rentre au bureau. Timidement, il dit :

— Nous ne savions pas, monsieur le juge, que c'était un grand assassin. Nous avons appris cela ici, comme je vous l'ai dit. Mais maintenant que nous l'avons fait, pouvons-nous vous demander très respectueusement un renseignement ?

— Faites.

— Il y a une prime pour les gens qui capturent un bagnard et un grand assassin. Une prime importante. Avec cette prime, on peut même construire une maison. Or c'est nous qui avons capturé l'assassin.

Le juge est blême. Le mécanicien insiste :

— Celui qui capture un assassin reçoit quelquefois une prime si élevée qu'elle dépasse le total de mon salaire jusqu'à la fin de ma vie. J'ai vu les sommes qu'on offrait pour les têtes des assassins mises à prix. Des sommes très fortes. Les affiches et les journaux le disent. Alors, si nous pouvions toucher cette prime ?... Car, tout de même, c'est nous qui l'avons capturé.

— Oui, c'est vous, dit le juge. Mais, pour la capture de cet assassin-là, l'État ne paie rien. À ma connaissance, du moins.

— Sa tête ne vaut donc rien ? demande le jeune Cristofor. Il y a des assassins qui valent une fortune. Tout le monde dit ici que notre assassin est un grand assassin. Un évadé. Pourquoi sa tête ne vaut-elle rien ?

— Je ne sais pas, dit le juge. Mais, à ma connaissance, l'État ne paie rien pour cette tête. C'est comme si vous aviez apporté une bûche de bois trouvée sur la voie. Le même prix ; rien. Mais laissez-moi vos adresses. On vous enverra la prime s'il y en a une. Mais cela m'étonnerait.

Les deux cheminots s'en vont, mécontents. Ils ont capturé un assassin qui ne vaut rien. On ne sait pas pourquoi il ne vaut rien. Alors que d'autres valent des millions. Le train de marchandises part en soufflant, lentement, et le commissaire entre en courant. Les enfants ont trouvé le policier. Ils lui ont annoncé que l'assassin de Tuniade est à la gare. Amené par un train de marchandises.

Au bureau du chef de gare, le commissaire Filaret regarde l'homme, le moribond, étendu sur le lit de campagne.

— Oui, monsieur le juge, dit-il. Oui, c'est Savonarola Mold. C'est l'assassin de Tuniade père.

— Et l'assassin de Tuniade fils, complète le juge.

— Sans doute, dit le commissaire.

Il se frappe la tête des deux mains. Il est furieux, il ne peut plus se retenir. Il crie à Sava :

— C'est donc toi, malheureux, qui as tué le fils aussi cette nuit ?

Sava Mold n'entend rien. Il respire faiblement. Il oscille entre la vie et la mort.

— Ce n'était pas assez d'un meurtre, d'un assassinat, mon pauvre, mon malheureux Sava ? gémit le commissaire.

Il se tourne vers le juge :

— Nous avons terminé notre chasse, dit-il. Maintenant le meurtre de cette nuit est une affaire réglée. Nous allons appeler le Dr Pillat. Il soignera le malheureux pour le ramener à la vie. Et ensuite nous entendrons sa déclaration. Il racontera comment et pourquoi il s'est évadé, et pourquoi il a tué le fils, après avoir tué le père. Pauvre malheureux ! Deux assassinats ! Le père et le fils, dans la même année !

Le commissaire sort du bureau. Il fait quelques pas dans la neige. Il revient. Il s'adresse sans douceur au chef de gare :

— Toi, Inimiora, tu fais le gardien. Surveille-le bien. Afin que le malheureux, s'il revient à la vie, ne commette pas un troisième meurtre. Entendu ?

— Ne serait-il pas préférable de lui mettre des menottes ? demande M. Inimiora.

Les paroles du policier l'ont effrayé. Il voit déjà, en imagination, Sava qui se lève de son lit et l'étrangle, avec ses mains immenses, immédiatement après le départ du juge et du commissaire.

— Tu n'as qu'à les mettre, les menottes, si tu veux, répond le commissaire furieux. Si tu n'as pas de menottes, attache-le avec des cordes. Ou avec des chaînes. Tu as des cordes et des chaînes. Moi, je ne mets pas de menottes aux morts, ni aux moribonds. Comme Ismaïl ne met pas de mors aux chevaux. Mais tu es libre de le faire. Débrouille-toi comme tu peux.

Le commissaire passe, furieux, sur le quai. Il dit au juge :

— On l'enfermera dans une chambre du palais de justice, monsieur. On le mettra au lit. J'enverrai des agents pour le transporter. Et l'on appellera le docteur. Comme ça, c'est régulier. Et ensuite on attendra qu'il revienne à la vie. Pour nous dire comment il a pu s'évader, et faire une telle chose...

Tout de suite, le commissaire ajoute :

— Mais il ferait mieux de ne revenir jamais à la vie ! Cela vaudrait mieux pour lui, à tous points de vue, de passer dans l'autre monde le plus vite possible. Ici, il n'a plus rien de bon à faire ! Qu'il décampe de notre terre, le malheureux ! Tuer le père et le fils, l'un après l'autre !

Le commissaire Filaret est complètement hors de lui. Il ne cesse de gronder, contre tout et contre tous.

— Tuer le père et le fils ! Deux meurtres dans une même année ! C'est le serviteur du diable. Sava n'est plus un homme. Un homme ne peut pas faire cela.

Derrière la gare, assis dans son traîneau à chevaux blancs, il y a Ismaïl. Immobile, il prie. Le commissaire lui crie :

— Va chercher le criminel. Conduis-le avec ton traîneau au palais de justice. Il est presque mort. Fais bien attention en le transportant.

M. Filaret s'adresse ensuite au juge :

— Ce n'est pas la peine d'envoyer des agents de police pour l'emmener. Les morts et les moribonds n'ont pas besoin d'agents, car les agents ne peuvent pas les empêcher de s'évader dans l'autre monde. L'unique endroit où ils peuvent encore trouver refuge... Mme Patricia Tuniade qui se vante de n'avoir jamais, de sa vie, raté une seule cartouche aurait bien fait de les rater toutes, et de ne pas rater celle de cette nuit. Elle se vante de tuer un moineau en vol... Elle aurait mieux fait de bien viser cette nuit, lorsqu'elle a tiré sur Sava avec sa carabine. Et de le tuer net. Elle aurait accompli une bonne action. La première bonne action que les gens du château aient jamais accompli sur terre. Mais elle ne l'a pas tué, ce qui aurait pourtant débarrassé le monde d'un malheureux. Et nous aurait épargné de fouiller dans des actes sales. Il va falloir demander comment et pourquoi, chose inutile, puisque Sava est incapable de s'expliquer. Tout ce qu'il dira sera sans valeur. Il ne sait rien. Absolument rien. Il n'a été qu'un instrument dans les mains de

Satan. C'est le diable qui a tué cette nuit, devant le château. Un homme ne pouvait faire cela. Je connais bien Savonarola Mold. Il n'est pas capable de commettre un acte pareil. Et il aurait fait cela ?... C'est le diable qui a ouvert le bagne, qui a poussé Sava à s'évader, qui l'a amené ici et qui a tué, par la main de Sava. Il est clair que le meurtre de cette nuit n'est pas une œuvre humaine. C'est une œuvre du diable. C'est un forfait trop diabolique pour être l'œuvre d'un homme. Surtout du pauvre Sava.

— Vous aimez tellement vos voisins, votre terre, votre ville, que vous niez les faits les plus incontestables et évidents.

— Mais cette terre, ce ciel, ces arbres, monsieur le juge, je les connais parce qu'ils sont moi-même. Ils sont mon corps et mon âme. Aucun être humain n'est uniquement un corps de chair, d'os et de sang. Aucun homme ne peut vivre uniquement avec sa chair, son sang, ses os et son âme. La peau n'est pas une barrière entre l'homme et ses frères de tout l'Univers, les morts ou les vivants. L'homme fait partie intégrante d'une terre, d'un ciel, de la communauté de tous les hommes. Si l'on coupe une branche, tout l'arbre est mutilé. Si l'on fait du mal à un homme, tout l'univers est blessé. Je sais que Sava n'a pas fait cela. C'est le diable qui a tué.

— Commissaire, l'homme n'a pas seulement reçu un visage à la ressemblance de son Créateur. Il a reçu aussi de Dieu le libre arbitre. L'homme peut toujours choisir. Il peut faire le mal, comme il peut faire le bien. Il est souverain maître de ses actes.

— Mais c'est justement ce que je suis en train de vous dire ! Je connais le choix que Sava, et que nous tous d'ici, avons fait. À cause de cela, je sais qu'il ne pouvait pas tuer. Pourtant il a tué cette nuit. C'est donc le diable qui, par ses mains, a commis ce meurtre. Mais, le diable, on ne peut pas l'arrêter ! Alors, on va condamner Sava Mold. Mais ce n'est pas lui qui a commis cet acte.

XVIII

Les bonbons de l'assassin

Sava Mold est transporté dans la maison du juge. Il n'y a pas de prison à Agapia. Ni d'hôpital. Ni d'infirmerie. On a installé Sava dans la chambre qui se trouve près de la salle d'audience. On a placé un agent de police devant la porte. Mais c'est superflu. Le Dr Pillat est arrivé vers trois heures. Il a soigné Sava Mold. Il lui a fait des piqûres qui l'ont ramené à la vie. Et à présent, Sava Mold, allongé dans le lit blanc — dans les draps du juge — se repose.

— Il faut appeler Strul, le coiffeur, pour lui couper la barbe, dit le commissaire en entrant dans la chambre.

Car, sur l'oreiller blanc, repose une tête hirsute, avec une barbe en broussaille, sale, effrayante.

— Il faut couper cette tignasse. C'est un homme, ce n'est pas un ours, bougonne le commissaire.

Sava Mold s'est évadé du bagne depuis trois jours. Il a parcouru une distance inimaginable, dans la neige, marchant jour et nuit, pour arriver à

Agapia, son pays. Il a voyagé uniquement à pied, enfoncé dans la neige jusqu'à la ceinture. Par 30 degrés au-dessous de zéro. Il n'a pas mangé depuis qu'il a quitté le bagne. Il a les pieds gelés, les mains gelées. Au printemps, s'il vit encore, ses doigts et ses orteils, ses ongles et des lambeaux de sa peau tomberont de son corps, comme les feuilles mortes tombent des arbres. Mais il n'est pas sûr qu'il vivra. Il serait même préférable que Savonarola Mold ne restât pas en vie. Il y a des situations où la mort est préférable, et l'unique solution. Le médecin a examiné le corps gelé de Savonarola. L'homme est sous-alimenté, épuisé ; il ne peut qu'avec un grand effort, et avec l'aide des stimulants administrés par le médecin, mouvoir sa langue pour dire quelques mots. Ensuite il est fatigué, comme s'il avait soulevé des pierres. Le commissaire, Ismaïl et les autres gens du pays se demandent à quoi cela sert de réparer un corps qui, dans tous les cas, sera enterré dans une saline. C'est un corps dont on n'a pas besoin. Mais ici, dans ce pays orthodoxe, on ménage la chair et les os, parce que le corps de l'homme est, lui aussi, éternel, comme l'âme. Il est écrit que Dieu reviendra, et qu'alors il rendra à chacun sa chair. Donc la chair aussi est éternelle. Transfigurée. Elle vivra jusqu'à la Parousie, jusqu'au second avènement du Christ. La chair de l'homme ressuscitera. Et c'est à cause de cela qu'on ne la méprise pas. Et les morts continuent à faire partie intégrante de la communauté des vivants, avec lesquels ils seront réunis le jour de la Parousie. On ne détruit pas un corps, une chair morte, car elle est utilisable. Elle sera ressuscitée. Et les morts sont présents à l'église, invisiblement, à côté des vivants, pendant la liturgie. Leurs tombes sont des habitacles provisoires, et font aussi partie intégrante de la communauté. À Pâques et les jours de fête, on vient parmi les trépassés, comme on rend visite à des voisins.

— Tu t'appelles bien Savonarola Mold ? demande le juge.

Il est seul au chevet du criminel.

— Oui, répond Sava.

Il cueille le sourire du juge comme une fraise. Il ressent ce sourire exactement comme s'il goûtait une fraise, car il a faim et soif. Depuis un an — au fond des mines — personne n'a offert un sourire à Sava.

Le juge ne se rend pas compte du cadeau qu'il vient de faire en regardant Mold et en lui souriant, comme à un malade, avec pitié et amitié. Il tend la main à Mold. Mais Mold ne peut pas serrer la main du juge. La main de Mold est gelée. Morte.

Sava ne peut pas croire que le très jeune juge lui ait souri. Il s'attendait à être roué de coups. Injurié. Piétiné, comme il l'a été lors de la première enquête. Et voilà que le juge lui sourit comme à un malade ! Cela fait plus de bien à Sava qu'une tasse de thé, qu'un verre de lait chaud et qu'un habit de velours. Il voudrait fermer les yeux et mourir, car il est heureux. À cause de ce sourire.

— C'est toi, Sava ? répète le juge.

— Oui, monsieur.

— Tu entends ce que je dis ?

— Oui, monsieur.

— Je suis le juge d'instruction Damian.

— *Salve Domnu*, dit Sava.

Le mot *salve*, le salut des Romains, est le même mot que le juge a entendu ce matin, prononcé par les enfants de ce pauvre malheureux. Et maintenant, c'est lui, le père des sauvages, l'assassin, qui prononce ce mot ! En apprenant que le jeune homme qui sourit est le juge, Sava fait un effort, pour se tenir plus droit.

— Reste comme tu es, dit le juge.

Sava devient subitement bleu. Il comprend que l'homme qui se trouve devant lui — et dont il n'avait retenu que le sourire — est un juge. Et les mots « juge, policier, gardien » font mal. À cause de ce mot, il devient, sans le savoir, bleu.

— Sava Mold, écoute-moi bien.

— Je vous écoute, monsieur le juge.

— N'aie pas peur de moi. Je ne te ferai pas de mal. Tu comprends ?... Je ne suis ni un bourreau ni un garde-chiourme. Je suis un enquêteur, tu comprends ?... Je cherche la vérité dans cette affaire, comme on cherche le bout du fil dans une pelote.

Sava devient de plus en plus bleu. Le fait que l'homme qui est assis sur la chaise, près de son lit, est un juge, une autorité, lui donne le frisson, lui cause un malaise.

— Calme-toi, mon vieux, dit le juge.

Ce n'est pas par bonté. Mais parce qu'il n'est pas encore tout à fait juge. Il se comporte comme un étudiant. Comme un homme. Une profession est comme le teint, lisse au commencement et puis ridé, avec des marques. Ce juge-là est un juge tout neuf, qui n'a pas les duretés professionnelles. Il répète : « Calme-toi, mon vieux. » Il pose la main sur l'épaule de Sava. L'épaule de Sava tremble, comme une falaise qu'un torrent bouillonnant aurait minée. Dans la poitrine de Sava, aussi, il y a un torrent qui bouillonne. Les doigts du juge découvrent, en touchant l'épaule du bagnard assassin et deux fois meurtrier, qu'il n'a pas de chemise. Rien qu'une veste de coton, sa tenue de bagnard. Et par-dessus une vieille capote militaire. C'est avec cette veste de coton et ce manteau troué que l'homme a marché dans la neige pendant trois jours et trois nuits d'hiver.

Le juge est attendri par la pitié.

Sava sent la main du juge sur son épaule. Ce n'est plus une main de juge. Une main qui frappe. C'est tout simplement la main d'un homme qui a pitié d'un autre homme. Depuis très, très longtemps, depuis son enfance, Sava Mold n'a plus senti une main amicale se poser sur son épaule. Pas même dans son enfance ! Jamais ! Jamais personne ne lui a mis la main sur l'épaule, humainement, fraternellement.

Les yeux du bagnard sont comme les yeux d'un ours blessé à mort qui regarde le chasseur. Les chasseurs savent qu'avant de mourir les regards des biches, des sangliers et même des loups blessés sont des regards de douleur, de désespoir, non de haine. Le regard de Sava est pareil. Le juge est son chasseur, mais Sava ne le regarde pas avec haine.

C'est comme le regard des fauves qui meurent sous les yeux du chasseur.

— Sava, raconte-moi.

— Raconter quoi ?

— Raconte-moi tout, dit le juge. Raconte-moi comment les choses se sont passées.

Sava serre les lèvres. Alors le juge répète :

— Dis-le-moi.

— Si je vous le dis, vous ne me croirez pas, répond Sava Mold.

— Tu sais de qui sont les paroles que tu viens de prononcer ?

— Ce sont les miennes, répond Sava Mold. Je vous ai dit : « Si je vous le disais, vous ne me croiriez pas. »

Ce sont, mot à mot, les paroles du Christ, cerné par ses ennemis. Paroles transcrites par saint Luc au vingt-deuxième chapitre de son Évangile.

— Tu as répondu exactement comme Jésus-Christ. Et tu ne le savais pas ?

— Non, je ne le savais pas. Je sais que vous ne me croirez pas si je dis la vérité.

— Essaie, Savonarola. Tu vas voir. Si tu dis la vérité, je te croirai.

Le juge Cosma Damian regrette d'avoir prononcé ces paroles. Il trompe Sava. Certainement, il le croira. Mais le fait de le croire ne changera en rien la situation de Sava Mold. Ce qu'un juge pense, ce qu'un juge croit et ce qu'il sent, est sans importance aucune. Un juge est une personne qui applique un barème : à telle faute correspond telle peine. Il n'a pas à avoir d'opinion. Le juge n'a rien d'autre à faire que d'exiger le prix exact pour l'acte commis. Il mesure avec une balance. Comme l'apothicaire. Il ne mesure pas avec sa conscience. Ni avec ses sentiments. Ni avec ses convictions, comme les poètes ou comme les prêtres. Non. Il fait un travail mécanique. Que le juge croie ou non les paroles de Sava est sans aucun intérêt pratique. Mais cette confiance, accordée sincèrement d'avance, fait du bien. Elle est comme un baume pour le cœur de l'homme traqué, de l'assassin. Le juge répète :

— Je croirai ce que tu diras, Sava. Tu verras. Je me fie à toi d'avance.

— Ç'a été terrible, dit Sava. Vous ne pouvez savoir combien ç'a été difficile.

Quand il dit que « ç'a été très difficile » la figure de Sava Mold se dévoile. Elle se montre, comme si jusque-là elle avait été cachée. Sava est un colosse. Mais son épuisement physique est total. C'est un mammouth. Plutôt un squelette de mammouth. Son immense corps est complètement saccagé. Épuisé. Ruiné. Depuis Targul Ocna — où se trouve le bagne — jusqu'ici, près de la maison, jusqu'à l'endroit où il est tombé, épuisé, il a parcouru sans s'arrêter un trajet si long, dans une neige si haute, et cela presque nu, affamé, par un froid terrible, que même un cheval n'aurait pu le faire. Sava a marché trois jours et trois nuits, sans arrêt. Il a battu tous les records. Son exploit est surhumain. Quel en est le secret ?... Cet exploit n'aurait pu être accompli seulement avec les muscles et la chair. C'est à cause de cela qu'il n'aurait pu être l'œuvre d'un cheval. Le cheval court avec les muscles, les tendons et le cœur. Mais le corps, les muscles, la chair, ce n'est que l'enveloppe. Il faut un esprit pour déclencher le mouvement. Ce sont la volonté et l'esprit de Sava qui ont accompli cet exploit extraordinaire. La chair a été portée par son esprit, comme le cheval porte une charge. À cause de cela, il est dit que l'esprit ne meurt jamais. Car il est capable de choses dont le corps est incapable. Le corps meurt. Il se fatigue. Il trébuche. Il se désintègre. L'esprit de l'homme peut combattre à l'infini. Par la force — plus grande que toutes les forces de l'univers — de l'esprit humain, Sava est sorti du fond de la mine. De l'enfer dont personne n'est jamais sorti vivant. Et il est parvenu à parcourir une distance que seuls les oiseaux, en volant, peuvent franchir. En hiver, personne, venant du dehors, ne peut atteindre Agapia à travers la neige ; pas plus qu'on ne peut traverser la mer à pied.

Cela, Sava Mold, l'analphabète, la brute, l'assassin, a réussi à le faire. Car l'esprit de l'homme — même l'esprit des brutes et des analphabètes — est invincible. Il peut traverser l'océan, franchir les barrages de glace et de neige. Comme Moïse a traversé la mer Rouge à pied. Comme Jésus-Christ a marché sur les eaux.

— Raconte-moi, dit le juge.

Ils sont seuls. Personne autour d'eux. Pas même d'agent de police à la porte.

— Qu'est-ce que vous voulez que je vous raconte ?

— Tout ce qu'il y a à raconter.

— Je n'ai rien à raconter, monsieur le juge.

Le corps de Sava se réjouit d'être à l'abri. Dehors, le froid coupait, jusqu'à l'os, dans la chair, comme le couteau. Ici, le corps n'est pas brûlé par les flammes blanches de la neige, pires que les flammes rouges du feu.

— Raconte-moi comment les choses se sont passées, répète le juge.

— Ç'a été terrible, dit Sava.

La peau de sa tête est brûlée par les flammes blanches de la neige et du froid. La tête de Sava a la couleur des briques qui composent les vieilles cheminées. Elle est noircie comme une brique, non par la fumée, mais par la douleur. Car la douleur noircit la peau d'un homme, plus que la fumée et que le charbon. Sava répète :

— Ç'a été terrible. Je ne peux pas mentir : c'est moi qui ai tué.

Sava Mold montre ses bras. Il dit :

— C'est avec ces bras que j'ai tué, monsieur. J'ai souvent eu envie de les couper et de les jeter. Si mes bras avaient été les seuls coupables, je les aurais coupés depuis longtemps. Mais, même si je les coupe et si je les jette — chose que je serais disposé à faire, si je pensais que cela me laverait du péché et du sang — je ne serais pas absous. L'absolution est impossible. Le péché n'est pas uniquement dans mes mains. Le péché est dans mon corps tout entier. Dans mon cerveau. Dans mon sang. Dans ma salive. Le péché est dans mes larmes. Partout. Mon péché a pénétré dans tout mon corps, et tout mon être est assassin.

Savonarola Mold cache dans l'oreiller sa tête couleur de brique fumée, et il pleure.

— Ma raison était obscurcie, je le sais. À cause de la douleur. La douleur voile la raison, plus que l'alcool. La douleur rend ivre. Et moi, j'étais complètement saoul de douleur. Quand le satrape Tuniade a commencé à me cogner sur la tête avec le gourdin, je me suis dit : « Sava, mon vieux, résiste bien ! Supporte ! Encaisse tout, sans te troubler. Le principal, c'est de sauver la hache. Serre bien ta hache et encaisse les coups sans broncher. Car la hache, c'est la vie. La hache, c'est le pain quotidien. La hache, c'est la nourriture de tes enfants. Mieux vaut mourir que de perdre la hache... Le satrape va cogner. Puis il se fatiguera. Le principal, c'est que tu serres fort. Ne lâche pas la hache, quoi qu'il arrive. Tu as une épouse et des enfants. Le satrape te frappera. Ta peau crèvera. Mais, mon vieux Sava, ta peau est une peau de paysan moldave. Elle est faite pour crever. Sous l'effet du soleil. Du froid. De la pellagre. De la douleur... Ta peau est faite pour crever. Supporte donc ! » Mais j'ai commencé à sentir les coups. Pas dans la peau : dans la chair. C'était plus dur. Ensuite, j'ai senti les coups dans les os. Je me suis dit pour me consoler : « Sava, mon vieux, la chair n'a pas une grande valeur. La chair est périssable. La chair de l'homme est une nourriture future pour les vers. La chair de l'homme pourrira dans la tombe. Ne fais pas attention à la chair. Résiste bien. Et garde ta hache. Ne chancelle pas. » Et j'ai tenu. Je n'ai pas chancelé. Quand les coups arrivaient à l'os, je me disais : « Les os de l'homme sont créés pour soutenir la chair. Les os sont comme un portemanteau pour la chair. Ça n'a pas d'importance si on te casse les os. Les portemanteaux n'ont pas de valeur. » Je serrais les dents de douleur et je me disais : « Les os de l'homme n'ont pas plus de valeur que les portemanteaux. Ne t'inquiète pas si on te casse les os. Résiste bien, mon brave, mon vieux, mon pauvre Sava ! »

« Je résistais. Puis j'ai senti des coups bas. Le satrape voulait écraser les organes qui nous servent à faire des enfants. C'était la plus grande douleur. La douleur dans la peau, la douleur dans la chair, la douleur dans les os, c'étaient des petites douleurs. Quand on a broyé mes organes, la douleur a envahi mon cerveau et a obscurci ma raison. Les coups donnés à l'endroit qui n'est jamais brûlé par le soleil, je n'ai pas réussi à les supporter. Et je suis tombé ivre de douleur. Puis, lorsqu'il a voulu m'arracher la hache, je suis devenu fou. Et j'ai tué. Je suis devenu un assassin. »

Ici Sava s'arrête.

— Et ensuite ? demande le juge.

— Ensuite ? Je l'ai tué. Je lui ai fendu la tête. Avec la hache. En éclats. Comme on fend une pastèque.

Sava couvre ses yeux avec l'oreiller. Pour ne pas revoir la scène.

— Et comment as-tu réussi à t'évader ? demande le juge.

Une lumière inonde soudain les yeux de Sava.

Ses yeux sont illuminés par-dedans. Comme deux projecteurs.

Il raconte, en peu de mots, comment il a été condamné aux travaux forcés. Comment il est allé au bagne. Comment il s'est résigné à son sort. Aucune peine ne lui semblait injuste ni trop dure. Car il savait qu'il était un meurtrier. Aucune peine n'est trop sévère pour un meurtrier.

— Je savais bien que ma peine de travaux forcés à perpétuité dans les salines n'était pas ma peine véritable, dit Sava. Ma vraie peine viendra au jugement de Dieu. Car, détruire une créature humaine, c'est détruire Dieu. L'homme c'est une image de Dieu. Tuer un homme, c'est tuer Dieu. J'étais donc résigné. Chaque jour, j'étais battu, affamé, injurié. Aucune peine et aucune douleur ne me semblaient trop grandes, car je me savais un assassin...

Sava Mold s'arrête et commence à pleurer. Comme un enfant. Avec de grosses larmes qui coulent sur le visage de brique noircie et ensuite sur le blanc de l'oreiller.

— Qu'est-ce qui t'arrive ? demande le juge.

— Oh, monsieur le juge, je sais que je suis un paysan moldave. Qu'il ne faut rien demander à la vie quand on est né paysan et moldave. Tout nous est défendu, sur la terre. Sauf la souffrance. Nous sommes habitués à supporter tout sans nous révolter. Je vous assure que je n'étais pas révolté contre ma peine. Je supportais tout avec résignation. En toute franchise, je ne regrettais pas d'être condamné à trimer sous la terre, jusqu'à ma mort. Sans voir jamais la face du soleil. Sans voir jamais le ciel. Non, j'étais résigné. Et je ne regrettais pas la vie sur la terre. Il n'y avait pas de choses à regretter dans ma vie. Seulement, après quelques semaines de salines, je me suis mis à penser à ma femme et à mes enfants. Ils étaient abandonnés. Mais c'est Dieu qui avait voulu cela. Je n'y pouvais rien faire. Je me suis reproché de ne pas avoir bien nourri et vêtu ma femme et mes enfants. Mais en y réfléchissant bien, j'ai vu que je n'aurais pas pu leur donner plus à manger, ni mieux les vêtir. Chez nous, aucun enfant ne mange à sa faim. Tous ont froid. Je me suis donc consolé en me disant qu'aucun paysan moldave n'a pu faire plus que moi pour ses enfants et pour sa femme. Mais, monsieur, une nuit, je me suis réveillé tout mouillé de transpiration. Je me suis dit, avec terreur : « Sava, pourquoi as-tu été si dur envers tes enfants ? Pourquoi as-tu été si dur envers ta femme ? » Pour la première fois, je me suis rendu compte que je n'avais jamais baisé mes enfants sur le front. Je ne les avais jamais caressés sur les joues. Ce n'est pas dans nos habitudes paysannes de caresser et d'embrasser les enfants. Nous avons les mains trop rudes pour donner une caresse. Nous avons la vie trop dure pour baiser un enfant sur le front. Ni nos femmes, nos épouses ; nous ne les caressons jamais. Nous ne les embrassons jamais. Nos baisers, nous ne les offrons qu'aux icônes de l'église, le dimanche. Je sais toutes ces choses. C'est comme ça, notre vie ! Tout le monde a toujours fait comme ça. Mais là-bas, au fond des salines, une pensée tourmentait mes jours et mes nuits. Je me sentais coupable de n'avoir jamais caressé aucun de mes enfants. Je me disais : « Ne sois pas idiot, mon pauvre Sava ! Il n'y a pas de raison de te tourmenter à ce sujet. Tu n'es pas coupable. Personne chez nous ne caresse jamais les enfants. Personne chez nous n'embrasse ses enfants. Ton père à toi, il ne t'a jamais embrassé ni caressé. La pensée de caresser et d'embrasser ses enfants n'est jamais passée par la tête d'aucun paysan. Ne te fais pas de souci. C'est comme ça, la vie à Petrodava ! Une vie dure, sans tendresse. Une vie sans caresses et sans baisers. »

« À peine m'étais-je dit ces choses, je me tourmentais de nouveau en me disant : "Sava, ce n'était pas la peine d'embrasser tes enfants, puisque personne ne le fait. Mais — de temps en temps — une petite caresse — de la main — sur la joue de tes enfants — comme tu caresses les chevaux ou les veaux, est-ce que tu ne pouvais pas leur offrir cela ?" Oui, cela je le pouvais. Et je ne l'ai pas fait. Jamais. Et, maintenant, je souffrais. Je me souvenais que j'avais toujours caressé la croupe de mon cheval, lorsque je venais de l'acheter. J'ai caressé, sur le museau, le veau qui venait de naître. J'ai caressé les brebis nouveau-nées, mais je n'ai jamais caressé mes enfants. Et je ne pouvais pas me pardonner cela. Comme je ne pouvais pas me pardonner le meurtre que j'avais commis. Et les tortures que je ressentais, pour les caresses dont j'ai privé mes enfants, étaient plus grandes que les tortures qui payaient le sang versé. Je me suis rappelé que j'avais souvent battu mes enfants. Sans qu'ils eussent mérité une punition quelconque. Uniquement parce que j'étais de mauvaise humeur. Cela, je pouvais me le pardonner. C'est dans les mœurs. Car nous sommes durs, comme les montagnes et comme les hivers. Mais je me disais : "Tu as six enfants. Est-ce que tu leur as jamais apporté des bonbons ? De ceux qui ne valent presque rien... Qui sont à la portée des pauvres..." Non, je n'ai jamais acheté de bonbons à mes enfants ! Pas même les plus modestes bonbons. À moi, mon père m'en a offert deux ou trois fois. À d'autres enfants aussi, leurs pères en donnent quelquefois. Moi, à mes enfants, je n'en ai jamais apporté. J'étais très pauvre, mais pas au point de ne pas pouvoir acheter, une ou deux fois dans ma vie, des bonbons pour mes enfants. C'est le droit des enfants, d'en recevoir parfois. Je n'avais pas fait mon devoir. Je ne pouvais plus supporter cela. Il y avait une tendresse que je devais à mes enfants, et que je ne leur avais pas donnée. Pas même une seule fois. Si je leur avais donné un seul bonbon, j'aurais pu me pardonner. Mais, non, pas une seule fois ! Jamais. C'était un crime. Pour le meurtre du satrape, je me savais puni par les lois. J'étais au bagne pour toujours. Mais, pour le crime commis envers mes propres enfants, aucune loi ne m'avait condamné. Et aucune loi ne le fera. Et peut-être que même le Bon Dieu ne me punira pas pour ce crime. Or il me semblait plus grave que le crime d'homicide, justement parce qu'il ne serait jamais puni par personne. J'étais abandonné par les lois humaines et par les lois divines, avec ce crime commis envers mes enfants ; j'avais à me juger et me punir tout seul. Et cela, c'est le plus dur de tout. J'étais le coupable et le juge. Les deux. Je ne pouvais espérer aucun pardon, de dehors ou d'en haut. Et ma faute, je ne pouvais la réparer. J'étais enfermé. Le dimanche, on vendait, à la cantine du bagne, des bonbons et du pain. Voir un homme, des bonbons à la main, c'était pour moi insupportable. Ça me faisait de la peine. Pour mon acte, Dieu et les hommes ne pouvaient pas me pardonner. Je ne sais pas comment l'idée m'est venue, mais, chaque dimanche, je courais comme un fou à la cantine, et avec les quelques sous que nous recevions, j'achetais des bonbons. Je savais que je resterais dans les salines jusqu'à ma mort. Néanmoins j'achetais des bonbons pour mes enfants. Je les cachais dans la doublure de mes vêtements. Comme on cache des pièces de monnaie. Tous mes vêtements de bagnard étaient fourrés de bonbons. Je savais que je ne pourrais jamais envoyer ces bonbons à mes enfants, je me disais que j'étais fou d'en acheter comme ça et de les coudre dans la doublure des vêtements. Un jour, je me suis dit : "Sava, tu dois sortir d'ici, et porter tes bonbons à tes enfants. C'est cela, la peine à laquelle tu es condamné, pour ne les avoir jamais caressés ni embrassés. Tu dois t'évader. Tu dois leur porter les bonbons que tu as cachés dans tes vêtements. Uniquement pour cela, tu dois t'évader. Afin que ta peine envers eux soit purgée. Après, tu seras pris, arrêté, peut-être fusillé. Mais tu auras réparé ta cruauté envers les tiens. Tu ne dois, pour rien au monde, être arrêté avant d'arriver à la maison. Tu leur donneras les bonbons. Tu leur caresseras le front. Tu leur donneras un baiser paternel. Et puis ta peine et ta mission seront terminées. Toute l'affaire durera cinq minutes. Mais tu dois t'évader et accomplir cela." »

— Et après ? demanda le juge.

— Quoi, après ?... J'ai vendu mon pain, ma soupe, et j'ai acheté le plus de bonbons que j'ai pu. J'ai préparé mon évasion. Mon plan, c'était de sortir. De courir à Agapia. De donner les bonbons aux enfants, avec des caresses. Et puis de me laisser de nouveau conduire au bagne. Au bout d'un an, j'ai réussi à m'évader. J'ai couru trois jours et trois nuits dans les flammes blanches du froid. En arrivant près d'Agapia, à quelques kilomètres de ma maison et de mes enfants, je suis tombé. J'avais fait tout le trajet à pied, sur la voie de chemin de fer. À la fin, je ne pouvais plus marcher. Je suis tombé. Tout près de la maison.

Le juge sait qu'on a trouvé des bonbons dans les habits de Sava. On pensait qu'il les avait volés. Qu'il avait pris ces bonbons pour se nourrir, faute d'autre chose. Il est vrai que les bonbons achetés à la cantine du bagne n'ont pas été entamés par Sava. Bien qu'il n'ait rien eu à manger, bien qu'il soit tombé d'inanition, comme l'a dit le docteur, épuisé par la faim, il n'a pas touché à un seul bonbon. C'étaient les bonbons destinés à ses enfants.

— Vous me croyez, monsieur le juge ? demande Sava.

— Je te crois, mon pauvre Sava, répond le juge.

— Vous pouvez chercher les bonbons dans mes habits.

— On les a trouvés.

— J'ai couru comme un cheval, monsieur. Je savais que, peu de temps après cette course, je crèverais. Mais je voulais leur porter les bonbons. C'était l'unique et la plus importante chose que je désirais dans la vie.

Subitement, Sava change de couleur. Il se rembrunit, il dit :

— On m'a confisqué les bonbons ?

— Mais non, sois tranquille. On ne les a pas confisqués.

— Pourquoi m'a-t-on pris les bonbons, si on ne les a pas confisqués ?

— On ne savait pas que c'étaient des bonbons. On a voulu voir ce que tu cachais dans tes vêtements.

Le juge se lève. Il va dans son bureau et en rapporte les petits cornets de journal dans lesquels sont enveloppés les bonbons qu'on a trouvés dans la doublure des vêtements du criminel.

La figure de Sava s'illumine, en voyant les petits paquets qu'il a préparés pendant un an, sous la terre. Les paquets pour lesquels il s'est évadé.

— Maintenant, vous me croyez, n'est-ce pas ?

— Je te crois, pauvre homme... Maintenant que je t'ai cru, tu peux continuer.

— Continuer quoi ?

— Ton histoire.

— Il n'y a plus d'histoire, répond Sava. Je suis

tombé dans la neige. Et je ne sais plus rien. Je sais que je suis tombé tout près d'Agapia. C'est tout.

— Comment se sont passées les choses au château ? demande le juge.

— Je vous ai raconté, dit Sava. J'étais ivre de douleur. La souffrance a obscurci ma raison. À cause de cela, j'ai frappé.

— Cela, c'est quand tu as tué le père Tuniade. Mais le fils Tuniade, comment l'as-tu tué ?

— Tuniade était tout seul dans la forêt. Son fils n'y était pas.

— Sava, il ne faut pas jouer sur les mots. Tu sais que le fils Tuniade a été tué cette nuit, devant son château. Tu sais cela...

— Non, répond Sava. Je ne sais pas.

— Personne ne pouvait tuer le fils Tuniade, en dehors de toi.

— Non, répond Savonarola. Je n'ai jamais vu le fils Tuniade. Jamais.

— C'était la nuit. On pouvait le tuer sans le voir.

— Vous ne me croyez donc pas ? s'écrie Savonarola Mold avec désespoir. Mes bonbons ne vous ont pas convaincu ?... Ce n'est pas une preuve que j'ai dit la vérité ?

— Je te crois, répond le juge. En ce qui concerne les bonbons. Ce n'est pas très habituel, pas très vraisemblable, mais c'est possible. Nous ne parlons pas de cela. Ce que je te demande, c'est de me dire pourquoi et comment cette nuit tu as tué le fils Tuniade.

— Je n'ai pas tué le fils Tuniade. C'est la première fois que j'entends dire que ce jeune homme a été tué.

— Sava, dis-moi la vérité !

— C'est la vérité, monsieur le juge. Je le jure. Sur tout ce que j'ai de plus cher sur terre.

Sava s'arrête. Ses yeux sont fixés sur les petits paquets de bonbons. Ce cadeau qu'il apporte, c'est ce qu'il a de plus cher au monde. Mais il ne jure pas sur les bonbons. Ce serait inutile. On ne veut pas le croire. C'est tout. Comme on n'a pas voulu croire Jésus-Christ qui a refusé de parler. « Si je vous le disais, vous ne me croiriez pas ! » Alors, pourquoi le dire ?

— Je te parle gentiment, dit le juge. Je veux bien te croire. Mais il y a des choses qu'on ne peut pas croire. Cette nuit, le fils Tuniade a été tué. Personne ne pouvait le tuer, sauf toi. Tu t'es évadé, et on t'a trouvé sur le lieu du crime, ici, à Agapia. Tu es l'assassin du père. Il est impossible de ne pas croire que c'est toi aussi le meurtrier du fils.

— Je n'ai pas tué le jeune Tuniade. Je ne l'ai jamais vu.

— Tu veux que je t'aide ? propose le juge. Eh bien, je te crois, lorsque tu dis que tu ne l'as jamais vu. Tu as tué un homme cette nuit, sans savoir que c'était Tuniade.

— Non, répond Savonarola.

— Écoute-moi, je veux t'aider à raconter. Tu t'es évadé du bagne. Tu as marché trois jours et trois nuits, sans nourriture, sans boisson, sans sommeil. Tu es arrivé ici, dans ta ville, près de ta maison. Tu es passé près du château des Tuniade. Tu as rôdé un peu autour du château. Peut-être voulais-tu voler quelque chose. Peut-être voulais-tu voler quelque chose à manger. Peu importe le motif pour lequel tu te trouvais au château. Mais tu étais dans le parc. Et subitement un homme est venu au-devant de toi. Un homme menaçant, le revolver à la main. Il t'a demandé ce que tu faisais dans le parc. Il t'a frappé, peut-être. Il t'a mis la main au collet. Tu as eu peur. Tu t'es débattu et tu as essayé de fuir. Mais tu étais fatigué, épuisé. L'autre était jeune et fort. Il t'a tenu, il t'a frappé. Il a peut-être tiré des coups de revolver. Tu le lui as arraché, d'abord pour te défendre. Puis tu l'as tué. Tu as jeté le revolver et tu t'es enfui. C'est cela ?

— Je n'étais pas au château. Je n'ai tué personne cette nuit, répond Sava.

— Inutile de mentir ! À la fin, tu seras bien obligé de dire la vérité.

— Je ne mens pas, répond Savonarola Mold.

Sa réponse manque de force. Il se rend compte que nier, ça ne sert à rien. Il regrette d'avoir raconté au juge l'histoire merveilleuse de son évasion. Et de son voyage dans les flammes blanches de l'hiver. Il le regrette. Car le juge ne le croit plus. Sava Mold le regarde avec méfiance. Son regard est exactement comme celui des biches capturées et mises en cage. La biche captive ne peut rien faire. Elle regarde, comme Sava Mold. Un regard résigné. C'est le regard de tous les Moldaves. Les vieux Moldaves, et aussi les jeunes, les femmes, les hommes et même les enfants regardent comme

Sava et comme les biches captives. Dans leurs yeux, il y a d'abord de la résignation. La résignation des biches captives. Ensuite, il y a de la méfiance. De la haine ?... Peut-être ! Mais une haine résignée. Qui ne ressemble pas du tout à la vraie haine. Ils éprouvent le genre de haine qui sait qu'elle ne pourra pas s'assouvir sur la terre. Ils n'essaient même pas de l'assouvir ici-bas, dans la vie terrestre. C'est la haine que leur inspirent ceux qui les ont capturés, et qui les gardent dans une cage, et qui les offensent, et qui ne leur accordent aucune confiance. Mais, dans le regard des Moldaves, comme dans le regard de Savonarola Mold, il y a une chose de plus que dans les yeux des biches captives. Le Moldave montre clairement aux geôliers et aux tyrans qui l'ont capturé qu'il se résigne, qu'il se soumet, mais qu'il ne capitule pas. Il est certain que l'injustice qu'il subit sera rachetée dans le ciel. Il est certain que justice sera faite. Par le grand juge d'en haut. Toutes les injustices subies dans l'histoire seront réparées dans l'éternité. Sur la terre, les ennemis des Moldaves ont été trop nombreux et trop puissants. Le Moldave, ici-bas, a été vaincu. Mais il prendra sa revanche dans le ciel. Et il a aussi l'espoir que, même sur terre, il pourra un jour se faire rendre justice. Il n'exclut pas la possibilité d'une revanche terrestre. Cette justice terrestre ne lui est pas indispensable. Mais elle est possible. Elle n'est pas exclue. Car le sang de l'homme n'est pas comme la neige. La neige n'a pas de mémoire ; elle pardonne tout. Mais le sang, lui, n'oublie jamais rien. Le sang a une mémoire plus puissante que les textes écrits sur le granit des monuments. Le sang n'a jamais rien oublié. La révolte des pères est toujours continuée par les fils. L'injustice faite aux parents est vengée par les fils, par les petits-fils. Et si les petits-fils n'ont pas les moyens de prendre leur revanche, ce seront les petits-fils des petits-fils qui demanderont des comptes. Tôt ou tard, l'injustice sera rachetée. Car chaque fils naît avec le grief des pères écrit dans son sang, comme dans un dossier. Les injustices notées dans les livres d'histoire et dans les chroniques disparaîtront. Mais l'injustice écrite dans le sang des fils, des petits-fils, des arrière et arrière-petits-fils ne sera jamais effacée. Pas même dans les siècles des siècles. Elle rebondira un jour, sur la terre. Et au ciel. Partout.

— Raconte-moi, comment tu as tué le fils Tuniade, cette nuit, dit le juge.

— Pourquoi me posez-vous des questions, si vous ne croyez pas à mes réponses ?

— Personne, sauf toi, ne pouvait tuer le jeune Tuniade. Tu as été trouvé sur le lieu du meurtre.

Savonarola Mold serre les dents. Comme au moment où le satrape le cravachait et lui crevait la peau du visage. Sava Mold ne veut plus parler. C'est inutile de parler ! Comme il est dit : « Si je vous dis la vérité, vous ne me croirez pas. »

Je me tais. Mes paroles sont inutiles.

XIX

Les détectives de minuit

Vingt-quatre heures après le meurtre d'Anton Tuniade, deux détectives de la brigade mobile sont arrivés à la gare d'Agapia, par le même train de minuit, qui vient du nord. Ce sont des spécialistes du crime. Ils sont descendus d'un wagon de première classe, comme Tuniade, la victime, la nuit précédente. Les deux détectives sont jeunes, assez bien habillés. Ils se sont dirigés vers le chef de gare.

— Nous sommes de la police, dit l'un d'eux. Nous cherchons un traîneau pour aller au tribunal.

Ismaïl le Lipovan, qui était derrière le chef de gare, a pris avec lui les deux policiers. Dans le traîneau, il les a emmitouflés dans des couvertures, comme il fait avec tous ses clients. Il les a déposés à la justice de paix. Le juge a été réveillé. Ismaïl est allé appeler le commissaire Filaret.

— Nous venons chercher le bagnard évadé des salines, dit au juge l'un des détectives. A-t-il avoué le meurtre qu'il a commis la nuit dernière ?

— Non. Il prétend qu'il est tombé dans la neige, sur la voie de chemin de fer, avant d'arriver à Agapia.

— Il n'est pas absolument nécessaire qu'il avoue, dit le deuxième détective. Il a signé son crime. Il a été trouvé sur les lieux du meurtre. C'est un évadé. Cela suffit. Mais il avouera. Nous connaissons ce genre d'individu. Les assassins sont comme les bébés. Ils parlent d'abord très difficilement. Mais, si l'on fait preuve de patience, ils vous racontent tout. Où est-il ?

— Vous voulez le voir tout de suite ?

— Les meilleurs interrogatoires de police sont ceux de minuit, dit le premier détective. Et les vrais aveux sont ceux qu'on fait au petit matin. Entre trois et quatre heures. Est-ce qu'il peut parler ?

— Il parle, mais il ne peut pas se lever.

— Il faut faire venir aussi le docteur, cela vaut mieux. Vous avez un médecin, ici ?

— Le médecin l'a vu.

— Nous avons l'habitude de travailler la main dans la main avec les médecins, dit le second. Le médecin, dans une enquête, est comme le filet pour les acrobates. Si le bonhomme tombe, le médecin peut le remettre tout de suite sur pied avec une piqûre. Et le spectacle continue. On économise du temps.

— Vous voulez le torturer ? demande le juge.

— Non, dit le premier détective. Mais les criminels sont capricieux. Ils ne parlent pas si on ne les aide pas à parler. Vous êtes très jeune. Depuis combien de temps êtes-vous magistrat ?

— Il y aura quarante-huit heures, à midi, que j'ai été installé comme juge.

— Premier poste ?

— Premier.

— L'assassin vous a certainement raconté des histoires sentimentales. Pour vous émouvoir. N'est-ce pas ? Quand ils ont devant eux un homme jeune, ils font du sentiment. De la poésie. C'est toujours comme ça. En vous voyant si jeune, il vous a certainement raconté un conte de fées. N'est-ce pas ?

— Pas un conte de fées, répond le juge. Mais il est vrai qu'il m'a raconté une histoire très émouvante. Poignante. Une histoire de bonbons. Vous allez aussi l'entendre.

— Un assassin qui nous parle de bonbons ! s'exclament les deux détectives... C'est un conte pour endormir les enfants. C'est une berceuse. Nous, monsieur le juge, nous vivons avec les criminels et les assassins. Jour et nuit. Nous n'avons, devant nous, que des criminels. Nous appartenons à la brigade mobile du crime. Dès qu'il y a un crime, nous y allons. Nous avons presque oublié qu'il existe aussi des gens qui ne sont pas des assassins. Donc, nous connaissons le langage de ceux-ci. Et le mécanisme de leurs cerveaux. À cause de cela, en regardant le juge qui a fait l'enquête, nous savons d'avance ce que lui a raconté l'assassin. À vous, on vous a servi une histoire sentimentale et bien sucrée. Une histoire de bonbons. Parce que vous êtes jeune et tout neuf.

— Vous pensez que ce qu'il m'a raconté est faux ?

— Bien sûr ! disent les deux détectives en même temps.

Ils demandent ensuite à être conduits près du criminel.

Dans la pièce à côté de la salle d'audience gît Savonarola Mold. Étendu sur le dos, les yeux ouverts. Il ne dort pas. Comme s'il pressentait que les deux spécialistes du crime sont là. Toute la soirée, Sava Mold a demandé à boire. Maintenant, il se sent extrêmement affaibli. Il a sommeil, mais il ne peut dormir. Il a peur de quelque chose. Et sa peur se précise au moment où, dans la chambre, entrent les deux détectives. Ils le regardent comme on regarde une borne kilométrique au bord de la route. Ils liront ce qui est écrit et ils s'en iront. Vers d'autres crimes.

— C'est toi, Savonarola Mold ? commence le premier détective. On nous a signalé ton évasion il y a trois jours. Et aujourd'hui à midi on nous a appris que tu as commis un autre crime à Agapia. Près de ta maison. Nous sommes vite venus, afin que tu nous dises combien de crimes tu as commis depuis ton évasion, en dehors, bien sûr, de celui qui a été commis ici.

Savonarola se tait. Les deux détectives rient.

— Tu as raconté un beau conte de fées à monsieur le juge. Parce qu'il est jeune. Maintenant, avec nous qui ne croyons pas aux contes de fées, tu dois t'en tenir à la réalité. À la stricte réalité. Pas de littérature. Nous devons en finir rapidement. Afin que nous puissions dormir un peu et repartir demain à midi. Entendu ?

Sava Mold devient subitement dur. Comme le

granit. Le sommeil et la fatigue s'en vont. Il est aussi fort que pendant les trois jours où il marchait.

— Tu peux commencer, ordonne le premier détective.

Les deux hommes se sont assis sur des chaises près du lit. Le juge est debout, près de la porte.

— Par quoi voulez-vous que je commence ?

— Pas par l'histoire des bonbons, dit un détective. Nous préférons parler de crime. De meurtre, d'assassinat. Pour nous, ce sont des sujets quotidiens. Es-tu d'accord ?

— D'accord, répond Sava Mold.

Il n'est plus l'homme sentimental qui racontait au juge l'histoire de ses enfants et des bonbons, quelques heures auparavant. Sava est dur et ferme. C'est le visage crispé et pierreux qu'il dut avoir lorsqu'il encaissait les coups de cravache, de gourdin et surtout les coups de talon du satrape.

— Vas-y, Sava, dit le premier détective. Parle comme au confessionnal.

— J'ai tout raconté à monsieur le juge, répond Sava.

— Si tu veux démarrer de cette manière, alors nous te suivons. Et ensuite, tu nous suivras à ton tour. À ta guise. Raconte-nous encore une fois ce que tu as raconté à monsieur le juge. À partir de cette minute et jusqu'à la fin de tes jours, tu ne feras pas autre chose que de raconter ton histoire. Jusqu'à ce que tu nous dises la vérité.

— C'est la vérité que j'ai racontée à monsieur le juge.

— C'est à nous d'apprécier si ce que tu dis est vrai ou faux. Commence.

— Par où voulez-vous que je commence ?

— Commence par l'évasion. Qu'as-tu fait, après avoir quitté le bagne ?

— Après mon évasion, j'ai marché, raconte Savonarola Mold. J'ai marché dans la neige. Toujours dans la neige. La nuit, je suivais la voie de chemin de fer. Le jour, je marchais dans les bois. Mais la neige était pareille. Haute jusqu'à la ceinture. Et froide. Partant de Targul Ocna — la ville du bagne — j'ai marché toujours vers le nord. Je pense avoir fait plus de cent kilomètres. Peut-être deux cents. Je ne sais pas au juste. Ce que je sais, c'est que j'ai marché sans arrêt. Je ne me suis permis aucune halte. Ni le jour ni la nuit. Toujours marcher. Trois jours et trois nuits.

— Et pour manger ? demande le premier détective. Qui t'a donné à manger ?

— Personne ne m'a donné à manger, répond Sava. J'ai mangé de la neige. Dans les salines, on nous a entraînés à supporter la faim. Afin que la neige ait un goût, j'arrachais parfois un petit bout d'écorce de chêne et je le mastiquais. Plusieurs fois, j'ai goûté de la mousse des arbres. Mais c'est très amer. J'étais affamé comme un loup. Mais je continuais à marcher. Vers le nord. Vers Agapia. Vers ma maison. Je souffrais comme une bête sauvage, à cause de la faim et du froid.

Savonarola Mold pleure. Il essuie ses larmes, de sa main immense comme une pelle.

— La vie d'un bagnard est courte, monsieur. Je

me suis dit que je devais me hâter. Du moment que j'avais accompli ce miracle, de m'évader des salines, d'où, de mémoire d'homme, nul condamné n'est sorti vivant, je devais marcher. Et je marchais. Je voulais donner à mes gosses des bonbons, les prendre sur mes genoux, leur caresser la tête. Après ça, je pourrais partir et attendre la mort. Mais, ces choses, je devais les faire. Car je ne les avais jamais faites.

L'histoire de Sava Mold est dite du fond du cœur. Pas seulement des lèvres, ni de la gorge ; les mots sortent du plus profond de son être. À cause de cela, son histoire n'est pas fade, ni sucrée, ni invraisemblable. Car tout ce qu'un homme fait conformément à lui-même — sincèrement — est naturel. Sava est trop grand, trop massif, trop lourd et trop dur pour que ses paroles soient édulcorées. La douceur poétique de son récit a la consistance massive de son corps. Les larmes et les mots de tendresse à l'adresse de ses enfants coulent des yeux et de la bouche de Sava Mold, comme la résine coule d'un sapin centenaire dont on a entaillé l'écorce. Les larmes et les mots de Sava sont aussi forts que la résine.

Les deux détectives se parlent à l'oreille. Ils se disent que l'affaire des bonbons est la fente par laquelle ils pourront s'introduire dans l'âme du bagnard et le vaincre. Car tout homme — comme Achille — a un talon vulnérable, un point faible, par lequel on peut pénétrer dans son for intime et le réduire à merci.

Pendant que les détectives, délibérant entre eux,

décident d'élargir la brèche par laquelle ils pénétreront dans l'âme du bagnard, Sava pleure. Sava est comme un rocher. Les rochers ne contiennent pas de sources ; ils sont stériles et durs. Les yeux des hommes tels que Sava sont pareils aux rochers. Ces hommes-là ne pleurent pas, au cours de leur vie. Plus on est homme et moins on pleure. Mais si un homme — un vrai homme, comme Sava Mold — se met à pleurer, ses larmes sont concentrées. D'une larme d'homme, on peut faire un litre de larmes de femme ou d'enfant. Tellement les larmes d'un homme sont concentrées. Surtout les larmes de Sava Mold. Elles sont brûlantes comme le vitriol ; elles brillent comme le métal fondu, en coulant, incandescentes, sur ses joues.

— Prends tes bonbons et tes sucettes, dit le premier détective.

Il rend à Sava les petits paquets de bonbons qu'on a trouvés dans la doublure de ses vêtements.

— Ils sont à toi. Garde-les. Personne n'a le droit de prendre les douceurs que tu as destinées à tes gosses.

Savonarola Mold regarde les bonbons. Ils sont roses, bleus, jaunes. Des bonbons les meilleur marché qui soient ! Mais de ceux qui apportent aux enfants qui les reçoivent la plus grande joie du monde.

— C'est idiot, mon histoire, dit Sava Mold. Vous direz que ce n'est pas un récit d'homme. Mais si vous aviez été dans ma situation, et si vous aviez une âme, vous auriez senti la même douleur que moi. Vous vous seriez évadé des salines. Vous seriez sortis du fond de la terre pour porter quelques bonbons à vos enfants. Même en sachant que c'est idiot. C'est comme ça, ce n'est pas autrement, même si l'on risque sa vie. Oui, monsieur, il est normal de risquer sa vie pour porter à ses enfants quelques sucettes de deux sous.

— C'est uniquement pour porter les bonbons à tes gosses que tu t'es évadé ?

— Oui, monsieur. Pour cela. Et pour les caresser. Et leur dire des mots tendres. Les embrasser. Eux et leur mère.

Sava est pudique. Mais il parle, pour éviter toute équivoque :

— Nous, les paysans, nous sommes durs. Nous sommes trop pauvres pour être doux et gentils. Savez-vous, monsieur, que nous ne caressons jamais nos femmes ? Nous ne les embrassons jamais. Et c'est si important, une caresse ! La caresse d'un homme, c'est comme un bracelet, comme une paire de boucles d'oreilles, comme un rang de perles, pour la femme qui la reçoit. Oui, une caresse, un mot tendre, un baiser, c'est pour une femme comme un bijou. Et ça ne coûte rien. Eh bien nous, les pauvres, qui ne pouvons jamais rien offrir à nos femmes, nous ne leur offrons jamais ni caresse, ni baiser, ni bonne parole ! Car les mots gentils sont comme les monnaies d'or. Les femmes peuvent s'en parer, comme de bijoux. Et nous ne leur en offrons même pas. Cela me faisait mal, comme une écharde dans la chair, comme un couteau dans le dos.

— Combien de temps comptais-tu rester à la maison ? demande un détective.

— Je n'avais besoin, pour ce que je voulais apporter et faire, que d'une heure, répond Sava. Avec une visite d'une heure, j'aurais rendu les miens heureux jusqu'à la fin de leurs jours. Et moi aussi j'aurais été heureux, même au fond de la terre. À cause de cette heure que j'aurais passée chez moi, avec les miens.

Sava ajoute :

— Je savais qu'après l'évasion on me chercherait en premier lieu à la maison. Je savais qu'on viendrait m'y chercher. Que mon évasion ne durerait pas longtemps. Je me hâtais, afin que le gendarme ne se mît pas à ma recherche avant que je ne fusse arrivé. C'est pour cela que j'ai marché le plus vite possible.

— Il se pourrait que nous te permettions de réaliser ton rêve, dit le premier détective. Nous pourrions te permettre d'aller chez toi. Et de passer une heure avec les tiens.

Sava regarde, méfiant, sans rien dire.

— Qu'est-ce que tu penses de notre proposition ?

— Rien, répond Sava Mold. C'est trop beau pour être vrai.

— C'est sérieux, dit le détective. Si tu nous racontes gentiment comment tu as tué, la nuit dernière, le jeune Tuniade, tu auras demain matin la permission d'aller voir les tiens et de leur porter les bonbons que tu leur destinais. Tu es d'accord ?

— Je n'ai pas tué le jeune Tuniade, répond Sava

Mold. Je ne peux pas raconter un meurtre que je n'ai pas commis.

— Tu es libre de refuser, dit le détective. Mais nous sommes pressés. Nous devons partir demain, par le train de midi. D'ici à demain matin, tu dois parler. Tu dois nous dire comment tu as tué ce jeune homme devant le château.

— Ce n'est pas moi qui l'ai tué.

— Nous allons examiner cela en détail et à fond, dit le premier détective.

Il invite le juge Damian à les laisser seuls avec Sava.

— Vous voulez le torturer ? dit tout bas le juge. Je m'oppose à ce qu'on torture un prisonnier.

— On ne le torturera pas, monsieur le juge, dit à haute voix le second détective. Votre prisonnier, ce Sava Mold, est un pudique. Il est pudique et timide comme une vierge. Il ne veut pas se confesser en public. Nous voulons donc causer avec lui à mi-voix. La porte fermée. Afin que sa pudeur ne soit pas offensée.

Le juge sort. Les deux détectives restent avec Sava Mold dans la pièce. Et, tout de suite après, on entend des gémissements. Des coups. Des cris. Cosma Damian veut intervenir, pour faire cesser la torture. Mais la porte de la pièce est fermée à clé. Les détectives ne veulent pas ouvrir. Ni au juge ni au commissaire Filaret. Les cris de Sava Mold, comme les cris d'une bête sauvage, déchirent la nuit. On les entend de la rue, tout autour de la justice de paix. Les gens qui habitent le Chemin des Amoureuses se lèvent, aux cris de l'homme torturé. On allume les lampes et les bougies. Personne ne peut plus aller dormir. Les fenêtres restent éclairées. Tout le monde veille. Et cela dure deux heures. De temps en temps, les cris, les pleurs, les coups et les jurons cessent. On sait alors que le pauvre Sava Mold est évanoui. Le Dr Pillat a été appelé quatre fois. Il est entré et a soigné le malheureux Sava, en le ramenant à la vie ; mais, chaque fois, les détectives ont ensuite éteint la vie dans le corps géant de Sava. À la fin, le docteur a refusé de répondre à l'appel. Il est parti, furieux. Il a dit que ce n'était pas la peine de ramener un homme à la vie, pour le faire de nouveau s'évanouir sous les coups. Les détectives se sont débrouillés sans le docteur. Ce sont des spécialistes. Ils ont ranimé eux-mêmes le supplicié, chaque fois qu'il s'évanouissait. Et ils ont recommencé à le torturer, jusqu'à l'évanouissement suivant. Et cela a duré toute la nuit. Jusqu'au matin. Lorsque tout le bruit et tous les cris ont cessé, les gens ont pensé que Sava Mold était mort. Dans toutes les maisons, l'on a prié pour son âme et pour la rémission de ses péchés. Dans toute la ville d'Agapia. Les seuls habitants de la ville d'Agapia qui ignorent ce qui se passe sont les enfants et la femme de Savonarola Mold. Ils vivent coupés du monde. Ils ne soupçonnent même pas que leur père est dans la ville et qu'il a réveillé tout le monde, en poussant des cris de douleur. Toute la ville a été réveillée par les cris et les pleurs de Sava Mold, sauf ses enfants et sa femme, pour lesquels il s'est évadé. Ils dorment, terrassés par la misère, dans la petite maison de la forêt.

XX

Miracles de police

Savonarola Mold a été torturé toute la nuit dans le palais de justice. Personne n'a fermé l'œil dans la ville. Les femmes ont prié, à genoux, pour le supplicié. Les hommes sont restés éveillés dans leurs lits. Et eux aussi ils ont prié. La police est le plus grand fléau de notre temps. Dans tous les pays, surtout dans les pays civilisés. Le fléau de notre temps n'est pas la famine, ni les guerres, ni la peste. C'est la police. La police commet dix fois plus de meurtres et de crimes que toutes les bandes de tueurs réunies. Et les crimes de la police ne sont jamais punis. Un meurtre impuni, commis en pleine rue, par les gens de police, cela ne peut être supporté. Les gens d'Agapia avaient l'impression que l'on crucifiait de nouveau Jésus-Christ, au milieu de leur ville. Et ils ne pouvaient pas fermer l'œil.

Le matin, avant qu'il fasse clair, comme tout le monde respirait, pensant que le malheureux avait rendu son âme à Dieu, qu'il avait enfin échappé à la torture, on a appelé Ismaïl le Lipovan au palais de justice. On ne lui a pas dit pourquoi. Aux fenêtres, les gens guettaient. On pensait que les policiers étrangers allaient emporter loin de la ville le cadavre de Sava, pour le jeter à l'eau, pour le faire disparaître. Mais ce n'était pas ça. Dans le traîneau d'Ismaïl est monté Sava Mold, suivi des deux détectives. Il n'est pas mort. Bien mieux, Sava Mold marche. Son pas est allègre. Il a la tête couverte de meurtrissures et de blessures, mais sa barbe est épaisse et elle cache les cicatrices et les plaies.

— On emmène Sava dans la forêt pour le fusiller, dit une femme.

Et tout le monde a peur. Plus peur encore que pendant la nuit.

Mais ce n'est pas cela non plus. Le traîneau d'Ismaïl, dans lequel se trouvent les deux détectives étrangers et Sava Mold, se dirige, par le Chemin des Amoureuses, vers le centre commercial de la ville et s'arrête devant l'épicerie d'Itzig Avram.

— Cocher, descends et réveille le marchand, ordonne l'un des policiers.

Il ouvre son portefeuille. Il donne à Ismaïl un billet de banque. Un gros billet...

— Qu'est-ce que vous désirez que j'achète ? demande Ismaïl.

— C'est Savonarola qui commande, répond le détective.

Il s'adresse à Sava :

— Dis-lui ce que tu désires acheter ?

Sava Mold, les yeux brillants, comme ivre de bonheur, regarde le billet dans la main d'Ismaïl.

— Achète des bonbons pour les enfants, dit-il.
— Combien de bonbons ?
— J'ai six enfants, tu sais ! Achètes-en pour tous. Afin qu'ils mangent à pleine bouche. Jusqu'à ce qu'ils en aient mal au ventre. Toujours, quand j'étais enfant, je rêvais que je mangeais des bonbons à pleine bouche. Vingt bonbons, quarante bonbons, cent bonbons d'un coup. J'ai toujours désiré manger des bonbons jusqu'à ce que j'en aie mal au ventre. Je pensais que le mal au ventre provoqué par les bonbons devait être une douleur agréable. Que ce n'était pas une vraie douleur, puisque c'était à cause de bonbons. C'est si bon, les bonbons !

— Combien de cornets dois-je acheter ? demande Ismaïl. Veux-tu six cornets ?

— Plus, répond Sava. Je pense que tu peux acheter davantage, avec l'argent qu'on t'a donné. Achète tout le bocal de bonbons d'Itzig. Achète le tout. Tu as assez d'argent. On te rendra même de la monnaie.

Savonarola Mold, comme ivre, s'adresse aux policiers, à Ismaïl. Mais il se parle surtout à lui-même :

— Je n'ai jamais apporté de bonbons à mes enfants. Aujourd'hui, ils auront tout le bocal. Ça leur fera plaisir, un tel plaisir qu'on ne peut pas l'imaginer. Et à moi !... Ce plaisir, de les voir manger à pleine bouche, de mettre à la poignée des bonbons dans leurs bouches !... Le plus grand plaisir de ma vie. J'ai réalisé mon rêve. Dieu est grand. Je leur apportais de là-bas quelques cornets. Mais ils auront tout le bocal. J'ai réalisé ce que je désirais. Plus que je ne désirais. Car c'est pour cela que je suis sorti. Pour cela, j'ai marché dans la neige, sans pain et sans eau, trois jours et trois nuits. Pour leur donner cela. Et puis, pour les prendre sur mes genoux. Pour leur caresser la tête. Et puis pour caresser l'épaule de ma vieille, de ma bonne, de ma très chère Smaranda...

« Elle a dû en avoir, de la peine ! Elle a dû souffrir ! Elle n'imaginait pas que je reviendrais. Ma très chère, ma très aimée !... Je ne lui ai jamais dit cela. Mais aujourd'hui je le lui dirai, à ma chère, ma très chère et ma bien-aimée Smaranda. Et elle sera contente. Comme dans un rêve. Tout le monde sera heureux. Et les anges, dans le ciel, regarderont vers nous et pleureront aussi de bonheur. Tous les anges !

— Dépêche-toi, Sava, ordonne le détective.

— Monsieur, je veux encore une chose, dit Sava. Il y a de l'argent aussi pour cela. Ce billet, c'est une grosse somme.

— Dis vite ce que tu veux encore, répète le détective, morose.

— Permettez-vous qu'Ismaïl achète aussi une bouteille de vin ? Afin que je trinque avec ma vieille, avec Smaranda... Pendant que nos gosses mangeront leurs bonbons. Permettez-vous cela ?

— D'accord, dit le détective. Mais dépêche-toi de commander. Nous n'avons pas de temps à perdre.

— Nous serons ensemble seulement une heure, dit Sava. Mais, pour un homme, une heure de bonheur suffit à lui faire supporter l'enfer de toute une vie.

— Achète-lui une bouteille de vin, ordonne le détective.

— Oui, monsieur, répond Ismaïl.

— Du vin rouge, Ismaïl, précise Savonarola Mold. Achète une bouteille entière de vin rouge. Avec ma femme, je n'ai jamais bu une bouteille entière de vin rouge. Nous avons bu du vin, mais pas une bouteille. Nous avons bu du vin rouge ensemble à notre mariage. Le saint prêtre Nikodim nous a donné à boire dans le même verre, du vin rouge, à tous les deux. Elle était belle, ma Smaranda, ce jour-là ! Nous avons bu du vin rouge aussi le dimanche, à la Divine Liturgie. Mais avec la cuillère de la communion. Aujourd'hui, Smaranda et moi, nous en boirons une bouteille entière. Du vin rouge. Comme au mariage. Comme à la communion. Pour notre mariage et notre communion avec la mort. Ça sera notre dernière rencontre sur la terre. Ce sera le vin de notre mariage dans le ciel. Loin de la terre !...

— Dépêche-toi, mon vieux. Nous ne sommes pas ici pour faire des discours, dit le détective.

Le même détective. Car le deuxième est presque endormi. Fatigué. Dans le ciel, juste au-dessus d'Agapia, le soleil se lève. Un soleil blanc, un soleil de platine. Ce n'est pas un soleil d'or, comme d'habitude.

— Achète, mon vieil Ismaïl, un pain blanc. Un bon pain blanc. Je n'ai jamais mangé avec Smaranda de pain blanc. Un pain entier. Dis à Itzig que c'est pour manger avec ma femme. Et dis-lui de te donner six bretzels. Six, pour mes six enfants. Bien grands. Des bretzels, voilà, c'est tout.

Ismaïl s'en va chercher le vin, les bonbons, le pain blanc et les bretzels.

— J'ai réalisé le rêve de ma vie, *domnii mei*, messieurs, dit Sava Mold.

Il est heureux. Il est beau. Maintenant, il est beau comme un jeune homme.

— N'est-ce pas mieux comme ça, *domnii mei* ? demande Savonarola Mold. J'avais fait un rêve. Lorsqu'un homme a fait un rêve — un vrai — avec toute sa foi — il le réalise toujours. Rien ne peut l'en empêcher. Même si vous lui brisez les os. Même si vous lui arrachez la peau en lambeaux. Même si vous coupez dans sa chair. Et même si vous le tuez. Car ses enfants feront ce que le père n'a pas réussi à réaliser. J'ai réalisé le rêve pour lequel je me suis évadé. Et je suis heureux. J'ai réalisé plus que mon rêve. Je n'apporte pas seulement à mes enfants des cornets de bonbons, je leur apporte tout le bocal de bonbons d'Itzig. Et du pain blanc. Et du vin pour ma femme. Et des bretzels. C'est plus qu'un rêve. Dieu m'a permis de ne pas mourir sans le réaliser. Je vivais uniquement pour cela. Ce n'est peut-être pas grand-chose, mais c'est assez pour moi. Et pour vous, c'est aussi bien. Vous avez aussi fait une bonne affaire, *domnii mei*.

— Comment cela ? demande le détective.

— Si vous m'aviez tué, qu'auriez-vous gagné ? Rien. Naturellement, personne ne vous en aurait fait reproche. On ne fait jamais de reproches à un policier, s'il tue un homme. Jamais, dans les pays civilisés, et encore moins à Agapia. Mais vous n'auriez rien gagné. Vous auriez tué un homme de plus. Je sais que vous en avez tué beaucoup. Il n'existe guère de policiers qui n'aient commis plusieurs meurtres. Du moment que le meurtre n'est pas puni chez les policiers, ils peuvent se permettre ce qui est interdit aux assassins sans uniforme. Maintenant vous avez gagné. Parce que vous ne m'avez pas tué. Au contraire, vous m'avez permis de réaliser le rêve de ma vie. Voir les miens pendant une heure. Être tendre avec eux. Et, à mon tour, je vous ai fait des aveux complets. En quelques heures, vous avez élucidé le mystère du meurtre commis au château. Vous aurez des décorations. Vous aurez la prime. De l'avancement. Vous avez gagné. Nous sommes presque quittes. N'est-ce pas ?

— C'est vrai, répond le détective. Mais dépêchons-nous. Nous allons prendre une heure de repos. Et nous partirons par le train de midi. Au travail.

Le traîneau à chevaux blancs d'Ismaïl s'arrête devant le palais de justice. Le juge n'est pas encore réveillé. On appelle Mme Eudoxia. Elle vient sur le perron. Les deux détectives étrangers sont dans le traîneau avec Savonarola Mold.

— Dites au juge que, dans une heure, on procédera à la reconstitution du meurtre. Nous allons faire une perquisition au domicile de l'accusé. Dans une heure précise, donc à neuf heures, nous prions le juge d'être présent au château, pour la reconstitution. Faites avertir aussi le commissaire de police. Au revoir et merci. Dites au juge que nous partons par le train de midi. Nous mangerons au wagon-restaurant. Ce n'est pas la peine de déranger le monde. Avertissez aussi le médecin légiste. Celui qui a fait l'autopsie. Qu'il assiste à la reconstitution du meurtre de Tuniade.

Sava Mold a donc avoué son crime ? Cette nouvelle fait trembler la petite ville. Non pas parce qu'il a avoué. Mais parce qu'il s'est évadé des salines, parce qu'il a fait près de deux cents kilomètres à pied. Et pourquoi ? Pour commettre le plus grand péché du monde ! Pour tuer un homme. Surtout un jeune homme, Anton Tuniade, qu'il n'avait jamais vu. Pour le tuer comme un chien.

Cette ville pure est troublée. Elle tremble sur ses assises. Et chacun se sent touché, sali. Coupable. Le sang versé par Sava Mold, chacun le sent sur ses propres mains. Pendant ce temps, sur le Chemin des Amoureuses, le traîneau d'Ismaïl s'arrête. Les policiers et Sava descendent. Ils se dirigent, par le même chemin que le juge et Filaret ont pris le jour d'avant, vers la maison de l'assassin.

La maison de Savonarola Mold est presque engloutie sous la neige. La maison sans cheminée sur le toit. Un des détectives ouvre la porte. Il regarde dedans. À l'intérieur, on voit la femme, presque folle, la cheminée, le feu, la marmite à la bouillie de maïs, les enfants qui se cachent. Le détective recule. Il prend Sava par le bras et le pousse dedans. Dans sa maison. Ensuite les deux détectives s'éloignent. Ils s'installent assez près de la maison pour que Sava ne puisse s'évader, et assez loin pour ne pas entendre les cris, les pleurs, les rires, pareils à des mugissements de bêtes enchaînées. Car l'apparition de Sava Mold a déclenché la joie, les rires et les pleurs chez ses six enfants et chez sa vieille femme.

Les policiers attendent dehors. Ils se promènent. Ils fument. Et surtout ils regardent leurs montres.

Sava Mold a la permission de passer une heure avec les siens. Quarante minutes se sont écoulées. Soudain, la porte s'ouvre. Sava sort. Ni sa femme, ni ses enfants ne l'accompagnent. Il sort de sa maison tout seul. Il se dirige vers les policiers. Il sait que, dans sa vie terrestre, c'est la dernière fois qu'il est entré dans cette maison et qu'il en sort. De sa petite maison de bois, où il pensait finir ses jours. Il doit la quitter pour toujours, ne plus jamais la revoir.

— Terminé, dit Sava Mold.

Il s'approche des policiers, d'un pas chancelant. Un peu lourd, mais ferme. C'est le pas d'un homme qui a fait un dur labeur, un exténuant et utile labeur, et qui, maintenant, l'a fini.

— Tu peux rester encore, dit le détective. Tu as encore vingt minutes.

— Pas nécessaire, répond Sava Mold.

Il avance vers le traîneau d'Ismaïl. Il voit, au-delà du traîneau, le bagne souterrain où il entrera. Puis la mort. Puis le ciel. Et la vie éternelle où il retrouvera ses six enfants et sa Smaranda.

— Tu entends, Sava ?... Tu peux rester encore vingt minutes. Retourne chez toi.

— Pas nécessaire, *domnii mei*.

Sava monte dans le traîneau. Les deux policiers l'encadrent. Sava ne regarde pas une seule fois derrière lui. Il ne tourne pas la tête vers la maison. Il regarde en haut, vers sa nouvelle destination : le ciel. Mais, pour monter au ciel, il doit encore séjourner au fond de la terre.

— Pourquoi n'es-tu pas resté une heure entière ? demande le détective.

— C'est terminé, répond Sava. Ce n'était plus nécessaire de rester.

La poésie est toujours de courte durée. Toute intensité est de courte durée. Sava, en cassant le sel sous la terre, pensait souvent que la tendresse, dans la vie des hommes, est comme le sel dans la cuisine. Si le sel manque dans les plats, ils ne sont pas bons à manger. Si la tendresse manque dans la vie, tout ce que l'homme entreprend est insipide. Comme un plat sans sel. Une caresse, un sourire, une étreinte, un bonbon, ce sont ces choses qui donnent du goût à la vie. Ce sont ces choses qui sont le sel de la vie. Ces choses, Sava Mold les avait omises au cours de sa vie, avant d'aller au bagne. Maintenant il a réparé l'omission. Il ne lui fallait pas beaucoup de temps pour cela. Pas même une heure. Quarante minutes ont suffi pour dispenser ce qui manquait à la vie. Maintenant la vie de Sava est complète. Elle était faite de douleur, d'injustice, de pauvreté. Mais, du moment qu'on a versé dedans une goutte de tendresse, le goût de la vie est changé.

— On descend, *domnii mei* ? demande Ismaïl.

— Non, on monte au château des Tuniade,

répond le détective. On va procéder à la reconstitution du meurtre.

Sava Mold n'entend pas. Il regarde par-dessus les forêts, pour ne pas les voir. Ses forêts, qui sont comme un prolongement de son corps et qu'il ne verra plus jamais. Il se sépare de toutes choses, pour toujours, comme s'il allait à la mort. Car il ira dans un endroit plus profond, celui où gisent les morts. Le bagne est plus profond dans la terre que le tombeau des morts.

XXI

Les aveux de Savonarola Mold

Il est exactement neuf heures du matin. Le traîneau d'Ismaïl arrive devant le château des Tuniade. Savonarola Mold et les deux détectives en descendent. Au même instant, le juge Damian, sortant du château, avance vers la grille — vers l'endroit où a été trouvé le cadavre. Le commissaire Filaret, le Dr Pillat et un jeune homme, qu'on n'avait pas vu jusqu'alors et qui fait office de greffier, l'accompagnent. Ils sont montés au château par le Chemin des Amoureuses, pendant que Savonarola Mold et les détectives étrangers se trouvaient au domicile de Sava. Tout le monde est présent. Tout le monde est à l'heure, pour la reconstitution du crime. C'est le premier samedi du mois de mars. Le crime a été commis dans la nuit du jeudi au vendredi, à une heure du matin. C'est un record de vitesse. En moins de trente heures, l'assassin a été arrêté et l'on procède maintenant à la reconstitution du crime. Enveloppée dans un manteau de fourrure, Mme Patricia Tuniade rejoint le groupe. Elle est très pâle. Elle a les yeux rouges. Les détectives étrangers parlent au juge. Puis l'un d'eux s'avance vers Mme Patricia Tuniade et lui dit :

— Madame, c'est une scène trop pénible pour vous. Il serait préférable que vous n'assistiez pas à la reconstitution du meurtre. On ne peut pas montrer à une mère comment on a tué son fils. Vous pouvez rentrer. Avant de partir, nous viendrons nous incliner devant la dépouille mortelle de votre fils et vous présenter nos hommages. Nous regrettons de ne pas pouvoir assister aux obsèques. Nous devons partir par le train de midi. C'est à onze heures qu'auront lieu les obsèques, n'est-ce pas ?

— Oui, monsieur. Mon fils sera enterré à onze heures dans le petit cimetière d'Agapia. Près de son père et de ses ancêtres.

Mme Patricia Tuniade laisse glisser — sans les essuyer — quelques larmes qui coulent sur ses joues blanches comme la porcelaine.

— À tout à l'heure, madame. Et croyez que tout le monde compatit à votre terrible malheur. Et quand on pense que ce sont des êtres humains qui sèment ces malheurs ! Des êtres comme ce Sava doivent être exterminés, comme les mauvaises herbes de la société.

Pendant que Mme Patricia Tuniade retourne au château, à petits pas souples, comme si ses pieds écrivaient sur la neige, le juge et les policiers commencent la reconstitution du meurtre commis à cet endroit même. On ne voit plus rien sur le sol, que les empreintes des pas des personnalités officielles.

— Monsieur le juge, je pense qu'il serait préférable, avec votre permission, que nous posions, nous-mêmes, mon collègue et moi, les questions à l'accusé. Nous avons procédé toute la nuit à son interrogatoire. Nous pouvons donc aborder directement les faits. Si, naturellement, vous nous en accordez la permission. Car c'est vous qui dirigez la reconstitution du crime.

— Je vous en prie, dit le juge. Vous avez de l'expérience. Moi, je suis juge à peine depuis quarante-huit heures.

— Merci, monsieur le juge, dit le détective.

Ensuite, il s'adresse au jeune homme, qui tient un dossier.

— C'est vous le greffier, n'est-ce pas ?

— Mon nom est Ion Xenia, dit le jeune homme. Oui, je suis le greffier.

Il est grand, brun, très élégant. Il a des yeux noirs. Il parle d'une voix chantante.

— Je vous prie de vous tenir tout près de moi, et de noter les questions que je pose et les réponses du criminel, exactement comme je vous les dicterai. Cela, pour ne pas nous embarrasser de phrases inutiles.

Tout le monde est rassemblé derrière la grille du parc. En rond. Comme sur une scène de théâtre.

— Approche-toi, Sava, ordonne le détective qui dirige l'interrogatoire. Viens tout près de moi. Et réponds à haute voix à mes questions, de manière telle que tout le monde entende ce que tu dis, et que monsieur le greffier puisse en prendre note. Car tout ce que tu diras sera transcrit. Première question : Tu t'es évadé du bagne, où tu étais condamné aux travaux forcés à vie, pour le meurtre de M. Tuniade père, le propriétaire de ce château ?

— Oui, monsieur, répond Sava.

— Pour quelle raison t'es-tu évadé ?

— Pour voir mes enfants.

— On comprend ça, dit le détective. C'est un acte que l'on ne te reproche pas, au point de vue humain. Au contraire, c'est une action noble. S'évader pour voir et caresser ses enfants ! Courir tant de risques !... Nous apprécions la noblesse de ton geste. Seule l'administration pénitentiaire pourra te reprocher ton évasion. Et aussi ceux qui sont chargés de la sécurité. Ils ne peuvent pas tolérer que les assassins se promènent parmi les bons citoyens. Mais, sur le plan humain, ton acte n'est pas dénué de grandeur. Car tu as couru vers tes gosses — les embryons, comme tu les appelles — au péril de ta vie. Tu as risqué de mourir en route, n'est-ce pas ?

— Oui, monsieur, répond Sava Mold.

— Tu as souffert de la faim, du froid, de la soif. Et tu as parcouru plus de cent kilomètres à pied, dans la neige, sans arrêt, pour voir encore une fois, quelques minutes, les embryons, tes six embryons.

— Oui, monsieur.

— Si tu t'es évadé pour voir tes gosses, pour leur porter quelques misérables bonbons et pour les caresser, qu'est-ce que tu es venu faire ici, devant la grille du château, où nous nous trouvons maintenant ?

— Je passais par ici, répond Sava Mold. Le château était sur ma route. Je ne voulais pas passer par en bas, par le village et par le Chemin des Amoureuses, où je risquais d'être reconnu, si j'avais rencontré quelqu'un.

— Plausible, ton explication, dit le détective.

Le beau greffier — Xenia — écrit très vite. Il a une belle calligraphie, une écriture cursive à grandes lettres élégantes. On dirait un dessin.

— Maintenant, écoute-moi bien, dit le détective. C'est la question essentielle. Je comprends — et nous comprenons tous — que tu te sois évadé et que tu sois passé devant le château. Mais pourquoi as-tu tué le jeune Tuniade ?

— Il a surgi sur ma route, répond Sava Mold, très embarrassé.

— Si quelqu'un surgit sur ta route, tu dois le tuer ?

— Non, monsieur, répond Sava Mold.

— Alors explique-nous pourquoi et comment tu l'as tué.

— Voilà, je venais du sud. Depuis ma sortie du bagne, j'ai suivi tout le temps la même direction. Comme je passais devant la grille du château, j'ai entendu des grelots. Puis des voix. Des voix d'hommes.

— Ces voix venaient-elles du château ?

— Non, monsieur. Les voix venaient du dehors. Ceux qui parlaient se trouvaient devant moi. Pour ne pas les rencontrer, je me suis caché derrière le mur du parc. Près de la grille. Là où se trouve monsieur le greffier. J'attendais que les personnes qui parlaient s'éloignent. J'avais peur. Je pensais qu'on avait envoyé les gendarmes pour me chercher à la maison. En plus des voix, il y avait le tintement des grelots. Le traîneau était arrêté. Mais les chevaux bougeaient. Et leurs grelots tintaient, drelin, drelin. J'entendais cela parfaitement. Et j'avais le cœur tout petit de peur. Mon cœur n'était pas plus gros qu'une puce.

— C'était la voix de la victime que tu entendais ?

— Au début, c'était la voix du Lipovan. Sa voix aiguë. Qui me grinçait dans les oreilles. Comme, au bagne, les petits cris des rats. Ensuite j'ai entendu aussi la voix de M. Tuniade.

— Tu as entendu les deux voix. Laquelle des deux parlait le plus ?

— Le cocher, répond Savonarola. Je ne connaissais pas la voix de M. Tuniade. Je pensais que le cocher avait amené les gendarmes par le Chemin des Amoureuses. Pour m'arrêter. Je suis resté caché. Ici. À l'endroit même où se trouve maintenant monsieur le greffier.

— Tu as entendu ce qu'ils disaient ?

— Pas tout. Un moment, j'ai entendu clairement le cocher Ismaïl qui disait : « Laissez, monseigneur, ne retournez plus vos poches. » Ensuite j'ai entendu des pas dans la neige. Quelqu'un se dirigeait en courant vers le château. J'ai entendu la clef dans la serrure de la grille. Puis j'ai vu un militaire entrer dans le parc. J'étais toujours caché. Il m'a vu. Et alors, j'ai essayé de m'enfuir. Mais il m'a rattrapé. Je me suis débattu. Je lui ai échappé. Alors, il a pris son revolver et il a tiré plusieurs fois sur moi. Il me prenait pour un voleur, ou pour quelqu'un qui serait venu au château pour tuer sa mère. À cause de cela, il tirait. J'étais pris. J'ai essayé d'escalader le mur. Mais je suis tombé juste dans les bras du jeune homme. Nous sommes tombés tous les deux dans la neige. Nous nous sommes battus. Il a tiré. Je lui ai pris le revolver, pour l'empêcher de tirer. Et puis j'ai senti son sang chaud qui coulait. J'ai compris que je l'avais tué. J'ai jeté l'arme et je me suis enfui.

— Dans quelle direction t'es-tu enfui ?

— Je suis sorti du château et j'ai couru vers la forêt.

— Est-ce que Mme Patricia Tuniade a tiré sur toi ?

— Je ne sais pas qui a tiré, répond Mold. Mais on a tiré sur moi.

— Et après ?

— Ensuite je suis tombé. Je ne trouvais plus ma maison. Je ne savais plus où j'étais. Tout était blanc autour de moi. Ma tête tournait. Je me suis effondré dans la neige.

— Tu sais que tu as tué M. Tuniade en lui appuyant le canon du revolver sur la nuque, comme un couteau. C'est comme ça que la victime a été tuée. N'est-ce pas, docteur ?

— C'est exact, répond le Dr Pillat.

— Qu'en dis-tu ?

— C'est possible, répond Sava. Nous nous débattions, nous luttions et je venais de lui arracher le revolver. Il est possible que ce soit comme vous dites. Je ne me rappelle plus bien. Nous luttions tous les deux, dans la neige. Et j'avais le revolver dans la main. Son revolver. Certes, j'ai tiré dans la nuque. Vous savez mieux que moi où j'ai tiré et comment je l'ai tué. J'ai abandonné le cadavre, sans regarder où était la blessure.

— Tu n'as pas eu l'idée de le secourir ?

— Non, répond Sava. J'avais peur. Je me suis enfui.

— Continue.

— C'est tout.

— Moi aussi, je pense que c'est tout, dit le détective. À moins que monsieur le juge n'ait d'autres questions à poser.

Personne n'a de question à poser. Tout est clair. Le plus silencieux de tous est le commissaire Filaret. Il n'a pas ouvert la bouche. Il a écouté la confession de Mold comme s'il n'entendait pas les mots. Ses pensées étaient ailleurs. Il est pâle, comme s'il était souffrant.

Pendant que les autorités se dirigent vers le château, les deux détectives attachent Sava Mold à la grille, près de la porte, avec une chaîne.

— Ce n'est pas un chien, pour l'attacher comme ça ! dit le juge.

— Nous ne pouvons pas l'amener au château devant Mme Tuniade. C'est cette brute sanglante qui a tué le mari et le fils de cette noble dame.

Après avoir attaché Sava Mold à la grille avec une chaîne, comme un chien, le détective, celui qui a dirigé la reconstitution, lui donne une volée de coups de poing sur la tête. Sava tombe à genoux.

Le juge Damian accourt au secours de Sava. Il crie :

— Pourquoi le battez-vous, monsieur ?

— Cette sale brute aurait pu parler plus tôt ! Il a mis trop de temps à se décider.

Le talon du détective frappe la tête de Sava, qui est tombé, avec sa chaîne, près de la grille.

— Pourquoi as-tu tant tardé à nous dire tout cela ? demande le détective. Tu verras ce qui t'attend ! La justice ne peut pas te condamner pour le meurtre du jeune Tuniade. Tu es déjà condamné pour le meurtre du père. Et malheureusement, tu n'as pas deux vies, pour être condamné deux fois aux travaux forcés à perpétuité. Tu crois donc que ton second crime ne peut pas être puni. Mais c'est nous, la police, qui te ferons payer ce qui ne peut pas être réclamé par la justice.

Du visage de Sava Mold coule le sang, rouge sur la neige comme un rubis. Sava gît inerte, comme mort. Attaché à la grille du château. Tandis que les autorités, dans le petit salon, près de la chambre où gît le cadavre d'Anton Tuniade, reçoivent une tasse de thé des mains de Mme Tuniade et de Flora Valverde, la belle servante. Tout est prêt pour l'enterrement, qui aura lieu à onze heures.

XXII

Les cloches de bois

Dimanche matin. Le troisième jour après le meurtre du jeune Tuniade. C'est le premier dimanche du mois de mars. Il y a du soleil. La ville d'Agapia semble toute petite, blottie au pied de la montagne, sur la page blanche de la neige.

Dans l'église du village commence l'office de la Divine Liturgie. On sonne les cloches de bois. *Toaca*. Sous l'occupation des Turcs, les chrétiens de l'Empire byzantin se sont vu interdire de sonner les cloches. Les cloches des églises étaient confisquées. Pour appeler les chrétiens à la Liturgie, on s'est servi alors de cloches de bois. En réalité, il s'agit d'une planche, sur laquelle on frappe avec deux marteaux de bois, en suivant le rythme d'une mélodie. Maintenant les églises byzantines peuvent avoir des cloches. Mais toutes gardent et utilisent aussi des cloches de bois. Car les gens savent qu'à l'avenir de nouvelles persécutions ne sont pas impossibles. Il est préférable de garder la tradition des cloches de bois, pour le temps où les cloches de cuivre, de bronze et d'autres métaux seront de nouveau interdites et confisquées.

Au moment où les cloches de bois résonnent dans la ville d'Agapia, car il est neuf heures du matin, le commissaire Filaret pénètre dans le bureau du juge. Il est toujours pâle. Toujours fatigué. Il semble malade. Le jeune juge évite de lui parler du crime. Filaret a soutenu qu'aucun citoyen d'Agapia ne pouvait avoir perpétré un crime. Pourtant on a entendu hier les aveux complets du meurtrier et l'on a assisté à la reconstitution du meurtre. Meurtre commis par Sava Mold. Par un homme d'Agapia. Cela signifie que le commissaire avait tort. Cela signifie que les hommes d'Agapia, eux aussi, peuvent tuer. Ils peuvent, eux aussi, être des criminels, bien que le commissaire les aime et ait bonne opinion d'eux.

— Quoi de neuf, monsieur le commissaire ?
— Je suis venu vous prier de m'accompagner à l'église.
— Avec plaisir, dit le juge. À quelle heure ?
— On peut y aller à l'heure que l'on veut.
— Il y a encore autre chose ? dit le juge.
— Oui, monsieur, répond le commissaire. Cette nuit, il est arrivé un télégramme à la mairie. Savonarola Mold, dit Sava, le bagnard évadé, est décédé à la suite d'une crise cardiaque, dans le train qui le conduisait, en compagnie des deux détectives, vers la capitale où il devait être jugé pour un second meurtre.
— C'est peut-être mieux pour le pauvre Sava, dit le juge. Mourir vaut mieux que de vivre au bagne. Surtout avec deux meurtres à son actif. Il n'était pas antipathique. Il n'était pas dénué d'une

certaine grandeur, bien qu'il fût deux fois assassin. À vous aussi, il était sympathique, n'est-ce pas ?

— Oui, monsieur, répond le commissaire. On nous dit de le rayer des registres d'état civil, à la mairie.

— Et nous fermons définitivement le dossier. Une affaire réglée. Le meurtrier a fait des aveux complets. On a procédé à la reconstitution du crime. Puis l'homme est décédé, d'une crise cardiaque.

— Il a été tué par les détectives qui le convoyaient.

— Ça ne change rien, dit le juge. Il est mort. Dans d'autres pays, il aurait certainement été condamné à mort et exécuté. Pour deux assassinats, il méritait la mort, même s'il était sympathique et malheureux.

— Les policiers qui l'accompagnaient l'ont supprimé afin que Savonarola Mold ne dise pas la vérité. Car il n'a pas tué le jeune Tuniade. S'il a avoué le meurtre, et s'il nous a montré comment le meurtre a eu lieu, c'est uniquement pour avoir une heure de permission et pour porter quelques bonbons à ses mioches, pour embrasser sa femme folle. Pour obtenir cette heure, il a avoué un crime qu'il n'a pas commis.

— Ce n'est pas possible, dit le juge.

— Sava voulait une seule chose : aller un moment chez les siens. Pour cela, il était disposé à payer n'importe quel prix. Il aurait avoué n'importe quoi. Pour pouvoir réaliser son rêve. Il a donné sa vie, en échange d'une caresse qu'il a donnée à ses enfants.

— Il a donné sa vie ?

— Bien sûr ! répond le commissaire. Les détectives l'ont tué pour être sûrs que Sava ne se rétracterait pas au cours du procès. C'était plus facile de le tuer. Quant à Sava, je ne pense pas qu'il aurait eu des objections à faire, même s'il avait été consulté. Ça lui était égal. Pour les flics, c'était plus sûr de le tuer.

— Doucement, commissaire ! dit le juge. Maintenant je commence à vous connaître. Vous voyez les choses comme vous désirez qu'elles soient. Vous voulez que Sava ne soit pas l'auteur du crime. Et vous déclarez donc qu'il ne l'est pas. Surtout maintenant qu'il est mort... Mais hier il a parlé ! Il nous a montré, avec des gestes qui ne peuvent pas tromper, qu'il était bien le meurtrier du jeune soldat.

— Sava a fait cela pour faire plaisir aux détectives et pour avoir une heure de congé à passer chez lui. Uniquement pour cela. Mais ce n'est pas lui qui a tué.

— Qui a tué alors le jeune Tuniade ?

— Le meurtrier du jeune Tuniade est Ion Xenia, l'étranger. C'est votre honorable greffier.

— Comment savez-vous cela ?

— C'est l'honorable, jeune et beau greffier qui m'a confessé le crime. Il avait des remords. Il est venu se constituer prisonnier. Il est l'amant de Mme Patricia Tuniade. Chaque nuit, il allait au château. Vendredi, il est sorti de chez elle à une heure du matin. Il a rencontré le fils Tuniade, qui a surgi devant lui à l'improviste. Le jeune soldat était un colérique, un violent, un sanguin comme son père. Il a tiré sur le beau M. Xenia qui sortait du lit de sa mère. Xenia a essayé de s'enfuir. Lorsqu'il a compris qu'il ne pouvait pas fuir, parce que le jeune Tuniade lui barrait le chemin, il lui a arraché le revolver. Et comme le soldat essayait de reprendre le revolver, Xenia a tiré. Voilà toute l'histoire.

— Où est-il, Xenia ?

— Dans l'antichambre. Il veut vous faire sa déclaration par écrit.

Le juge ouvre la porte. Devant la porte, droit, beau, félin comme une panthère, se tient le jeune greffier, Ion Xenia. *Xeni* signifie « l'étranger ». Et il est réellement un étranger à la ville. Auparavant, il était fonctionnaire à la sous-préfecture d'Agapia. Il est resté dans la ville après la suppression de la sous-préfecture. Ensuite, il est passé à l'administration de la justice et il est devenu greffier. Pour ne pas s'éloigner de sa maîtresse, Mme Patricia Tuniade. C'était surtout elle qui ne le laissait pas partir. Personne ne soupçonnait leurs amours.

— Votre attitude, Xenia, est aussi odieuse que le meurtre, crie le juge Cosma Damian. Peut-être plus odieuse encore que le meurtre, qui a l'excuse de la provocation. Comment avez-vous pu assister hier aux aveux du malheureux Sava, qui nous a montré comment il avait commis ce crime dont vous étiez l'auteur ?... Comment avez-vous pu regarder un innocent s'accuser d'un meurtre qu'il n'avait pas commis ?... Répondez !

— C'était réellement très dur pour moi, répond le beau Xenia.

— Puisque vous venez et que vous avouez votre crime, alors que personne ne vous soupçonne, cela signifie que vous avez tout de même une certaine sensibilité.

— Je l'espère, monsieur, répond le beau Xenia. Tout le monde reconnaît que je suis un vrai noble, une personne chevaleresque.

— Pourquoi n'êtes-vous pas venu vous constituer prisonnier, avant que le malheureux Savonarola ne soit torturé et obligé de confesser un crime dont il était innocent ?

— C'était une question d'honneur, répond Xenia. Je ne pouvais pas me constituer prisonnier, et avouer que j'étais le meurtrier d'Anton Tuniade, sans faire part de ma décision à ma maîtresse et amie, je veux dire à Patricia Tuniade.

— Savait-elle que vous aviez tué son fils ?

— Oui, monsieur, répond Xenia. Elle savait aussi que ce n'était pas ma faute. Qu'Anton m'a provoqué. Ma culpabilité est infime. Les juges le comprendront, j'espère. À cause de cela, la chère Patricia, qui est une âme supérieure, ne me tient pas rigueur de mon acte. Dans cette affaire, le vrai coupable ce n'est pas moi. Ç'aurait été indécent envers ma chère Patricia de me constituer prisonnier sans lui en parler. C'est une chose que je ne pouvais pas faire. Je suis un gentleman. Si je me trouve ici, à Agapia, comme simple fonctionnaire, c'est pour être près de la femme que j'aime. Toute ma vie prouve que je suis un gentleman. Je ne pouvais donc pas dire la vérité à la justice sans consulter la femme que j'aime. Et je n'ai eu la possibilité d'entrer chez elle que cette nuit. Il y avait toujours du monde chez elle ou chez moi. Voyez-vous, c'était un motif très sérieux. J'étais obligé d'être discret. Je l'avais promis à Patricia. Si j'allais chez elle devant tout le monde, je commettais une grave indiscrétion, aux dépens d'une femme. Cela, je ne le pouvais pas, monsieur. C'est contraire à l'éducation que j'ai reçue.

— Et voir un homme condamné pour un crime qu'il n'a pas commis, cela n'est pas contraire à l'éducation que vous avez reçue ?

— J'étais décidé à me constituer prisonnier. Mais je vous affirme que les circonstances m'en ont empêché. Maintenant, après avoir parlé à Patricia, je suis venu vous faire ma déclaration.

— La mère de la victime, je veux dire votre maîtresse, Mme Tuniade, approuve-t-elle votre décision ?

— Elle dit que je fais une bêtise. Que Sava ne risque rien. Il a déjà la peine la plus forte. Il ne peut pas être plus sévèrement condamné. Mais, moi non plus, je ne risque rien de grave, car il y a provocation et légitime défense. J'obtiendrai certainement un acquittement. Mme Tuniade m'a demandé si je tenais beaucoup à me dénoncer et j'ai répondu oui. Elle a toujours satisfait mes caprices ; elle a pris cela aussi pour un caprice. Et elle l'a satisfait.

— Commissaire, envoyez les agents me chercher Patricia Tuniade. Qu'on me l'amène ! Je l'inculperai de complicité de meurtre et de faux témoignage.

— C'est inutile, dit Xenia. Mme Patricia a quitté Agapia cette nuit. Par le train du sud. Elle va vendre le château. Et nous nous retrouverons à l'étranger. Peut-être même nous marierons-nous.

— Vous oubliez que vous avez commis un meurtre.

— Mon avocat arrive aujourd'hui par le train de midi. Il m'a dit que je ne risque rien.

Le jeune juge est furieux. Il connaît les manières des satrapes moldaves. Ce sont les manières de Ion Xenia et des Tuniade.

— Maintenant, je vous ai tout dit, monsieur le juge. Puis-je vous adresser une requête ?... Il s'agit d'une chose que vous ne pouvez pas me refuser.

— Que voulez-vous encore ? demande le juge, furieux.

— Je vous demande simultanément mon arrestation et ma mise en liberté. Je désire assister au repas que j'offre à mon avocat. C'est un ami de mon père et un fin gourmet. Je connais ses goûts. Je m'en voudrais de laisser la cuisinière seule préparer ce déjeuner. Ce serait manquer à mes obligations d'amphitryon. Si vous me refusez cette mise en liberté avant midi, je l'obtiendrai l'après-midi, par l'intermédiaire de mon avocat. Mais j'aurai eu un désagrément, ce à quoi vous ne tenez pas, j'espère : un repas gâché ; le repas d'un ami très cher. Puis-je partir ?

— Partez et le plus vite possible, dit le juge.

Il ouvre les fenêtres. Toutes les fenêtres. Et il écoute les cloches de bois. Cloches roumaines. Cloches des pauvres. Pauvres...

I.	Agapia, c'est une ville dans la grande banlieue de l'Europe	7
II.	Meurtre au château	21
III.	Le premier récit du crime	33
IV.	Le château gagné aux cartes	41
V.	Les dernières minutes de la vie du soldat Anton Tuniade	49
VI.	La neige n'a pas de mémoire	57
VII.	Patricia Tuniade, la mère du soldat assassiné	67
VIII.	Empreintes sur la neige	75
IX.	Le tueur est arrivé par le train du nord	81
X.	Le second voyageur n'existe pas	89
XI.	Le meurtrier était un homme sans armes	101
XII.	Le bateau qui a jeté l'ancre dans le ciel	111
XIII.	Vie et mort d'un satrape moldave	119
XIV.	Descente de police dans la maison sans hache	139
XV.	Flora et l'hypothèse du crime passionnel	161
XVI.	Ismaïl le Lipovan et sa terrible religion	175
XVII.	La découverte du meurtrier	191
XVIII.	Les bonbons de l'assassin	205
XIX.	Les détectives de minuit	229

XX. Miracles de police	241
XXI. Les aveux de Savonarola Mold	253
XXII. Les cloches de bois	263

DU MÊME AUTEUR

Aux Éditions du Rocher

L'ÉPREUVE DE LA LIBERTÉ, 1995

LES IMMORTELS D'AGAPIA, 1991

DE LA VINGT-CINQUIÈME HEURE À L'HEURE ÉTERNELLE, 1990

DIEU NE REÇOIT QUE LE DIMANCHE, 1990

L'ESPIONNE, 1990

MÉMOIRES, 1990

POURQUOI M'A-T-ON APPELÉ VIRGIL ?, 1990

LA SECONDE CHANCE, 1990

CHRIST AU LIBAN, 1989

VIE DE MAHOMET, 1989

Aux Éditions Plon

LA VINGT-CINQUIÈME HEURE, 1991

LA CORÉE, 1987

DIEU À PARIS, 1980

LES AMAZONES DU DANUBE, 1978

COLLECTION FOLIO

Dernières parutions

2881. Michel Tournier — *Le pied de la lettre.*
2882. Michel Tournier — *Le miroir des idées.*
2883. Andreï Makine — *La confession d'un porte-drapeau déchu.*
2884. Andreï Makine — *La fille d'un héros de l'Union Soviétique*
2885. Andreï Makine — *Au temps du fleuve Amour.*
2886. John Updike — *La parfaite épouse.*
2887. Defoe — *Robinson Crusoé.*
2888. Philippe Beaussant — *L'archéologue.*
2889. Pierre Bergounioux — *Miette.*
2890. Pierre Fleutiaux — *Allons-nous être heureux ?*
2891. Remo Forlani — *La déglingue*
2892. Joe Gores — *Inconnue au bataillon*
2893. Félicien Marceau — *Les ingénus*
2894. Ian McEwan — *Les chiens noirs*
2895. Pierre Michon — *Vies minuscules*
2896. Susan Minot — *La vie secrète de Lilian Eliot*
2897. Orhan Pamuk — *Le livre noir*
2898. William Styron — *Un matin de Virginie*
2899. Claudine Vegh — *Je ne lui ai pas dit au revoir*
2900. Robert Walser — *Le brigand*
2901. Grimm — *Nouveaux contes*
2902. Chrétien de Troyes — *Lancelot ou le chevalier de la charrette*
2903. Herman Melville — *Bartleby, le scribe*
2904. Jerome Charyn — *Isaac le mystérieux*
2905. Guy Debord — *Commentaires sur la société du*
2906. Guy Debord — *Potlatch.*
2907. Karen Blixen — *Les chevaux fantômes et autres contes.*

2908.	Emmanuel Carrère	*La classe de neige.*
2909.	James Crumley	*Un pour marquer la cadence.*
2910.	Anne Cuneo	*Le trajet d'une rivière.*
2911.	John Dos Passos	*L'initiation d'un homme.*
2912.	Alexandre Jardin	*L'île des Gauchers.*
2913.	Jean Rolin	*Zones.*
2914.	Jorge Semprun	*L'Algarabie.*
2915.	Junichirô Tanizaki	*Le chat, son maître et ses deux maîtresses.*
2916.	Bernard Tirtiaux	*Les sept couleurs du vent.*
2917.	H.G. Wells	*L'île du docteur Moreau.*
2918.	Alphonse Daudet	*Tartarin sur les Alpes.*
2919.	Albert Camus	*Discours de Suède.*
2921.	Chester Himes	*Regrets sans repentir.*
2922.	Paula Jacques	*La descente au paradis.*
2923.	Sibylle Lacan	*Un père.*
2924.	Kenzaburô Oé	*Une existence tranquille.*
2925.	Jean-Noël Pancrazi	*Madame Arnoul.*
2926.	Ernest Pépin	*L'Homme-au-Bâton.*
2927.	Antoine de St-Exupéry	*Lettres à sa mère.*
2928.	Mario Vargas Llosa	*Le poisson dans l'eau.*
2929.	Arthur de Gobineau	*Les Pléiades.*
2930.	Alex Abella	*Le massacre des saints.*
2932.	Thomas Bernhard	*Oui.*
2933.	Gérard Macé	*Le dernier des Égyptiens.*
2934.	Andreï Makine	*Le testament français.*
2935.	N. Scott Momaday	*Le chemin de la montagne de pluie.*
2936.	Maurice Rheims	*Les forêts d'argent.*
2937.	Philip Roth	*Opération Shylock.*
2938.	Philippe Sollers	*Le Cavalier du Louvre. Vivant Denon.*
2939.	Giovanni Verga	*Les Malavoglia.*
2941.	Christophe Bourdin	*Le fil.*
2942.	Guy de Maupassant	*Yvette.*
2943.	Simone de Beauvoir	*L'Amérique.*
2944.	Victor Hugo	*Choses vues I.*
2945.	Victor Hugo	*Choses vues II.*
2946.	Carlos Fuentes	*L'oranger.*

2947.	Roger Grenier	*Regardez la neige qui tombe.*
2948.	Charles Juliet	*Lambeaux.*
2949.	J.M.G. Le Clezio	*Voyage à Rodrigues.*
2950.	Pierre Magnan	*La Folie Forcalquier.*
2951.	Amoz Oz	*Toucher l'eau, toucher le vent.*
2952.	Jean-Marie Rouart	*Morny, un voluptueux au pouvoir.*
2953.	Pierre Salinger	*De mémoire.*
2954.	Shi Nai-An	*Au bord de l'eau I.*
2955.	Shi Nai-An	*Au bord de l'eau II.*
2956.	Marivaux	*La Vie de Marianne.*
2957.	Kent Anderson	*Sympathy for the devil.*
2958.	André Malraux	*Espoir – Sierra de Teruel.*
2959.	Christian Bobin	*La folle allure.*
2960.	Nicolas Bréhal	*Le parfait amour.*
2961.	Serge Brussolo	*Hurlemort.*
2962.	Hervé Guibert	*La piqûre d'amour et autres textes.*
2963.	Ernest Hemingway	*Le chaud et le froid.*
2964.	James Joyce	*Finnegans Wake.*
2965.	Gilbert Sinoué	*Le Livre de saphir.*
2966.	Junichirô Tanizaki	*Quatre sœurs.*
2967.	Jeroen Brouwers	*Rouge décanté.*
2968.	Forrest Carter	*Pleure, Geronimo.*
2971.	Didier Daeninckx	*Métropolice.*
2972.	Franz-Olivier Giesbert	*Le vieil homme et la mort.*
2973.	Jean-Marie Laclavetine	*Demain la veille.*
2974.	J.M.G. Le Clézio	*La quarantaine.*
2975.	Régine Pernoud	*Jeanne d'Arc.*
2976.	Pascal Quignard	*Petits traités I.*
2977.	Pascal Quignard	*Petits traités II.*
2978.	Geneviève Brisac	*Les filles.*
2979.	Stendhal	*Promenades dans Rome.*
2980.	Virgile	*Bucoliques Géorgiques.*
2981.	Milan Kundera	*La lenteur.*
2982.	Odon Vallet	*L'affaire Oscar Wilde.*
2983.	Marguerite Yourcenar	*Lettres à ses amis et quelques autres.*
2984.	Vassili Axionov	*Une saga moscovite I.*

2985.	Vassili Axionov	Une saga moscovite II.
2986.	Jean-Philippe Arrou-Vignod	Le conseil d'indiscipline.
2987.	Julian Barnes	Metroland.
2988.	Daniel Boulanger	Caporal supérieur.
2989.	Pierre Bourgeade	Eros mécanique.
2990.	Louis Calaferte	Satori.
2991.	Michel Del Castillo	Mon Frère L'Idiot.
2992.	Jonathan Coe	Testament à l'anglaise.
2993.	Marguerite Duras	Des journées entières dans les arbres.
2994.	Nathalie Sarraute	Ici.
2995.	Isaac Bashevis Singer	Meshugah.
2996.	William Faulkner	Parabole.
2997.	André Malraux	Les noyers de l'Altenburg.
2998.	Collectif	Théologiens et mystiques au Moyen-Age.
2999.	Jean-Jacques Rousseau	Les confessions (Livres I à IV).
3000.	Daniel Pennac	Monsieur Malaussène.
3001.	Louis Aragon	Le mentir-vrai.
3002.	Boileau-Narcejac	Schuss.
3003.	Le Roi Jones	Le peuple du Blues.
3004.	Joseph Kessel	Vent de sable.
3005.	Patrick Modiano	Du plus loin de l'oubli.
3006.	Daniel Prevost	Le pont de révolte.
3007.	Pascal Quignard	Rhétorique spéculative.
3008.	Pascal Quignard	La haine de la musique.
3009.	Laurent de Wilde	Monk.
3010.	Paul Clément	Exit.
3011.	Léon Tolstoï	La Mort d'Ivan Ilitch.
3012.	Pierre Bergounioux	La mort de Brune.
3013.	Jean-Denis Bredin	Encore un peu de temps.
3014.	Régis Debray	Contre Venise.
3015.	Romain Gary	Charge d'âme.
3016.	Sylvie Germain	Eclats de sel.
3017.	Jean Lacouture	Une adolescence du siècle : Jacques Rivière.
3018.	Richard Millet	La gloire des Pythre.

3019. Raymond Queneau — *Les derniers jours.*
3020. Mario Vargas Liosa — *Lituma dans les Andes.*
3021. Pierre Gascar — *Les femmes.*
3022. Pénélope Lively — *La sœur de Cléopâtre.*
3023. Alexandre Dumas — *Le Vicomte de Bragelonne I.*
3024. Alexandre Dumas — *Le Vicomte de Bragelonne II.*
3025. Alexandre Dumas — *Le Vicomte de Bragelonne III.*
3026. Claude Lanzmann — *Shoah.*
3027. Julian Barnes — *Lettres de Londres.*
3028. Thomas Bernhard — *Des arbres à abattre.*
3029. Hervé Jaouen — *L'allumeuse d'étoiles.*
3030. Jean D'Ormesson — *Presque rien sur tout.*
3031. Pierre Pelot — *Sous le vent du monde.*
3032. Hugo Pratt — *Corto Maltese.*
3033. Jacques Prévert — *Le crime de Monsieur Lange...*
3034. René Reouven — *Souvenez-vous de Monte-Christo.*
3035. Mary Shelley — *Le dernier homme.*
3036. Anne Wiazemsky — *Hymnes à l'amour.*
3037. Rabelais — *Le Quart Livre.*
3038. François Bon — *L'enterrement.*
3039. Albert Cohen — *Belle du seigneur.*

Composition Nord Compo.
Impression Société Nouvelle Firmin-Didot
le 23 janvier 1998.
Dépôt légal : janvier 1998.
Numéro d'imprimeur : 40929.

ISBN 2-07-040287-8/Imprimé en France.

81742